9클래스 소드 마스터 6

WISHBOOKS FUSION FANTASY STORY

이형석 퓨전 판타지 장편소설

9클래스 솔드 마스터 10

이형석 퓨전 판타지 장편소설

초판 1쇄 찍은 날 | 2020년 3월 16일
초판 1쇄 펴낸 날 | 2020년 3월 23일

지은이 | 이형석
펴낸이 | 예경원

기획 | 위시북스
편집책임 | 이은송
편집 | 위시북스

펴낸곳 | 예원북스
등록번호 | 제396-2012-000132호
등록일자 | 2012. 7. 25
KFN | 제1-515호

주소 | 경기도 고양시 일산동구 호수로 646-24 위너스21II빌딩 206A호 (우)10401
전화 | 031-819-9431 팩스 | 031-817-9432
E-mail | yewonbooks@naver.com

ⓒ이형석, 2019

ISBN 979-11-365-2083-8 04810
     979-11-6424-597-0 (set)

9클래스 소드마스터

이형석 퓨전 판타지 장편소설

WISHBOOKS FUSION FANTASY STORY

10

Wish
Books

CONTENTS

▶**Chapter 1**◀

"……네가 익스퍼트 경연 대회의 우승자라고?"

이스라필의 보고를 듣자마자 나인 다르혼이 카릴을 찾았다. 마법회의 수장이지만 그 역시 한 명의 마법사였기에 초대 마법에 관한 흥미가 없을 수가 없었다.

"맞아. 뭐, 벌써 몇 년이 지났지만 말이야. 당시에 마스터 경연에 참가하고 싶었지만 도전자가 없어서 회색교장에 가게 되었지. 그 바람에 알른을 만나게 된 거고."

"허……."

나인 다르혼은 카릴의 말에 알른을 잠시 바라봤다.

"뭐, 이런저런 사정 때문에 초대 마법을 가져오지는 못했지만 경연 우승자로서 열람 권한은 아직 있으니까."

이미 괴물 같은 카릴의 실력을 봤던 그였기에 그가 익스퍼트 경연에 우승했다는 것이 놀랍지는 않았다.

"게다가 그 검술까지……. 몇 년 전에 이미 너는 소드 마스터의 반열에 올랐었던 거란 말이군."

다만 그는 시기 때문에 놀라움을 감추지 못했다.

'경연 대회 때 이미……. 어쩐지.'

아조르에 함께 있었던 미하일 역시 나인 다르혼의 말에 새삼 놀랍다는 듯 고개를 끄덕였다.

"그 정도까진 아니었어. 마력은 충분했지만 그 당시에는 오히려 검술이 부족했으니까. 애매한 상태였지. 뭐, 지금도 썩 완벽한 수준은 아니지만."

"네 검술이?"

"응."

카릴의 말에 나인 다르혼은 질린다는 표정을 지었다. 그 누구도 정령왕의 힘과 비전력, 용마력까지 가지고 있는 그에게 부족함이 있을 거라 생각하진 못할 것이다.

하지만 실제로 카릴은 오히려 검술에 있어서 전생보다 더 부족함을 느끼고 있었다.

그가 창안한 검의 다섯 자세. 그중에 마지막을 아직도 발휘할 수 없기 때문이었다. 아이러니하게도 억겁의 시간 동안 검을 베면서 얻게 된 정점은 오히려 마법이 없는 상태에서 가능한 특수한 자세였다. 6클래스와 검의 마지막 자세에 도달하지 못하고 있는 카릴은 지금까지 느껴보지 못한 벽에 봉착해 있는 상태였다.

'하지만 나는 그 둘이 전혀 상반된 것이 아니라고 믿는다.'

소드 마스터와 대마법사. 이 둘은 검과 마법이라는 양 끝에 도달한 존재들이지만 결국은 모두 마력과 육체라는 전제조건을 가지고 있는 것은 같았기 때문이다.

'내가 마지막 검의 자세를 완성하지 못하는 이유는 내가 이 검술에 마력을 녹여내지 못했기 때문이다.'

6클래스의 벽을 허물고 마법의 견해가 달라진다면 어쩌면 검술의 해법도 찾을 수 있을지 모른다. 카릴은 이 해결책을 아조르에서 찾고자 했다.

"하긴……. 너 같은 괴물은 욕심도 많겠지. 그러니 이제 초대 마법까지 배우려고 하는 거 아니겠어."

나인 다르혼은 더 고민하고 싶지 않다는 듯 손을 저었다.

"초대 마법은 나도 들은 적이 있다. 하나 아버지께서 그 3개의 마법은 지금 배울 수 있는 자가 없다고 하던데."

"맞아. 용마력이 필요한 마법일 테니까."

"어쩐지……."

카릴은 아조르에서 초대 마법에 대한 이야기를 들었을 때 생각했던 추측을 말했다. 그러고는 알른을 바라봤다.

[나인 녀석의 말이 맞다. 확실히 마법사들은 배울 수 없지. 하지만 카릴, 넌 틀렸다. 그 마법들은 딱히 용마력이 필요한 것은 아니거든.]

"그래?"

[물론 용마력이 있다면 좋겠지만 그놈의 마법은 예외적으로 마력의 속성이 크게 중요한 마법이 아니거든.]

알른은 어쩐지 못마땅한 표정으로 설명했다.

"우리? 우리라면…… . 역시 초대 마법이 7인의 원로회 마법이었군요."

눈치 빠른 나인 다르혼이 그의 말을 놓치지 않고 물었다. 하지만 과거의 일을 모르는 그였기에 잠시 말을 멈추던 알른은 결국 쯧- 하고 혀를 차고는 고개를 저었다.

[눈썰미가 좋은 건 좋지만 가끔 그게 독이 될 수도 있다. 그럼 맞춰봐라. 내가 인정하지 않는 놈이 누군지.]

"……네?"

알른의 물음에 나인 다르혼은 당혹스러운 듯 되물었다.

"구스타브."

어쩔 줄 모르는 그의 옆에서 카릴이 아무렇지 않게 말했다.

"고민할 게 뭐가 있어. 답이 딱 나오지 않아? 배신의 알른이 가장 싫어할 사람은 딱 한 명이지. 초대 마법의 창시자가 바로 구스타브 파빌론이다."

[흥…… . 그래. 그 빌어먹을 놈이 만든 마법이다. 우리 중에 가장 실력도 떨어지는 녀석의 것을 배우려고 한다니 정말 뭣 같은 경우야.]

"화내는 이유가 정말 실력 때문이야?"

카릴은 신경질적인 그의 말에 피식 웃고 말았다.

"당신을 죽인 자라서가 아니고?"

"……!!"

카릴의 말에 나인 다르혼은 다시 한번 놀란 듯 눈을 동그랗게 떴다.

"뭐? 구스타브가…… 스승님을 죽인 자라고?"

"놀라는 척하지 마. 나인, 너도 들어봤을 텐데. 7인의 원로회 이전에 아조르의 상징인 6인의 영웅에 대해서 말이야."

놀란 그를 바라보며 카릴은 담담히 말했다.

"구스타브가 왜 영웅이 되었는지는 유명한 일화니까."

"그, 그거야……."

나인 다르혼은 대답을 하지 못하고 얼버무렸다. 솔직히 마법사라면 모를 리가 없는 일화였으니까. 하지만 차마 부활한 알른 자비우스의 면전에 그 얘기를 물을 순 없는 일이었다.

[쓸데없는 얘기하지 마라. 어차피 천 년 전에 죽은 놈이야. 나인, 네놈은 그래서 내게 마법을 배우기 싫다는 거냐.]

"그럴 리가 있겠습니까. 스승님의 마력이라면……. 제게는 크나큰 가르침입니다."

알른의 말에 나인 다르혼은 황급히 대답했다.

마법은 정의가 아니다. 굳이 과거의 영웅이 누가 되었든 상관없었다. 이것은 잘잘못을 따지는 것이 아닌 마법사라는 존재의 본질적인 문제였으니까.

눈앞에 있는 대륙의 모든 마법사보다 뛰어난 마법사가 있다. 나인 다르혼은 그 하나의 사실만으로도 충분했다.

"또 모르지. 이번 아조르행이 나의 계기뿐만 아니라 당신의 오명을 씻는 계기를 줄지도."

[흥……]

아무렇지 않은 척했지만 알른은 카릴의 말이 썩 나쁘지는 않은 듯 보였다.

"그런데 왜 배울 수 있는 자가 없었지? 용마력이 필요한 것도 아닌데. 혹시 칼네레의 마법처럼 검술이 필요한 건가?"

[그건 아니다. 하지만 비슷한 이유지. 검술보다 더 까다로운 조건이 있거든. 구스타브, 그 못난 놈이 우리 같은 뛰어난 재능의 틈바구니에서 살아남으려면 남의 손이라도 빌려야 했을 테니까.]

"……남의 손?"

[그런데 웃기게도 너라면 배울 수 있겠군. 아니, 유일하게 너만이 배울 수 있는 마법이겠어.]

"그게 무슨 말이야?"

[네가 날 처음 만났을 때 초대 마법을 보여달라고 그 두꺼비 같은 돼지에게 말하지 않은 건 잘한 일이야. 뭐, 그랬으면 내가 막았겠지만.]

"구스타브 말고 다른 이유가 있다는 말이로군?"

[맞아. 가끔 널 보면 소름이 돋는다.]

"왜?"

그러고는 천천히 말을 이었다.

[구스타브의 마법. 그건 정령 마법이거든.]

"제법 보기 좋은 얼굴이 되었는걸. 나인의 특훈이 도움이 되었나 봐."

"······닥쳐."

세리카 로렌은 역전의 방에서 때와는 비교도 할 수 없을 정도로 초췌한 모습으로 나타났다. 반면에 미하일은 오히려 그때보다 훨씬 멀쩡한 얼굴이었다.

"저 꼬마가 흑참칠식을 배우고 싶다고 하더군. 하지만 알다시피 암흑력이 없으면 배울 수 없잖아. 그런데도 어찌나 조르던지······."

"그래서 가르쳐 준 거야?"

"설마. 나는 마법사지 창술가가 아니다. 창왕의 창법은 단지 불멸회의 마력을 기반으로 그가 만든 거니까. 게다가 암흑력도 없는데 어떻게 배우겠어?"

"그런데 애가 왜 저렇게 됐어?"

카릴은 엉망이 된 세리카를 가리키며 물었다.

"창왕이 흑참칠식을 만들 때 봤던 책을 모조리 달라고 하더라고. 뭐, 특훈이 끝나면 혼자 창술 연구를 한 것 같던데······."

나인의 말에 카릴은 고개를 끄덕였다. 한번 마음먹으면 무슨 일이 있어도 이루고 마는 그녀의 집요한 성격을 누구보다 그가 잘 알고 있었기 때문이었다.

　"어차피 창왕도 같은 인간이니 자신은 그보다 더 뛰어난 창술을 만들 거라나 뭐라나. 일주일간 거의 잠도 안 잤을 거다. 독한 녀석. 어디서 저런 물건을 구해 온 거야?"

　나인은 질린다는 듯 고개를 저었다.

　"그럼. 어느 누가 모셔오려고 몇 달이나 걸린 귀한 분이신 걸. 이 정도는 해줘야지."

　카릴은 웃으면서 머리를 긁적이는 미하일을 바라봤다.

　"혈맥 자체는 5클래스의 벽을 뚫기엔 무리가 있었다. 아무래도 제대로 된 마법을 배운 적도 없는 상태였으니까. 하지만 워낙에 신체 능력이 좋아서 부족한 부분을 스스로 창술로 채우더군."

　나인은 다 죽어가는 세리카를 바라보며 말했다.

　"그래서 실전 마법 위주로 가르쳤다. 조금만 더 하면 혈맥을 뚫을 수 있을 것 같았는데 아쉽군."

　그는 어깨를 으쓱했다.

　"뭐, 성격은 지랄 맞아도 워낙 재능이 뛰어나서 시간이 지나며 알아서 뚫을 거다. 장기전은 힘들어도 웬만한 소드 익스퍼트나 상급 마법사에게도 지지 않을 거야."

　카릴은 그의 말에 고개를 끄덕였다. 그녀의 재능이야 처음부터 알고 있었지만 고작 한 달의 수련으로 소드 익스퍼트급의 전투 능력을 가졌다는 것에 놀라지 않을 수 없었다.

'이 정도라면 기술적인 측면은 부족할지 몰라도 이번 생에 프리징 스피어를 뛰어넘는 창술을 만들지도 모르겠군.'

그런 생각이 들자 카릴은 하루빨리 그녀에게 어울리는 창을 구해줘야겠다고 생각했다.

"웃긴 건 이놈이지. 혈맥을 뚫었다. 고작 한 달 만에 5클래스이 벽을 허물었다는 거지."

나인은 미하일을 가리켰다.

"뭐? 벌써?"

세리카의 성장도 놀라웠지만 카릴은 생각지도 못한 미하일의 성장 보고에 눈을 동그랗게 떴다.

'아조르에서 처음 에이단에게 마법을 배울 때도 엄청난 속도를 보였었는데……. 이거 어쩌면 세리카와 세르가보다 더 뛰어난 거 아냐?'

카릴은 기대에 찬 눈빛으로 미하일을 바라봤다.

"근데 문제는 마법을 못 익혀."

"……그게 무슨 말이야?"

생각지도 못한 나인의 말에 카릴이 황급히 고개를 돌렸다.

"전에 그랬지? 바람 속성의 마법임에도 불구하고 온풍 마법도 제대로 못 쓴다고. 다른 마법을 가르쳐도 그래. 몇 개의 마법 이외에 제대로 쓰는 게 없다."

"허……."

[신체는 타고났는데 머리가 따라주지 않는 놈이군. 가끔 그런 녀석들이 있긴 하지.]

조용히 두 사람의 대화를 듣고 있던 알른이 나지막하게 말했다. 그의 말에 미하일은 민망한 듯 얼굴을 붉혔다.

"저도 그렇게 생각했습니다. 스승님. 그런데 이게 또 이상한 게……. 딱히 머리가 둔한 것도 아닙니다. 5클래스의 중급 마법서를 주면 공식과 수식을 곧잘 외웁니다. 문제는 마력도 충분하고 영창도 제대로 하는데 마법이 안 나간다는 거지만요."

[신기한 놈일세.]

"동감입니다."

알른까지 합세하자 미하일은 더욱더 고개를 푹 숙였다.

"그래서 새로 배운 마법은 몇 개 안 된다. 대신에 칼날 바람. 전에 네가 준 마법이라던데?"

"맞아."

"잘도 마법회에서 다루지 않는 마법을 구했더군. 어쨌든 죽어라 그것만 연습을 했던 건지 다른 마법과 달리 칼날 바람만큼은 완벽하더군. 그래서 그걸 더 강화시켰다."

나인 다르혼은 묘한 미소를 지었다.

"저클래스의 마법이지만 워낙 살상력이 높아서 오히려 실전에는 세리카보다 더 유용할 수도 있다."

"그래?"

"기대해도 좋아."

카릴은 그의 말에 고개를 끄덕였다.

"좋아. 그럼 다 모였는데……. 나인, 너도 함께 가지?"

"아서라. 불멸회의 수장인 내가 안티홈을 내버려 두고 가는 게 말이 되느냐. 잊지 말고 타투르에 연락해서 속성석이나 보내라고 해. 이스라필이나 잘 보살펴 줘라."

나인 다르혼은 귀찮다는 듯 손을 저었다.

"연락은 이미 해뒀다. 걱정 마."

카릴은 일행 맨 뒤에 잔뜩 긴장된 표정으로 서 있는 이스라필을 바라봤다.

"그리고 도움이 필요하다면 연락해라. 스승님에 대한 예우로 앞으로 네 녀석의 나라는 대륙에서 유일하게 불멸회의 비호를 받게 될 곳이니까 말이야."

"스승님의 예우? 그전에 내가 너 목숨을 살려준 건 잊었어? 공허의 티끌을 그대로 뒀으면 넌 역사에……."

"훙, 그전에 내가 처리했을 거다."

카릴은 그의 말에 낮게 웃었다. 그는 농담처럼 흘려듣겠지만 굳이 그의 실패한 미래를 알려줄 필요도 없었으니까.

알른이라는 연결고리 때문일까. 살아온 시간도 다르고 가는 길도 분명 달랐다. 심지어 다른 사람들처럼 전생의 인연조차 없는 두 사람인데 어느새 그들은 정말 동문지간처럼 서로를 편하게 느끼고 있었다.

[네놈은 허튼 생각하지 말고 내가 알려준 대로 수련이나 하

거라. 한 30년간 틀어박혀서 폐관 수련을 하면 8클래스의 벽을 뚫을지도 모르지.]

"30년…… 입니까?"

[죽어라 하면 빨라질 수도 있으니 빨리 돌아가기나 해.]

알른은 그렇게 말하면서도 나인 다르혼이 썩 마음에 드는 듯 보였다. 그도 그럴 것이 그는 이미 7클래스 반열에 오른 대마법사였다. 절대로 재능이 없는 자가 아니라는 말이었다.

솔직히 알른은 생각지도 못하게 알게 된 나인 다르혼의 성장을 기대하고 있었다.

"그런데 아조르까지는 어떻게 가나요? 아니면 또…… 수왕을 타고 가나요?"

미하일은 떨떠름한 표정으로 물었다.

"마법회에 와서 마차를 타고 간다는 바보 같은 소리는 또 처음 듣는군."

그런 그의 물음에 나인은 코웃음을 쳤다.

"내게 뭘 배운 게냐. 네 발밑에 있는 게 이동 마법진이다. 눈 깜빡할 사이에 아조르에 보내줄 테니 걱정 마라."

"아……!!"

미하일은 그제야 자신들이 모인 장소에 계속해서 마력이 응축되고 있다는 것을 깨닫고는 머쓱한 듯 머리를 긁적였다.

"들었지? 포나인에 사는 수왕은 내가 길들인 녀석이니까 앞으로는 공격하거나 하는 바보 같은 짓 하지 마라. 부하들에게도 일러주고."

"……수왕이 네 거라고? 그래, 이젠 놀랍지도 않다."

나인은 포나인의 주인마저 그의 밑에 있다는 말에 그는 고개를 저으며 마법진을 발동시켰다.

"내가 했던 말 잊지 마라. 강해져라."

"네 녀석이야말로. 고작 6클래스 따위에 헤매는 꼴은 내가 용서하지 않을 테니까."

나인 다르혼, 세리카 로렌, 이스라필 그리고 미하일까지. 우습지만 지금 이 자리엔 카릴을 제외하고 이미 7클래스의 벽을 넘거나 확실하게 넘을 자와 충분히 넘을 재능을 가진 사람들뿐이었다.

'나만 잘하면 되는 건가.'

카릴은 그런 생각이 들자 피식 웃었다.

"다시 보자."

두 사람은 서로를 바라보며 옅은 웃음을 지었다.

서서히 마법진의 빛이 주위를 감싸기 시작했다.

우우우웅…….

약간의 어지러움과 함께 이동 마법진의 빛이 사라지면서 카릴은 천천히 눈을 떴다.

"여기가…… 아조르입니까?"

"생각보다 휑하네."

마법진의 빛이 사라지고 난 다음 이스라필과 세리카는 주변을 두리번거리며 말했다. 아조르는 마법사들의 도시답게 대륙에서도 제국과 공국의 수도만큼이나 화려한 건축을 꽃피우는 곳이었다. 하지만 마법진을 통해 도착한 곳은 마치 폐허처럼 낡은 건물 안이었다.

"이런 다 쓰러져 가는 곳이 아조르일 리가 없잖아. 저기 보이는 곳이 아조르다."

카릴은 창밖을 가리키며 말했다.

그의 손가락 끝에 화려한 건물이 즐비한 도시가 보였다.

대도시를 처음 보는 이스라필과 세리카는 화려한 그 모습에 자신도 모르게 탄성을 질렀다.

"왜 여기지?"

하지만 카릴의 표정은 좋지 않았다.

"오셨습니까. 불멸회에서 전갈을 받았습니다."

건물 안쪽에 이동 마법진을 관리하는 마법사들이 기다렸다는 듯 카릴에게 인사를 했다.

[아무래도 좌표가 변경된 것 같다. 흠, 어쨌든 도시 내에서는 움직이기 불편하니 나는 당분간 영체로 있도록 하지.]

알른은 그들의 기척을 느끼자마자 몸을 감추었다.

"도시에 무슨 일이라도 있는 건가?"

"그게……. 영주관 내에 있는 이동 마법진을 계속 사용해야

해서 부득이하게 좌표를 바꾸게 되었습니다. 중요한 손님이 오시는 중이라……."

카릴은 보초의 말에 살짝 인상을 찡그렸다.

"제국의 황제라도 오는가 보지? 아조르의 영주는 양대 마법회 중 하나인 불멸회를 우습게 여기나 보군. 불멸회의 손님들을 이런 외곽에 있는 마법진으로 보낼 정도니 말이야."

"죄송합니다. 영주님의 명이셔서……."

보초의 대답에 카릴은 낮은 한숨을 내쉬었다. 하긴 위에서 내려온 지시를 따를 뿐인 그에게 무슨 죄가 있겠는가.

"어디에서 왔기에 그러지?"

"그게……."

카릴의 물음에 보초는 살짝 머뭇거리는 목소리로 조심스럽게 얘기했다.

"동방국(東方國)입니다."

"동방국……?"

카릴은 보초의 대답에 살짝 얼굴을 굳혔다.

'한동안 잠잠해서 궁금하긴 했는데……. 여기 와서 뭔가 꿍꿍이를 펼치려고 하고 있는 건가.'

동방국은 전생에서도 가장 의뭉스러운 존재 중 하나였다.

대륙 본토와는 떨어진 동쪽에 있는 섬. 인구 자체가 다른 왕국에 비한다면 소수였지만 그들의 비밀 단체인 암연은 우든 클라우드와는 다른 의미로 대륙 전역에 퍼져 있었기에 동방국의 주인인 사이몬 코덴의 영향력은 결코 적지 않았다.

'누가 움직였을까. 이동 마법진의 좌표까지 바꿀 정도라면 설마 녀석이 직접?'

가능성이 없는 일은 아니었다. 그뿐만 아니라 본인 자체가 대륙 10강이라 불리는 소드 마스터와 대마법사의 틈바구니에서 당당히 한자리를 꿰차고 있었으니 실력도 대단했다.

'약은 녀석.'

그는 에이단과 주크 디 홀드를 이용해서 황자들에게 접근했었다. 비단 그뿐만이 아닐 터. 황제의 측근 중에도 분명 동방국의 사람이 있을 게 분명했다.

'제국의 소식을 들은 거겠지.'

지금이라면 충분히 1황자가 실권한 상황과 2황자의 입지 그리고 황제의 건강에 문제가 있다는 것까지 모두 사이몬 코덴의 귀에 들어갔을 것이다.

'내 이름도.'

카릴은 눈을 가늘게 뜨면서 아조르를 바라봤다.

'어느 쪽으로 줄을 선 거냐. 사이몬 코덴.'

척-

"기다리고 있었습니다."

건물 밖으로 나오자마자 목소리가 들렸다. 이동 마법진을 작동시킨 보초들조차 눈 앞에 펼쳐진 광경에 놀란 듯 입을 다물지 못했다. 푸른색의 로브를 맞춰 입은 마법사들이 놀랍게도 카릴의 앞에 일제히 무릎을 꿇고 포권을 쥔 채 인사했다. 못해도 150명이 넘을 것처럼 보였다. 많은 자유 길드가 있는 아조르였지만 이 정도로 많은 마법사가 한꺼번에 모인 적은 처음이었다.

"울카스 길드 소속 전원. 마스터를 뵙습니다."

마법사들의 선두에 선 한 남자. 콧수염을 멋들어지게 기른 그는 보통의 마법사와는 달리 강인한 느낌이 들었다.

"좋아 보이는데, 톰슨. 마력 중독은 완쾌가 되었나 보군."

검게 그을린 그는 더 이상 불치병에 허덕이며 술독에 빠진 퇴물이 아닌 생기 넘치는 모습이었다.

"마스터의 은혜입니다."

톰슨은 카릴의 말에 가볍게 고개를 끄덕였다. 카릴은 준비된 말의 안장에 올라탔다.

"출발한다."

척-! 척! 척-!

"옙!!"

그의 말이 떨어지자마자 마법사들이 일제히 일어섰다.

세리카와 미하일은 그의 뒷모습을 보며 잠시 잊고 있었던 카릴의 위치를 새삼 깨달았다.

'줄을 잘 서야 할 거다. 목숨은 하나뿐이니까.'

"이럇-"

카릴이 아조르를 향해 달리기 시작했다.

"……해서 지금 동방국의 사신이 사이몬 코텐의 직속부대인 스나켈(Snakel) 50명과 함께 이동 마법진을 통해 아조르에 도착한 상황입니다."

톰슨은 펼친 지도의 말을 움직이며 카릴에게 보고를 했다.

마광산에서 입수되는 속성석을 통해 훈련된 정예 마법사들의 활약으로 인해 울카스 길드는 어느새 아조르에 내로라하는 자유 길드 중 하나가 되어 있었다.

카릴은 다 부서져 가던 옛날 길드 하우스가 아닌 어엿하게 도시의 시내에 자리 잡고 있는 화려한 건물을 보며 만족스러운 듯 고개를 끄덕였다.

"이거……. 큰일인 거 아닙니까?"

정작 여유로운 그와는 달리 옆에서 톰슨의 보고를 듣고 있던 미하일이 굳은 얼굴로 물었다.

"큰일이 날 게 뭐가 있어?"

"왜냐니요. 주군, 지금 동방국이 대륙 진출의 교두보로 삼기 위해 아조르와 교섭을 하고 있다는 말이잖습니까."

"그렇지. 동방국은 대륙 남부의 바다 건너 있으니까. 마법을 쓰지 않고선 대륙으로 진출하기 위해서는 디곤 일족을 거칠 수밖에 없지."

하지만 이미 디곤은 타투르와 연합을 한 상태. 제국을 지원하고 있던 동방국으로서는 남부를 통하는 이동은 거의 불가능해졌다고 볼 수 있었다. 자칫 잘못하면 고립될 수 있는 상황에서 그들이 대륙과의 연결고리로 아조르를 택한 것은 결코 이상한 일이 아니었다.

'확실히 동방국답게 발 빠르게 움직이는군. 문제는 녀석들의 이 움직임이 단순히 그들 스스로 결정한 것인지 아니면 제국의 입김이 닿았느냐 하는 거겠지.'

전자라면 크게 걱정할 필요가 없었다. 동방국은 분명 강한 힘을 가지고 있지만 언제나 대륙 중심의 그림자를 자처했다.

'절대적인 전력의 차이.'

아무리 뛰어난 힘을 보유했다 하더라도 100명이 100만을 이길 수는 없는 법이었다. 실질적인 동방국의 칼날이라 할 수 있는 암연은 비록 베일에 싸여 있으나 그 숫자가 1천이 안 될 거라 예측된다. 게다가 인구가 10만이 채 되지 않는다는 점에서 암연을 제외한 병력은 기껏해야 1만 내외.

'동방국은 혼자서는 아무것도 하지 못한다. 게다가 전자라면 제국과의 관계고 끊어졌다고 봐야 하지 오히려 전보다 더 위세가 약해진 입장.'

하지만 후자라면 여전히 제국과 동방국이 동맹을 맺은 상황에서 아조르의 힘이 그들에게 주어진다면 충분히 문제가 되었다.

카릴은 옅은 웃음을 지었다.

"정말 그렇다면 과연 타이란 슈테안이라 할 수 있겠지. 이건 단순히 아조르의 문제가 아니라 타투르를 목적으로 하는 걸 테니까. 가만히 있지 않겠다는 뜻이겠지."

"어째서죠?"

"아조르는 대륙 내에서 가장 많은 이동 마법진을 보유하고 있는 곳이니까. 게다가 마도 시대 때부터 완성된 실드 때문에 아조르에서 보낼 순 있어도 아조르로 들어오기 위해서는 허가된 자만 가능하지."

그의 말에 방 안의 사람들이 고개를 끄덕였다.

"이곳을 얻는다는 것은 말 그대로 배가 없어도 대륙 전역을 이동할 수 있는 수단을 얻는 것과 진배없으니까."

카릴은 지도 위를 손가락으로 툭툭 두들겼다.

"포나인을 건너지 않아도 남부를 견제하면서 타투르를 포위할 수 있게 되지."

"……!!"

그의 말에 모두가 놀란 듯 눈을 동그랗게 떴다.

'이스트리아 삼국이 아직 전쟁 중이라는 것을 감안했을 때 실질적으로 우리의 힘이 될 수 있는 건 남부의 야만족뿐.'

북부의 이민족들은 아직 통합되지 못한 상태였기에 전력에 넣을 수 없었다. 그뿐만 아니라 삼국을 정리하기 위해 타투르의 자유군이 투입된 지금이야말로 어찌 보면 전력이 가장 약한 상태라 할 수 있었다.

'그 때문에 일부러 제국의 앞에 병력을 집결해 모습을 보인 것인데……. 역시 넘어가지 않는가.'

카릴은 쓴웃음을 지었다.

1년이란 목숨의 유예기간. 나름의 협박이었지만 확실히 황제는 황제였다.

'어쩌면 1년이란 시간을 단정해서 얘기해 준 것이 화근일지도 모르겠어. 그는 확실하게 남은 자신의 시간 동안 아예 타투르를 지도상에 지우려는 것일지도 모르니까.'

"전쟁…… 입니까?"

미하일은 걱정스러운 목소리로 물었다.

"모르지."

카릴은 낮은 한숨을 내쉬었다.

신탁전쟁을 대비해서 제국의 인재들을 최대한 살리고자 지금까지 어렵사리 계책을 꾸몄었다.

'적을 꿰뚫기 위해 수많은 전술과 전략이 있다. 하지만 그건 도움에 불과해. 결국 결과를 만들어 내는 것은 결국 힘.'

"쯧-"

카릴은 낮게 혀를 찼다.

"걸어온다면 피하지 않는다."

그의 말에 모두가 긴장된 얼굴로 그를 바라봤다.

"일단 현재 저희도 상황을 주시하고 있습니다만 동방국이 움직인 게 바로 엊그제라……. 아직 확인된 것은 없습니다."

"아무래도 그렇겠지. 마법진을 통한 이동은 통상적인 시간에 대한 개념을 완전히 무너뜨리니까."

동방국에서 아조르까지 오기 위해서는 바다를 건너 대륙으로 이동 후 육로를 통해야 한다. 그 거리만 족히 수천 킬로에 달했으니 일반적인 방법으로는 오랜 시간이 걸릴 수밖에 없었다. 그런 거리를 고작 마법진을 발동시키는 몇 분 만에 끝냈으니 마법 도시의 마법진이 전술적으로 사용되면 실로 엄청난 힘을 발휘하게 될 것이었다.

'암살에 특화된 동방국이 이동 마법진까지 쓰게 된다면 호랑이가 날개를 다는 격이니까 말이야.'

그렇기 때문에 아조르와 동방국의 만남은 위험한 일이 아닐 수 없었다.

"타투르에는?"

"네, 동방국의 움직임을 포착한 뒤에 바로 보고를 올렸습니다. 이동 마법진을 사용하는 것은 불가능하지만 통신마법은 가능하니까요."

"어떻게 처리했지?"

"두샬라 님의 말씀으로는 일단 저희는 영주관 내의 움직임을 주시하라 하셨고 나머지는 타투르에서 보낸 사람들에게 맡기라고 하셨습니다."

"누가 온다고는 말하지 않았어?"

"에이단 님과 캄마 님입니다."

"캄마? 공국에서 그가 돌아왔나?"

"으음……. 거기까지는 잘 모르겠지만 분명 캄마 님이라고 하셨습니다. 아무래도 라바트 길드가 아조르에도 속성석을 제공하고 있기 때문에 발언권이 크시리라 봅니다. 원래는 베릴 남작께서 와야 하는데 삼국이 전쟁 중이라……."

"그렇군."

카릴은 톰슨의 말에 안도의 한숨을 내쉬었다.

'공국이 내전 중인데 무사히 돌아왔나 보군. 다행이야. 그를 만나게 되면 공국의 정황도 들을 수 있겠어.'

두샬라의 처리는 적절했다. 톰슨의 말대로 같은 마법사인 베릴 남작이 캄마보다 도시 내에 영향력이 있겠지만 그 역시 전쟁에 참가해 있는 상황이었다.

카릴은 점차 자신에게 주어진 시간이 촉박해짐을 체감했다. 제국뿐만 아니라 공국과 삼국 역시 새로운 미래를 위해 성장통을 겪고 있었다. 평화롭고 조용해 보이지만 이 도시 역시 이미 전란에 한 발 들여놓은 상태였으니까.

'나 역시 곧…….'

전장의 중심에 서 있을 것을 알고 있었다.

"그리고 마스터께서 이곳으로 오신다는 것도 연락을 받고 바로 타투르에 보고를 올렸습니다."

"그래? 두샬라가 남긴 말이라도 있나?"

"음……. 별말씀 없으셨습니다만 마스터께서 오시는 걸 알았다면 두 사람을 보내지 않았을 거라고 하셨습니다."

카릴은 톰슨의 말에 피식 웃었다.

"맞는 말이네."

그는 그렇게 말하고는 자리에서 일어섰다. 그가 일어서자 방 안에 있던 사람들이 모두 그를 따라 일어섰다.

"어, 어디 가십니까?"

"영주관."

"네……?!"

톰슨은 카릴의 말에 화들짝 놀랐다.

"어차피 이동 마법진 때문에 녀석들도 우리가 이곳에 온 걸 알 거야. 이렇게 된 거 빨리 인사라도 하는 게 낫겠지."

카릴은 피식 웃었다.

"걱정 마. 싸움 걸려고 가는 건 아니니까. 조용히 다녀올 거야. 동방국은 예상 밖이지만 애초에 우리가 여기 온 이유는 따로 있으니까."

그러고는 굳어 있는 톰슨의 어깨를 가볍게 두들겼다.

"자넨 타투르에서 두 사람이 오면 내게 바로 보고하고, 바로 움직일 수 있는 마법사를 30명만 대기시켜 놔. 부디 쓸 일이 없으면 좋겠지만 말이야."

"아, 네."

그는 고개를 끄덕였다.

'인사만 하는데 마법사들은 왜 집결시켜?'

'저 표정······. 오랜만에 보네.'

하지만 카릴을 잘 알고 있는 미하일과 세리카의 머릿속엔 똑같은 생각을 하고 있었다.

'거짓말.'

"아조르의 배려에 감사합니다."

"하하하, 별말씀을."

겨울의 찬 공기와 달리 영주관 안에는 화기애애한 분위기의 대화가 오고 갔다.

우우웅······.

영주관에 있는 거대한 이동 마법진에서 계속해서 물자들이 소환되고 있었고 마법사들은 열심히 그것들을 나르고 있었다.

그때였다.

콰아아아아앙---!!

영주관의 거대한 문이 사정없이 박살 났다.

"아악!"

"으아악······!!"

그와 동시에 복도에서부터 연이어 비명 소리가 울리더니 빠르게 가까워졌다.

"이, 이게 무슨 소란이냐?"

카릴은 보초병의 목덜미를 잡아 질질 끌고 오더니 짐짝 던지듯 내던졌다.

"컥, 커컥."

나뒹굴던 병사가 거친 숨을 토해냈다. 어찌나 세게 잡혀 있었던지 그의 목에는 손가락 자국이 선명하게 찍혀 있었다.

"뭐, 뭐냐……! 네놈은?"

"여기가 어딘 줄 알고……!!"

영주관에 있던 마법사들이 일제히 스태프를 겨누었다.

"잘 생각해. 그거 쓰는 순간 죽는다. 너희 입이 빠른지 내 검이 빠른지 한번 볼까?"

카릴은 허리에 차고 있는 검을 툭툭 두들겼다. 서슬 퍼런 그의 한마디에 마법사들은 아무런 말도 하지 못했다.

그들 중에 한 남자가 유독 눈에 띄었다. 윤기가 흐르는 긴 검은 머리에 얼굴은 가면을 쓰고 있는 이질적인 모습은 그가 동방국의 사신이라는 것을 단번에 알게 해주었다.

'사이몬 코덴이 직접 움직인 건 아니군.'

하지만 오히려 그 이질적인 모습에 카릴은 쉽게 결론을 낼 수 있었다. 그러고는 이제 그에게는 관심도 없다는 듯 고개를 돌렸다.

"파시오 한."

그러고는 고개를 삐딱하게 꺾으면서 말했다.

"초대 마법을 보러 왔다."

"뭐……?"

너무나도 당당한 그 모습에 오히려 파시오는 어이가 없다는 듯 그를 바라봤다.

"기억 못 하는가 보군. 익스퍼트 경연에서 우승을 했는데. 아직 초대 마법을 열람하지 못해서 말이야."

"미친놈. 경연 우승자든 타투르의 왕이든 지금 이게 무슨 짓거리냐!!"

파시오 한은 카릴을 노려보며 소리쳤다.

"타투르의 국왕이 오신다는 건 들었습니다만 이런 식으로 뵐 줄은 몰랐군요. 반갑습니다."

마법사들의 틈바구니에서 동방국 특유의 비단으로 만든 옷을 입고 있는 사신은 유독 눈에 띄었다.

"뭐, 뭐야?"

세리카는 그를 보며 얼굴을 구겼다. 그 이유는 사신의 목소리가 남자인 듯 여자인 듯 마치 두 개의 목소리가 섞여 들리는 것 같았기 때문이었다.

'비술로 가렸군.'

카릴은 이미 동방국의 사신들이 모두 이런 중성적인 목소리를 가졌다는 것을 알고 있었기에 놀라지는 않았지만, 여전히 익숙해지는 것은 힘든지 살짝 인상을 찡그렸다.

그가 한쪽 손을 배꼽 위에 얹고 허리를 숙이며 인사했다.

저벅- 저벅- 저벅-

하지만 카릴은 그가 안중에도 없는 듯 이번에도 사신을 지나쳐 걸어갔다.

"……."

턱-

그 순간. 카릴의 걸음이 멈췄다.

"주먹 풀고 손 올리는 게 좋을 거야. 가면째로 얼굴이 날아가고 싶지 않으면 말이야."

허리를 숙인 사신은 그의 말에 아무런 대답도 하지 않았다. 배꼽 위에 손을 얹고 허리를 숙이는 행위는 단순히 예의를 보이기 위함이 아니었다. 벨트엔 아주 가늘고 얇은 바늘이 촘촘히 박혀 있었다. 암연의 암살자들이 주로 사용하는 암기였다. 당연하게도 사신들은 모두 암연 출신이었으니 바늘을 다루는 솜씨 역시 타의 추종을 불허했다.

"하하……. 무슨 말씀이신지."

사신은 어색하게 웃으며 허리를 들었다. 물론, 지금 같은 상황에서 암살자로서 훈련을 받은 그가 대놓고 암기를 쓸 리도 없고 벨트에 손을 가져가지도 않았다. 하지만 카릴은 그 한마디로 사신의 행위에 숨겨진 의미까지 간파했다는 것을 일부러 경고하는 것이었다.

"인사는 됐고 뒤꽁무니에서 속닥거리든 앞에서 나대든 내 알 바 아냐. 어차피 여기가 아니더라도 가는 길이 다르면 전장에서 만나겠지."

카릴의 한마디에 분위기는 차갑게 가라앉았다.

"오늘 온 건 다른 이유니까."

미하일은 역시나 하는 표정이었고 세리카는 흥미진진한 눈빛으로 그를 바라봤다. 이스라필은 가뜩이나 하얀 얼굴이 이제는 당장에라도 기절할 것 같이 하얗다 못해 시퍼렇게 질려 있었다.

"그러니 그쪽은 끼지 말아주지?"

"무례를 범한 건 카릴 전하이신 것 같습니다만."

"전하라……. 생각해 보니 동료가 아닌 남에게 그 말을 듣는 건 처음인 것 같은데. 꽤나 듣기 좋으니 다시 한번 해봐."

"……네?"

사신의 얼굴을 가린 가면 때문에 표정을 볼 순 없지만 목소리만으로도 충분히 당혹스러움이 느껴졌다.

"어서."

"저, 전하……?"

카릴은 그의 말이 끝남과 동시에 그를 향해 한걸음 내디뎠다.

"……!!"

"그래. 나는 일국의 왕이고 네가 모시는 자는 일개 도주(島主)에 불과하지. 주인조차 나와 급이 다른데 무례라는 말이 성립할 수 있다고 생각하나?"

고작 한걸음에 불과할 뿐이었다. 사신과 그의 거리는 다섯 걸음이나 떨어져 있음에도 불구하고 사신은 마치 카릴이 자신의 목을 움켜쥐고 말하는 것처럼 숨이 막혔다.

"그, 그건……."

"무례는 지금 영주와 내가 이야기하는 자리에 네가 있다는 것이다."

카릴이 내뿜는 기세를 거두자 사신은 그제야 참았던 숨을 내쉬었다.

"오늘의 일은 동방국에 보고될 것입니다."

"그러던지. 이왕 전할 거면 사이몬 코덴이 직접 찾아오라고 전해라. 사신 따위를 보내면 목과 몸을 따로 포장해서 돌려줄 거니까."

"……."

사신은 자신도 모르게 목을 쓸었다. 기세는 사라졌지만 아직도 목이 졸리는 기분이 생생하게 느껴졌기 때문이다.

"일국의 왕? 하는 꼴은 완전히 무뢰배들의 우두머리라 해도 과언이 아니구나. 제국의 황제라도 아조르의 영주관에서 이런 난리를 피우지 않을 것이다!"

확실히 마법 도시의 영주답게 파시오는 카릴의 앞에서도 주눅이 들지 않았다.

저래 보여도 그 역시 6클래스의 상급 마법사. 게다가 근래 들어 갑작스럽게 거래되고 있는 속성석들 덕분에 정말 7클래스도 꿈이 아닌 상황이었으니 그의 콧대가 높아질 수밖에 없었다.

"내가 어찌 잊을 수 있겠느냐. 타투르의 왕? 흥, 이곳에서 너는 고작해야 익스퍼트 경연대회의 우승자일 뿐이다."

"……."

카릴은 콧방귀를 뀌며 소리치는 그의 모습에 헛웃음을 간신히 참았다.

'저놈 마력이 높아지더니 뵈는 게 없나 보네.'

물론. 그 속성석들이 카릴이 베릴 남작을 시켜 제공하고 있는 것이라는 것은 꿈에도 알지 못하고 있겠지만 말이다.

"그래. 황제라면 이렇게 안 하겠지. 자신의 뒤를 치려는 놈은 대화의 여지없이 밀어버렸을 테니까. 내가 아직 황제가 되지 않음을 감사히 여겨야 할 거다."

"……뭐?"

카릴의 말에 파시오는 어처구니가 없었다.

그에 대한 소문은 들었다. 한창 주가를 올리고 있는 타투르의 왕이라고 하나 아직은 고작 도시 하나의 영주만 한 세력에 불과할 뿐. 자신의 아조르와는 비교도 할 수 없었으며 게다가 지금 그의 앞에는 동방국의 주인이 있지 않던가.

이대로 있을 순 없었다.

"너야말로 도적놈 주제에 잘도 다시 날 찾아왔군. 그 검을 네놈이 회색교장에서 빼돌린 것을 내가 모를 줄 알고!"

파시오는 호기롭게 카릴에게 소리쳤다.

철컥-

카릴이 얼음 발톱이 달려 있는 허리끈을 풀었다. 그의 팔이 움직이자 파시오는 자신도 모르게 어깨를 움찔거렸다.

"원한다면 가져. 그런데 안에 들어 있는 녀석이 보통이 아니라서 다루는 데 애먹을 거다. 인간을 엄청 싫어하거든."

"……뭐?"

파시오는 어쩐지 냉기를 뿜어내는 검날에서 흐릿하게 검은 연기가 피어오르고 있는 것 같은 기분이었다.

"저주받은 것은 아닌데……. 신기하군요. 영혼 검이라도 되는 겁니까? 혹시 대화도 가능한지요. 대륙에서도 에고 소드는 유물급 무구이지 않습니까?"

"분명 급이 다르면 끼지 말라고 했는데?"

카릴의 말에 사신은 입을 다물었다.

"그런데 너, 이게 보이나 보군. 하여간 동방의 비술은 이상한 게 많다니까. 궁금하면 쥐어보겠어? 무슨 일이 일어나는지."

"……별말씀을."

카릴의 말에 사신은 조금 더 허리를 세우고서 대답했다.

"백번 양보해서 어차피 이 검을 제대로 다룰 수 있는 자는 아조르에 없었고, 가지고 있어 봐야 창고행이었을 거다. 반면에 나는 마력중독에서부터 마법사들이 걸리기 쉬운 각종 질병에 대한 해독법이 있는 고서까지 넘겼는데?"

카릴은 얼음 발톱을 다시 허리에 차면서 말했다.

"황제는 그렇다 쳐도 마법을 탐구한다는 자가 쓰지도 못할 무구를 창고에 넣어서 뭐 하게? 감상이라도 할 셈인가."

"큭……."

"초대 마법 역시 마찬가지다. 다루지 못 할 거라면 좀 더 유용한 자에게 줘야지."

"네가 그걸 어떻게 증명할 수 있지? 네가 그걸로 허튼짓을
하지 않을 거란 보장도 없긴 마찬가진데."

"알른."

카릴은 아무렇지 않게 그 이름을 불렀다.

하지만 아무런 반응이 없었다. 그러자 그는 낮은 한숨을 내쉬
며 다시 한번 이름을 불렀다. 조금 전보다 훨씬 더 힘을 주어서.

"알른 자비우스."

화르르륵……!!

그 순간 검은 연기가 마치 불꽃처럼 피어오르면서 마법 붕
대를 감싼 검은 망자가 나타났다.

[쯧- 하여간 일을 꼭 이렇게 벌인다니까.]

"저…… 저……."

파시오는 그의 등장에 말을 잇지 못한 채 입을 벌리고 굳어
버렸다.

"마, 말도 안 돼……."

파시오는 믿을 수 없다는 듯 중얼거렸다. 나인 다르혼이 알
른을 봤을 때와 같은 반응이었다.

그럴 수밖에. 대륙의 모든 마법은 결국 7인의 원로회에서 나
왔다. 그 정점에 군림하던 자가 누구였던가.

'왜 저러지……?'

동방국의 사신은 사시나무 떨듯 벌벌 떨기 시작하는 파시

오를 보며 의아한 듯 고개를 꺾었다.

'저 괴물은 어디서…….'

그가 알른 자비우스를 앞에 두고도 의연할 수 있는 것은 오히려 이곳에 있는 자들 중에 가장 마력의 성취가 낮았기 때문이다. 이것은 태생 혹은 원류의 문제였으니까. 마법사라면 본능적으로 자신의 근원 앞에서 알 수밖에 없는 일이었는데 정점에 다다를수록 그것을 명확히 느낄 수 있었다.

[네놈은 왜 허리를 굽히지 않느냐.]

"……!!"

알른의 말이 끝남과 동시에 그의 주변에 시커멓게 변하면서 그의 주위로 마력 폭풍이 뿜어져 나왔다.

"컥, 커컥……!"

사신은 숨을 쉴 수 없는 듯 그대로 무릎을 꿇으며 주저앉고 말았다. 직접적인 힘을 보고 나서야 깨달았다.

'괴…… 괴물…….'

하룻강아지 범 무서운 줄 모른다는 말이 딱 지금 그를 가리키는 말이 아닐 수 없었다.

"아, 쟤는 내가 허리를 너무 굽히지 말라고 했거든. 딴짓하려고 해서 말이야."

[말 같지도 않은 소릴.]

카릴은 알른의 대답에 피식 웃었다.

"뭐 해?"

그러고는 바닥에 이마를 처박고 절을 하듯 엎드려 있는 파시오를 향해 말했다.

"안 가져와?"

[이거로군. 조잡하기 그지없지만……. 뭐, 구스타브 그놈의 머리에서 나온 것 치고는 쓸 만하군.]

알른은 의자에 앉아 3권의 마법서를 모두 읽고 난 뒤 감상을 말했다. 파시오 한은 두말할 것 없이 영주관 전체를 카릴에게 비워주었다. 갑작스럽게 쫓겨난 동방국의 사신이 그에게 뭐라고 하는 소리가 들렸지만 그것도 잠시뿐이었다.

"어때?"

텅 빈 홀 안에서 카릴은 여유롭게 차를 마시며 물었다.

"저로서는 도무지……."

그러자 어째서 자신이 이곳에 함께 앉아 있는 것인지 영문을 모르겠다는 표정으로 이스라필이 나지막하게 말했다. 왜냐하면 그는 알른이 읽고 난 다음 건네는 초대 마법서를 받아 읽고 있었기 때문이었다.

"흥미가 동했으면 좋겠는데."

하지만 말과 달리 이스라필의 눈동자가 반짝거리고 있다는 것을 카릴은 알았다.

"네?"

250년 전의 책이 아닌 무려 천 년 전에 만들어진 고서였다.

게다가 현재는 존재하지도 않는 마법. 도서관에 틀어박혀 살던 그가 관심을 보이지 않을 리가 없었다.

"나만 배우는 게 아냐. 이스라필, 당신도 배울 거야."

"……네? 네?! 제, 제가 우월한 눈을 말입니까?"

이스라필은 카릴의 말에 깜짝 놀란 듯 그를 바라봤다.

"아니지. 나는 그것을 익히는 것에도 시간이 오래 걸릴지 모르지만 당신은 3개 모두 다 익혀야지. 아깝게 나머지를 그냥 두면 뭐 해? 배울 수 있는 사람도 없는데. 게다가 고대 마법을 익힐 수 있는 사람은 아무리 생각해도 당신뿐이거든."

카릴은 영주관 한편에서 지루한 듯 하품을 하는 세리카와 잔뜩 긴장한 모습으로 경계를 하고 있는 미하일을 가리켰다.

"하지만 제가 어떻게……."

이스라필은 전에 알른이 했던 말을 떠올리며 카릴의 손등에 박힌 아인 트리거를 바라봤다. 마법 도시에 남아 있는 초대 마법은 7인의 원로회 중 한 명인 구스타브가 만든 정령 마법이었으니까.

"걱정하지 마. 정령이 하나만 있는 것도 아닌데."

카릴은 그런 그의 생각을 눈치챈 듯 묘한 웃음을 지으며 뒤를 돌아봤다.

"안 그래, 알른?"

[······.]

알른은 기가 찬다는 듯 눈빛으로 그를 바라봤다.

[정령은 오직 1명하고만 계약한다.]

"누가 정령 계약을 하라고 했어?"

노려보는 그에게 카릴은 웃으면서 자신의 관자놀이를 툭툭 손가락으로 두들겼다.

[……그새 뒤져본 게냐.]

"그러라고 준 거 아냐?"

카릴에게 전해준 지식의 보고의 원래 주인인 알른 자비우스는 단번에 그가 생각한 방법이 뭔지 알아차렸다.

'당신도 알다시피 나와 달리 그는 재능이 있어. 초대 마법도 나보다 더 빨리 배울 수 있을 거야. 나의 깨달음도 중요하지만 그보다 마굴을 찾아내는 게 더 시급해.'

카릴이 마음속으로 말을 걸었다.

[네놈이 무슨 생각을 하는지 알겠는데 그게 가당키나 한 얘기냐. 게다가 '송곳'이라는 이명을 알게 된 지금은 이쪽에서 거절이다. 저 녀석, 나도 썩 마음에 들지 않아.]

두아트와 계약을 했지만 여전히 알른은 카릴과의 영혼 계약을 맺은 상태였고 이제 더더욱 암흑력이 강화되면서 지금껏 단편적으로만 봤던 카릴의 기억을 더욱 선명하게 볼 수 있었다. 카릴이 아는 이스라필의 과거까지도.

하지만 송곳이 가지는 의미를 알지 못하는 이스라필은 고개를 갸웃거릴 뿐이었다.

'글쎄. 당신도 배신자라는 오명을 지우길 원하잖아. 그 역시

마찬가지 아닐까. 내 생각엔 구스타브의 마법을 완성하는 것은 둘 모두에게 필요한 일 같은데.'

카릴은 알른을 바라봤다.

'게다가 어쩌면 당신을 통해서 이번 생에 그가 '송곳'이라는 이명을 얻지 않을 수도 있을 테니까.'

두 사람의 표정이 묘하게 엇갈렸다. 단지 이스라필만이 여전히 알 수 없다는 듯 서로를 번갈아 바라봤다.

[하여간 남 부려먹기 좋아하는 놈이라니까.]

알른은 나지막하게 중얼거렸다.

프스스스스······!!

그 순간 그의 육체가 연기처럼 사라지더니 이스라필의 주위에 마치 구름처럼 피어나기 시작했다.

[애송이, 간단히 설명하겠다. 지금부터 내 힘으로 너를 감쌀 것이다. 일종의 눈속임이지. 그렇게 되면 너는 나를 통해 미약하지만 두아트의 힘을 쓸 수 있게 될 터.]

"네? ······네?! 자, 잠시만······!"

이스라필은 발끝에서부터 머리까지 전신을 감싸기 시작하는 검은 연기를 보며 당황한 듯 소리쳤다.

[그래, 그래. 고맙다는 말은 됐다.]

연기 속에서 알른은 나지막하게 말했다.

►Chapter 2◄

카릴은 눈을 감았다. 무의식의 공간은 끝을 알 수 없을 정
도로 광활하기도 하고 한편으로는 몸을 구겨 넣기도 힘들 정
도로 작을 수도 있다.

그의 눈앞에 작은 불꽃이 하나 생겨났다.

파앗-!!

불꽃의 색깔은 일반적이지 않고 한없이 투명에 가까워서 자
칫 주의 깊게 보지 않는다면 그것이 불꽃이 아니라 그저 어둠
속 물결 같아 보였다.

스스슥……!

일렁이는 불꽃이 순식간에 갈라지더니 두 개로 나누어졌다
가 다시금 하나가 갈라져 세 개가 되었다.

카릴은 집중했다.

화르륵-!

그 순간 가운데에 있던 불이 붙었다. 불꽃에 불이 붙는다는 말은 상식적으로 맞지 않는 말이었지만 적어도 이곳에서는 그렇게 보였다. 붉게 타오르고 있었으니까.

'조금만 더……'

색이 없는 불꽃에 색을 입히는 것. 그것이 지금 카릴이 무의식의 공간에서 하고 있는 일이었다.

'라미느……'

카릴은 속으로 폭염왕의 이름을 읊조렸다. 그러자 세 개의 불꽃 중 유일하게 본연의 색을 가지고 있는 붉은 불꽃이 마치 대답하기라도 하듯 흔들렸다. 하지만 그 힘이 미약해 나머지 두 힘에 당장에라도 잡아먹힐 것 같았다.

'진정해.'

카릴은 다급한 목소리로 말했다. 어쩐 일인지 당장에라도 잡아먹을 것 같았던 두 개의 투명한 불꽃은 붉은 불꽃에 완전히 가까이 가지 못한 채 그저 위협하듯 주위를 빠르게 맴돌기만 하기 시작했다.

'참아.'

카릴은 붉은 불꽃에 집중하며 이를 악물었다.

쿠극…… 쿠그극……!!

그의 말에도 불구하고 빠르게 회전하던 두 개의 투명한 불꽃이 더욱 맹렬하게 움직였다.

'라미느!!'

그 순간 붉은 불꽃이 마치 폭발하듯 맹렬하게 커지더니 두 개의 투명한 불꽃을 향해 빠르게 번져 나갔다.

콰아아아앙---!!

어둠은 순식간에 붉게 변했고 카릴의 시야는 새하얀 빛으로 가득해 눈을 뜰 수 없을 정도였다.

"큭!!"

그와 동시에 카릴은 무의식의 공간에서 깨어나며 참았던 숨을 토해냈다.

반대였다. 라미느의 불꽃은 잡아먹힐 듯 위태로워 보였지만 실상은 오히려 두 개의 투명한 불꽃이 그의 힘에 겁을 먹고 경계를 하고 있었던 것이다.

[클클클……. 애송이 녀석의 표정이 이제야 꽤나 볼만해졌군. 이제야 현실의 벽이 느껴지느냐. 신이 너에게 검의 재능을 주었다는 건 증명되었으나 마법의 재능까지 줬다고는 안 했으니까.]

"시끄러워……."

알른은 땀범벅이 되어 깨어난 카릴을 바라보며 놀리듯 말했다. 카릴은 끙끙 앓는 소리를 하며 옆에 둔 마법서를 읽어 내려가기 시작했다.

"그리고 신…… 이라는 말 내 앞에서 꺼내지 마라."

몇 번이나 반복해서 읽었던 것이라 이제는 내용을 외울 지경이었다.

[다른 속성을 합치는 것. 그건 다른 말로 하면 속성을 지우는 것과 마찬가지다. 말처럼 쉬운 일이었으면 모두가 다 했겠지. 그렇기 때문에 7인의 원로회 중에 절반만이 겨우 무색인 용마력을 쓸 수 있었지.]

"후우⋯⋯."

카릴은 지친 듯 한숨을 내쉬었다.

[구스타브는 드래곤의 선택조차 받지 못했다. 뭐, 그래서 이런 차선의 방법을 만든 거겠지만.]

알른은 실패가 당연한 일인 듯 피식 웃었다.

[불멸회의 마법사들이 암흑력이라는 속성으로 자신의 마력을 바꾸는 것도 이와 비슷한 방식이다. 물론, 구스타브의 방법은 조잡해. 불멸회는 더 하지만. 편법이나 쓰니까 나인 그 녀석이 8클래스에 도달하지 못하는 거고.]

그는 손바닥을 펼쳤다. 그러자 빛과 어둠 두 개의 힘이 각각의 구체가 되어 서로 엉켜졌다 흩어졌다.

[어째서 소드 마스터의 마력 한계를 마법사의 반열에 오를 수 있을 만큼의 마력을 가진 검사로 둔 것인지 이제야 알겠느냐. 검이나 휘두를 줄 아는 뇌가 단단한 녀석들은 그 이상 올라갈 수가 없기 때문이다.]

"그럼⋯⋯. 5대 소드 마스터들도 4클래스에 머물러 있는 것입니까?"

[네놈은 입 다물고 어둠 거인을 조종하는 데에나 마력을 집

중해라. 정신이 흐트러진다.]

"죄, 죄송합니다!"

그의 말을 경청하던 이스라필이 알른의 꾸짖음에 화들짝 놀라며 소리쳤다. 자신을 감싸고 있는 알른의 연기에서 느껴지는 암흑력은 마치 그의 머리 위에 알른이 앉아 있는 느낌이었다.

[너희가 말하는 그 다섯 명의 마력량은 아마 4클래스를 뛰어넘었겠지. 고든이란 놈과 저 녀석이 싸우는 걸 본 적이 있다. 그 덩치는 마력의 양만큼은 5클래스를 상회하더군.]

"그, 그럼……. 6클래스란 말씀이십니까?"

[자꾸 질문할래? 듣기나 해. 멍청한 녀석. 그러다 네놈도 저녀석 꼴이 난다.]

이스라필은 잠도 제대로 자지 못해 피곤한 기색이 역력한 카릴을 바라봤다.

[클래스를 나누는 것은 단순히 마력의 양이 아니다. 혈맥을 뚫는 것은 기본이오, 그다음 영역의 마법을 쓸 수 있을 만큼의 영특함이 있어야 하는 법이지. 마력의 양만 많다고 될 일이었다면 저 녀석도 대마법사의 칭호를 받았어야지.]

그는 알른의 말에 이제 대답 대신 고개를 끄덕였다.

[하지만 6클래스부터는 완전히 다른 체계다. 재능이란 벽은 결국 스스로 깨뜨려야 하는 거니까. 알겠느냐. 네놈은 지금 5대 소드 마스터들도 하지 못한 일을 하려고 하는 거야. 쇠처럼 단단한 머리를 깨려고 하니 그게 쉽겠느냐.]

"하지만 이건 내 의지대로 되는 게 아냐. 구스타브의 마법은 정령 마법이잖아. 단순히 마력을 조합하는 것이 아니라 라미느의 힘을 합치려니 녀석이 반발하는 거라고."

카릴은 신경질적으로 자신의 손등에 있는 아인 트리거를 툭 하고 쳤다.

"라미느, 너도 알른이 이스라필에게 힘을 빌려주는 것처럼 하면 되잖아. 왜 그렇게 거부하는 거야?"

화르륵-!

그 순간 그의 손등에서 작은 화염 인간이 생성되어 손가락을 가리키며 말했다.

[이스라필의 마력은 암흑력이다. 게다가 두아트의 힘 역시 같은 어둠. 속성이 같으니 굳이 합칠 필요도 없는 일이다.]

"그럼 넌?"

[차라리 네가 1가지 속성을 가지고 있었으면 정령 마법을 쓰기에 나섰을지도 모른다. 하지만 넌 비전력을 얻어 한 번 마력을 쓸 때도 2가지의 속성이 한꺼번에 나온단 말이다.]

라미느의 형상인 작은 화염 거인 역시 잔뜩 화가 난 듯 앉아 있는 카릴의 뒤로 가 연신 그의 허벅지를 발로 찼다.

[그것도 완전히 상반되는 빛과 어둠이다. 그 안에 날 집어넣겠다고? 너는 그게 가당키나 하는 말이냐.]

라미느의 목소리가 커졌다.

"인간도 하는 걸 정령왕이 못 하겠다는 게 말이 돼?"

보다 못한 카릴이 라미느를 손으로 밀며 말했다.

[네 녀석이나 저 늙은이나 모두 무색의 마력인 용마력을 가졌으니까 가능한 거지. 나는 불꽃의 정점이다. 한쪽에 극에 다다른 내게 하나도 아닌 두 개의 다른 속성을 흡수하라니. 죽어도 못 해.]

화르륵……!! 펑!!

라미느는 그 말을 끝으로 카릴의 얼굴 주변을 거칠게 몇 번 돌다가 연기와 함께 사라졌다.

"……이래서는 계기는커녕 짜증만 더 늘겠네."

카릴은 낮은 한숨을 내쉬었다. 그러고는 신경질적으로 보고 있던 마법서를 바닥에 내팽개치듯 던졌다.

꾸륵…… 꾸륵…….

그러자 저기 어딘가에서 작고 둥그스름한 형체가 바닥을 쓸며 다가왔다. 끈적거리는 점액처럼 보이던 그것이 위로 조금씩 솟아오르더니 마치 인형처럼 앙증맞게 변해 뒤뚱거리며 걷기 시작했다.

꾸륵…… 쿵!!

힘겹게 한 발씩 내딛던 녀석은 그만 자신의 발에 걸려 넘어지고 말았다. 한참을 그렇게 바닥에 대(大) 자로 뻗어 있던 녀석은 다시 느릿느릿하게 일어서더니 바닥에 떨어진 마법서를 머리 위로 들어서는 카릴에게 내밀었다.

"……."

카릴이 그 인형을 물끄러미 바라봤다.

[클클클, 이스라필. 잘했다. 아직 멀었지만 암흑 거인까지 습득했구나. 녀석, 누구와 다르게 머리가 아주 비상해. 가르치는 맛이 있구나.]

알른의 웃음소리가 들렸다. 놀랍게도 카릴의 앞에 서 있는 작고 검은 인형은 초대 마법 중 하나인 어둠 거인이었다.

"하, 하하……. 과찬이십니다. 모두 스승님 덕분입니다."

이스라필은 알른의 칭찬에 어색하게 대답했다. 아직 마력 합성도 하지 못한 카릴과 달리 일주일도 되지 않아 벌써 초대 마법 중 하나를 익힌 것이었다.

[초대 마법을 익히기 위한 마력 구축에 감을 잡은 듯싶구나. 이제 남은 두 개의 마법은 금방 배울 수 있을 게다.]

"감사합니다!"

그가 보이지 않는 알른을 향해 고개를 꾸벅 숙이며 대답했다. 그러자 카릴의 앞에 있던 작은 어둠 거인이 따라서 꾸벅 인사를 했다.

"……."

90도로 허리를 숙이고 있는 어둠 거인의 뒤통수를 한 대 후려치자 녀석은 그대로 다시 앞으로 자빠지며 대(大)자로 뻗었다. 카릴은 그러고는 자리에서 일어섰다.

[클클……. 어딜 가려고 그러느냐. 시간이 없다면서.]

"재능 있는 이스라필이 있잖아. 그가 우월한 눈을 배우게 되면 마굴을 찾는 문제는 해결돼. 잠깐 나갔다 오겠어."

[어딜 가려고?]

"당신이 안 도와줘서 다른 데다 물어보려고."

그는 딱히 말하고 싶지 않은 듯 알른의 물음에 지나가는 투로 대답했다.

[클클클, 누구에게? 설마 그 두꺼비같이 생긴 셀린 한의 자손에게? 아서라. 그놈은 글렀어.]

"걱정 마. 나도 죽은 사람에게 물어볼 거니까."

영주관을 나가는 그의 뒷모습을 보며 알른은 나지막하게 웃었다.

[녀석, 어린애처럼 삐치기는.]

"괜찮을까요? 많이 어려워하시는 것 같은데……. 차라리 스승님께서 카릴 님을 도와주시는 건 어떠신지요?"

쿵-!!

이스라필의 말에 그의 몸을 감싸고 있던 검은 연기가 팔처럼 길게 늘어뜨려지며 머리를 때렸다.

[해주긴 뭘 해줘. 녀석이 먼저 말했잖느냐. 자기 스스로 하겠다고. 게다가 나도 네가 아니면 안 된다. 나로 인해 네가 초대 마법을 배워야 구스타브의 허울을 벗길 수 있거든.]

"허울…… 이요?"

[그런 게 있다. 그리고 누가 누굴 걱정하는 게냐. 늑대 주제에 호랑이를 걱정한다고? 클클클.]

알른은 카릴이 나간 방문을 바라보며 말했다.

[저놈은 7인의 원로회에서 유일하게 단 한 명만이 성공한 마법을 배운 놈이다. 구스타브의 이런 허접한 마법 따위보다 백 배 아니지 천 배? 홍, 비교조차 불가능한 마법이지.]

이스라필은 알른의 말에 허연 얼굴이 더 창백하게 질렸다. 초대 마법을 익히는 것만으로 버거운데 그보다 더한 마법이라니 상상조차 되지 않았다.

[바로 내 비전술. 그걸 그놈은 익혔다. 그것만으로도 설명이 되지 않느냐. 이따위 마법이야 도와주면 얼마든지 배울 수 있지. 하지만 내 마법은 도와준다고 해서 익힐 수 있는 게 아냐. 재능이 없다면 가당치도 않은 일이지.]

"그렇군요……."

이스라필은 그의 말에 자신도 모르게 심장이 쿵 하고 뛰는 기분이었다.

[그러니 다른 생각 말고 빨리 마법이나 익히는 데 집중해라. 이런 허접한 마법 하나에 일주일이나 걸렸지 않느냐.]

"그런데 왜 좀 전에는 그리 말씀하신 겁니까?"

이스라필은 마력 합성에 실패한 카릴을 놀리듯 꾸짖었던 알른을 떠올렸다.

[녀석은 검의 스승이 없이 혼자서 정점에 다다랐다. 그것만으로도 대단하지. 그런데 궁금하지 않느냐.]

6클래스를 뛰어넘는 계기를 마련하는 것이 중요한 것이 아니었다. 이미 알른의 머릿속엔 이것은 그저 지나가는 관문에 불과했으니까.

'어쩌면 저놈을 이민족으로 태어나게 한 것은 신이 녀석이 두려워서 그런 게 아닐까 하는 생각이 들었으니까.'

[과연 마법으로 어디까지가 놈의 끝인지.]

그러고는 고개를 드는 이스라필을 향해 피식 웃었다.

[내 평생 처음 봤거든.]

"……네?"

그는 나지막하게 말했다.

검과 마법.

[두 개의 재능 모두 가진 인간을.]

[내 탓으로 돌리려 하지 마라. 고통을 참으며 마력을 합성해 봐야 그건 네 힘이 아니라 내 힘에 불과하니까.]

카릴은 영주관을 나와 아조르의 시내로 걸어 나왔다. 광장 한복판에 있는 분수대에 앉아 사람들이 지나가는 모습을 멍하니 바라보고 있었다.

'알고 있어. 단순히 초대 마법에서 그치려고 했다면 강제로라도 합성을 시켰겠지.'

[……어쩌 날 위해서가 아닌 것처럼 들린다?]

라미느의 말에 카릴은 피식 웃었다.

'물론, 널 위함이기도 하고. 내 마력은 비전력이지만 더 근본은 리세리아의 용마력이다. 빛과 어둠의 힘을 포기하고 순수한 마력을 쓴다면 너와 합성하는 것은 문제가 아니야.'

[흐음……. 그런데? 왜 꼭 비전력을 고집하는 게냐.]

'신살(神殺).'

카릴은 차갑게 대답했다.

'드래곤의 힘도 정령왕의 힘도 신을 죽일 순 없다. 네가 말하지 않았던가? 그 둘의 힘을 모두 가지고 있는 자가 도달했던 마법이 있다고.'

라미느는 카릴의 말에 나지막한 목소리로 대답했다.

[위대한 마법…….]

'그게 무엇인지 정확히는 알지 못하지만 나는 그 힘에 비전력을 더할 것이다. 바라지 마지않는 한순간에 더 완벽하고 더 궁극적인 힘을 쓰기 위해서.'

[…….]

카릴과 계약을 한 라미느는 그의 생각을 읽을 수는 없지만 그의 감정은 확실하게 느낄 수 있었다.

분노 그 이상의 냉정함.

[우리들이야 그렇다 쳐도 도대체 너는 어째서 그토록 신을 증오하는지 모르겠군.]

'신령 전쟁에 블레이더가 인간이었다면서. 그들과 같은 이유

라고 해줘.'

[그들은 인간의 잣대가 아닌 신의 잣대로도 설명할 수 없다. 네가 그들처럼 신 이상의 존재의 부름이라도 있었기 때문이라 는 게냐?]

'아니.'

카릴은 라미느의 말에 대답했다.

'난 누가 시킨 게 아니라 내 의지로 행하는 거야.'

탁-

그는 걸터앉아 있었던 분수대에서 내려오며 걸음을 다시 옮 기기 시작했다.

'그러니까 널 다스리는 법도 스스로 찾아야지.'

우우우웅…….

얼음 발톱이 가볍게 떨렸다. 검 자체가 아닌 그 안에 있는 자르카 호치가 그의 말에 반응이라도 하는 것처럼 보여 카릴 은 피식 웃었다.

'그래. 네가 말하고 싶은 게 뭔지 알아. 내가 가진 비전력의 빛 속성 때문에 암흑력을 제대로 다루지 못해 널 불러올 순 없 지만……. 마력 합성을 성공시키면 인형술 이전에 널 소환하 는 것도 가능하겠지.'

[네 녀석 주위엔 어째 인간보다 인간이 아닌 자가 더 많군. 표정을 보아하니 결국 거기에 갈 생각이냐.]

카릴은 라미느의 말에 쓴웃음을 지었다.

'응, 자존심이 좀 상하지만.'

퍽-!!

어스름이 깔린 밤. 둔탁한 소리와 함께 서 있던 두 명의 보초가 목이 뒤로 꺾이면서 앞으로 고꾸라졌다. 비명도 내지 못한 채 눈 깜짝할 사이에 둘을 처리한 사람은 카릴이었다.

[한두 번 해본 솜씨가 아닌 것 같군.]

'뭐…… 옛날에 잠입을 꽤나 했었지.'

카릴은 라미느의 말에 피아스타 때를 비롯해 전생에 올리번의 황명으로 수많은 귀족을 암살했던 자신을 떠올렸다. 지금의 실력에서 이런 일이야 너무나 쉬운 일이었지만 당당히 정문으로의 입성이 아닌 이런 침입은 이제 하고 싶지 않아 썩 기분좋은 일은 아니었다.

[차라리 알른 자비우스에게 도움을 청하면 되지 않느냐. 그라면 비전력을 합성하는 방법도 쉬이 알 텐데.]

'그럴 순 없어. 그의 도움을 받아서 6클래스를 넘는 것은 의미가 없으니까. 7클래스, 8클래스에 도전할 때에도 그에게 떠먹여 달라고 할 순 없잖아?'

[지금 이것도 썩 스스로 해법을 찾는 것은 아닌 것 같은데……]

라미느의 말에 카릴의 얼굴이 살짝 굳어졌다.

'달라. 알른은 마법에 대해서는 완벽하지만 정령술에 대해서는 마법에 비해 성취가 높지 않다. 그가 제시하는 해법은 마법적 견해겠지. 하지만 나는 정령술적 견해로 마력 합성 방법을 찾으려는 거야.'

[너 평상시보다 말이 엄청 많은 거 알지? 그리고 그게 무슨 의미인지도.]

입을 다문 모습에 라미느는 재밌다는 듯 껄껄 웃었다.

[농담이다. 네 말대로 마법서가 있어도 익힐 수 있는 자와 없는 자는 명백하니까.]

'알른이나 너나 나를 못 잡아먹어 안달이로군.'

[그래, 이럴 때 아니면 언제 널 놀려보겠느냐. 그래도 고민을 하는 모습이 조금은 인간답다. 워낙에 혼자 뭐든지 잘해서 인간 같지도 않아 보였거든.]

보초를 쓰러뜨리고 카릴은 눈앞에 있는 거대한 문을 바라봤다. 건축물은 고개를 완전히 꺾어도 끝이 보이지 않을 정도로 높게 솟아 있었다. 그런데 이런 것이 하나가 아니라 무려 여섯 개나 있었다.

[뭐 알른, 그자의 성격을 생각했을 때 네가 이곳에 오자고 해도 절대로 오지 않았을 것 같긴 하군.]

라미느는 흥미로운 듯 말했다.

[여긴 너와 나밖에 모르는 일이니까. 그녀의 공간에서는 허락된 령(靈)만이 의지를 가질 수 있으니까. 알른이라 할지라도

기억 속에 없겠지.]

카릴은 그의 말에 고개를 끄덕였다.

여섯 개의 거대한 탑. 다름 아닌 7인의 원로회 중 6인의 영웅을 기리는 탑이었다.

라미느는 나지막하게 말했다.

[재밌구나. 퀴니테의 정수가 이런 곳에 있다니 말이야.]

카릴이 서 있는 탑 위에는 한 사람의 이름이 선명하게 각인되어 있었다. 그리고 나머지 탑들에도 각각의 이름이 각인 되어 있었다.

'뭐, 정확히는 그것이 그녀의 것인지 모르고 후대의 사람들이 그저 이 탑 안에 같이 넣어 둔 것이겠지.'

아인 트리거에서 작은 화염체가 흘러나와 탑의 꼭대기를 비추었다. 엘프의 보고에서 만났던 정령술사 퀴니테. 카릴과의 계약에서 그녀는 자신이 집대성한 정수, 정령학개론의 위치를 알려줬다.

처음에 그녀의 말을 들었을 때 카릴은 자신의 귀를 의심했다. 놀랍게도 그 책이 있는 곳이 바로 이곳. 7인의 원로회 중 한 명인 구스타브의 무덤 안이었으니까.

"구스타브……? 지금 7인의 원로회인 구스타브 경을 말하는 건가?"

"뛰어난 정령술사이기도 했다. 그는 물의 정령왕, 해일의 여왕인 에테랄의 계약자이기도 했으니까."

"세기의 정령술사라 칭송받는 당신이 구스타브를 칭찬하다니……. 알른이 들으면 기가 찰 노릇이겠군. 당신에게는 뛰어난 선구자일지는 모르겠지만 그가 원로회의 수장인 알른 자비우스를 죽인 자라는 건 모르겠지? 오명을 씌워서."

하지만 이내 쿼니테는 쓴웃음을 지었다.

"알고 있다."

"그럼 다행인 줄 알아. 지금 여기에 잠들어 있는 늙은이가 깨어 있었다면 난리가 났을 테니까."

그녀의 대답에 반대로 카릴이 살짝 놀라지 않을 수 없었다. 모두가 구스타브를 영웅이라 칭송하고 있었지만 그 뒤의 진실은 모르고 있었기 때문이다.

"모든 일에는 인과관계가 있는 법. 잘잘못을 따진다면 각자의 입장을 모두 봐야 하지 않겠느냐."

"잘못 알고 있는데 난 누군가를 판결하려고 하는 게 아니야. 하지만 누군가에게 죽임을 당하는 게 뭣 같은 일이라는 건 알지. 눈앞에서 질리도록 많이 봤거든."

이글거리는 카릴의 눈빛을 보며 쿼니테는 천천히 고개를 끄덕일 뿐 이렇다 할 말을 하지 않았다.

"언젠가 밝혀지겠지."

"그렇게 그들을 변호하고 싶다면 차라리 지금 얘기하면 되잖아? 어차피 모두 죽은 자들인데."

"제삼자를 통한 말은 아무리 진실이라 하더라도 그 색깔이 퇴색되는 법이니까. 언젠가 네 스스로 찾게 되겠지."

쿼니테는 나지막한 목소리로 물었다.

"넌 알른 자비우스를 믿는가?"

"과거의 인간들은 어찌 그리 질문도 똑같지? 그 양반도 내게 그런 질문을 했는데."

"그런가. 그럼 너는 뭐라 대답했지?"

카릴은 그녀를 바라보며 피식 웃었다.

"난 그에게 왜? 어떻게? 이런 질문은 하지도 않았다. 구스타브가 정말 영웅일 수도 있고 혹은 알른의 말대로 그가 억울한 죽임을 당한 걸 수도 있지."

회색교장에서 처음 알른을 만났을 때 그는 카릴에게 자신의 기억을 보여줬었다. 그때 알른의 맹위는 눈이 부실 정도였다. 웰 바하르의 머리를 고작 매직 미사일로 날려 버린 그가 정말 나머지 원로회들에게 죽은 것인지 의아했으니까.

아쉽게도 그 당시 그의 기억은 거기서 끝나 그 결말을 알지 못했다.

"그럼에도 그와 함께하는 이유는 그가 한 말 때문이야."

"어떤 말이지?"

"누구도 믿지 말고 자신을 믿어라. 내 생각과 똑같거든. 내

등에 칼을 꽂기 전에 내가 그자의 목에 베어버릴 거니까. 그게 알른이든 구스타브든……."

차가운 그의 대답은 퀴니테가 만든 공간마저 얼어붙게 만드는 것 같았다.

"설령 드래곤이라도."

카릴은 조금 더 목소리에 힘을 주었다.

"강하군."

"알아."

퀴니테는 고민 없이 담담한 표정으로 대답하는 카릴의 모습에 옅은 미소를 지었다.

"라미느가 어째서 널 인정했는지 알 것 같구나. 너는 확실히 곧은 검과 같은 인간이구나. 검의 정점에 서는 것은 어렵지 않겠지. 하지만 곧은 자는 곧은 길만 생각한다. 검은 곧 의지이니까. 하지만 정령은 다르다. 그들은 각각의 의지를 품은 존재이기에 정답이 하나가 될 수 없다. 그 차이를 알지 못한다면 너는 정령술에 다다르지 못할 거다."

카릴은 그녀의 말에 건틀렛을 다시 한번 보였다.

"이미 그 정령 중 하나를 다루고 있는데 앞뒤가 안 맞는 소리라고 생각하지 않아? 아까도 얘기했지만 쓸 수 있는지 없는지는 내가 정해."

카릴은 회상에서 깨어나 살짝 인상을 찡그렸다. 호기롭게 대답했던 그때와 달리 마치 지금 상황을 예언하는 것처럼 쿼니테가 했던 마지막 말대로 그는 지금 곤욕을 치르고 있었기 때문이었다.

[알른에게 했던 말도 거짓말은 아니군. 어쨌든 사자(死者)에게서 해답을 찾으려는 거니까.]

카릴은 라미느의 말에 가볍게 어깨를 으쓱했다.

[그나저나 무덤이 도굴된 걸 알면 난리가 나겠군.]

아조르의 상징이라 할 수 있는 이 탑들은 제국의 교단처럼 마법사들의 우상과도 같은 것이었다. 그러니 그런 곳에 무단으로 들어간다는 것은 절대로 있을 수 없는 일이었다.

'날 막으려고 하는 게 더 난리 나는 거겠지.'

쿠그그그그……

하지만 카릴은 개의치 않고 문의 손잡이를 잡아당겼다. 단단하게 걸린 봉인 마법이 발동하기도 전에 그는 그보다 더 강대한 마력을 밀어 넣었다.

우지끈……!! 쿵!!

문의 손잡이가 빨갛게 달아오르더니 끝내 그 힘을 견디지 못한 듯 연결고리가 끊어지고 말았다.

[여전히 무식한 방법이군. 마법사들이 싫어할 만해. 마력으로 마법을 압도해 버리는 건 고생해서 만든 공식과 수식을 무

시해 버리는 거니까.]

라미느는 나인 다르혼의 서재에서 카릴이 건물의 봉인식을 무시한 채 용마력의 힘으로 자신을 소환했던 일을 떠올리며 말했다.

'나인 다르혼의 봉인식에 비하면 애들 장난이야. 개미를 밟는데 머리부터 밟을지 몸통부터 밟을지 고민하는 게 더 이상한 거 아냐? 그냥 부수면 되지.'

라미느는 심드렁한 카릴의 대답에 할 말을 잃은 듯 가만히 있었다.

휘이이익······.

무덤의 문이 열리자 따뜻한 바람이 느껴졌다. 탑 안은 마법이 걸려 있어 온도와 습도가 적절하게 유지되고 있었다.

"흠······."

구스타브의 시체가 있는 관에는 또 따로 마법이 걸려 있는 듯 그 밑에 복잡한 마법진이 새겨져 있었다.

저벅- 저벅- 저벅-

카릴은 화려한 장식이 되어 있는 그의 관은 관심 없는 듯 안으로 걸어 들어가 빼곡하게 꽂혀 있는 벽면의 책들을 훑어보았다. 그는 고민 없이 책장 안에 꽂힌 책 중 하나를 집어 들었다. 표지에는 아무것도 쓰여 있지 않았지만 그것이 그녀가 남긴 정령학개론이라는 것을 알 수 있었다.

[무지한 인간들이 모를 만하군. 이 정도로 미약한 정령의 숨

결은 정령왕과 계약을 한 자만이 볼 수 있는 걸 테니까.]

"얼마나 대단한 걸 남겨 놓았는지 어디 보지."

카릴은 낮게 중얼거렸다. 여전히 회상 속에 쿼니테가 한 말이 계속해서 머릿속에 남아 있는 모양이었다.

[게다가 이 책 자체도 정령왕의 힘이 없으면 풀 수 없게 되어 있군.]

라미느는 카릴이 뭐라 하기도 전에 이미 책 주위를 회전하듯 날기 시작했다.

화르륵……!!

라미느의 궤적에 따라 책 주위로 불꽃이 일더니 둥근 불의 고리가 만들어졌다. 그리고 책이 반응하기 시작했다.

철컥…… 착!!

잠금쇠가 풀리는 소리와 함께 책의 표지에 걸려 있던 고리가 떨어졌다. 카릴은 책을 쥐고 있는 팔이 불의 고리 안쪽에 있음에도 뜨겁지 않은 듯 아무렇지 않게 책을 펼쳤다.

"……이게 뭐야?"

그는 당혹스러움에 자신도 모르게 몰래 잠입했다는 것도 잊은 채 크게 소리치고 말았다.

촤르륵……!!

몇 번이나 책장을 넘겼다.

"……."

페이지를 확인하며 눈동자가 빠르게 움직였다. 마지막 표지를 보고 책을 닫고 나서도 카릴은 할 말을 잃은 듯 아무런 말을 하지 못했다.

쿼니테가 남긴 고서……. 아무것도 적혀 있지 않았다.

"뭐 이런……."

카릴은 어처구니가 없었다. 자칫 고심 끝에 찾아온 이곳에서까지 결국 아무런 소득도 얻지 못하는 것일지 모르는 일이었기 때문이었다.

'뭔가 다른 장치가 있는 게 아닐까……. 라미느, 혹시 이 탑 안에 또 감지되는 것이 있어?'

[내게 물어봐도 어차피 네가 더 잘 알고 있는 것 아니겠느냐. 아무것도 없다.]

"……."

카릴은 그의 대답에 입술을 깨물었다.

'쿼니테의 성격을 봐서는 카이에 에시르처럼 뭔가 비밀스럽게 숨기거나 했을 것 같진 않은데…….'

그러고는 바보 같은 짓이라는 걸 알면서도 다시 한번 아무것도 적혀 있지 않은 백지뿐인 정령학개론을 흔들어봤다.

"디텍션(Detection)."

혹시나 하는 마음에 탐지 마법까지 시전을 해봤지만 역시나 아무것도 잡히는 것이 없었다.

'이 탑엔 아무것도 없어.'

마력을 다루지 못했던 과거와 달리 지금의 카릴은 순식간에 탑 안을 살펴볼 수 있었다. 하지만 그 능력이 오히려 지금의 그에게 실망을 안겨줄 뿐이었다.

"허탕인가……. 이거 제대로 당했는걸."

카릴은 신경질적으로 머리를 긁적이고는 책은 원래의 자리로 돌려놓았다.

"세기의 정령술사라 칭송받던 여자가 아인헤리에서의 카이에 에시르보다 더한 짓을 해놨을 줄은 꿈에도 몰랐어."

[내가 알고 있는 그녀는 그럴 인간은 아니라고 생각되는데…….]

라미느는 뭔가 이상하다는 듯 중얼거렸다.

"후우……."

카릴은 낮은 한숨을 내쉬었다. 정령학개론을 참고하면 뭔가 실마리를 찾을 수 있을까 싶었는데 이마저 허탕이니 다시 처음으로 돌아온 것이다.

꼬르륵…….

그 순간 카릴의 배에서 배고픔을 알리는 소리가 들렸다.

"……."

생각해 보니 영주관에 들어온 뒤로 아무것도 먹지 않은 채 무의식의 공간에서 며칠을 지새웠었다.

살기 위해서는 먹어야 하고 잠을 자야 한다. 그것은 싸우기 위해서도 마찬가지다. 회귀를 위해 그 지옥 같았던 파렐을 오르면서도 잊지 않고 있었던 두 가지를 지금 지키지 않고 있었다는 것을 카릴은 새삼 깨달았다.

'조급했던 건 아니다. 너무 과하게 몰입을 했던 것이지.'

카릴은 쓴웃음을 지었다.

얼마 만인가. 검의 극의에 도달하고 난 뒤에 무언가를 익히기 위해 이토록 노력을 기울여 본 적이.

용마력을 얻고 난 뒤 알른의 도움으로 칼네레의 마도 검술인 무색기검을 배우게 되어 마법조차 검의 방식으로 깨우친 그였다. 지금 생각해 보면 정령 마법을 익히는 이번에야말로 처음으로 마법에서 검을 오롯이 배제하는 기회가 될 수 있었다.

[몰입이라……. 실패로 지쳤을 줄 알았는데 걱정했던 것과는 반대로군. 오히려 즐겁다니 정말 못 말리는 녀석이로군.]

카릴은 라미느의 말에 옅은 웃음을 지었다.

[이제 어떻게 할 셈이지?]

그의 물음에 카릴은 이미 답을 정한 듯 오히려 홀가분한 표정으로 그에게 말했다.

"밥이나 먹을까?"

아무도 모를 한밤중의 침입은 그렇게 실패로 끝나는 듯 보였다.

"자, 자-!! 신선한 야채가 오늘 막 들어왔습니다!"
"새로운 꼬치를 개시했습니다! 오세요, 오세요!"

늦은 밤이 지나고 해가 뜨자마자 아조르의 시장은 사람들로 북적이기 시작했다. 계급이 철저하게 구분되어 있는 제국이나 왕국과 달리 마법 도시인 아조르는 귀족이 존재하지 않기 때문이었다. 게다가 지금은 자유국 선언을 했지만 무법지였던 타투르는 계급은 없다지만 저마다 사연이 있는 자들이 모인 곳이기에 이런 밝은 분위기가 형성될 수 없었다.

'보기 좋군.'

카릴은 오랜만에 평범한 사람들의 얼굴을 이렇게 살펴보는 것 같다는 생각이 들었다. 타투르에 돌아와서도 거의 대부분은 직무실에 있었고 몇 차례의 만남 이후엔 곧바로 안티홈으로 왔으니 말이다.

'내가 미래를 바꾸려고 하는 이유 중 하나도 저들에게 있는 것인데……'

급할수록 돌아가라고 했다. 그는 자신이 너무 앞만 보고 달려온 것이 아닐까 하는 생각이 들었다. 이런 상황에 어울리지 않을지도 모르겠지만 쿼니테의 고서에서 실패한 것을 인정하자 오히려 마음의 짐을 내려놓은 기분이었다.

"주문하신 음식 나왔습니다."

창밖의 풍경을 보고 있던 카릴은 김이 모락모락 나는 음식을 바라보며 흐뭇한 표정을 지었다. 아조르에 와서 처음으로 제대로 된 식사였다. 영주관을 강제로 빼앗다시피 하긴 했지만 알른 자비우스의 모습을 본 파시오는 오히려 카릴 일행을 극진히 대접했다. 하지만 이스라필과 달리 카릴은 일체의 만남을 거절하고 마법을 익히는 데 집중했었다.

'그러고 보니 동방국이 의외로 잠잠한걸……'

카릴은 플레이트에 놓인 고기를 썰어 입에 가져갔다. 도시 외각 입구 쪽에 보이는 아무 곳이나 들어온 것 치고는 제법 훌륭한 맛이었다.

'동방국 사신이 돌아가지 않았으면 좋겠는데.'

우물…… 우물…….

카릴은 입안 가득 고기를 밀어 넣고는 씹었다.

'일주일 정도가 지났으니 캄마와 에이단이 아조르에 도착했을지도 모르겠군. 밥 먹고 길드에 들리긴 해야겠어.'

광장의 메인 거리에 있는 식당에 갈 수도 있었지만 카릴은 오랜만에 편안하게 식사를 즐기고 싶었다. 혹여나 누가 그를 알아보기라도 한다면 귀찮아질 것 같아서였다.

"어머!! 먹고 싶다고 졸라서 기껏 사줬더니 이게 뭐야! 엉망으로 만들어 버리면 어떡해."

포크를 입에 물고 생각에 빠졌던 카릴의 귀에 날카로운 목소리가 들렸다. 고개를 돌리자 식탁에는 한 아이와 엄마가 있었다. 조금 전 목소리는 아이의 엄마였다.

식탁에는 비어 있는 우유 잔과 갓 만든 빵 그리고 고기찜으로 보이는 음식이 있었다. 그런데 자세히 보니 가족이 먹어야 할 고기찜 안에 방금 부은 듯한 우유가 엉망이 되어 섞여 있었다. 아무래도 아이가 장난을 친 모양이었다.

"하하, 여보. 애들이 다 그렇지. 한창 장난을 칠 때 아니오. 생일날에 혼은 내지 맙시다."

그 옆에 덩치가 큰 남자는 그런 아이의 장난조차도 즐거운 듯 인상 좋게 웃었다.

"그래도요. 어휴……. 쉽게 올 수 있는 것도 아닌데."

아내는 한숨을 내쉬었다. 확실히 대류의 왕국에 살고 있는 대다수의 평민은 가게에서 음식을 잘 사 먹지 않는다. 가게의 음식은 대부분 모험가들이나 관리들을 위한 것이기 때문에 가격이 높기 때문이었다.

저 가족도 아이의 생일이나 되었기에 이른 아침에 이렇게 나온 모양이었다.

'그래도 저 집은 좀 나은 편이군. 가족이 모두 함께 밥을 먹을 수 있는 것만으로도 말이야.'

카릴은 그 모습을 보며 씁쓸한 표정을 지었다.

이민족이었던 어린 시절 그에게 있어 어머니는 모성애보다 대전사의 여자라는 느낌이 더 강했으니까.

'어머니는 음식보다 독을 구분하는 법부터 가르치셨지. 아버지와 마찬가지로 그녀 역시 완벽한 전사였으니까.'

하지만 그는 부족을 멸족시킨 크웰의 성을 따르고 있다.

'나는 아버지를 용서한 걸까.'

칼리악이 아닌 양아버지인 크웰을 뜻하는 것이었다. 어쩌면 철천지원수가 되었어야 마땅한 관계.

스스로에게 묻는 자문(自問).

―카릴. 북부로 가거라. 과거 늑여우 부족의 터에 감춰진 동굴이 하나 있다. 그곳에서…… 진실을 찾거라.

전생에 신탁전쟁이 일어나고 크웰은 죽음에 임박했던 마지막 순간 자신에게 유언을 남겼었다.

언제부터였을까. 아버지가 그 비밀을 가슴 속에 혼자 묻고 있었을 때가.

전생에 그는 단 한 번도 크웰 맥거번을 용서했던 적이 없었다.

그럴 수밖에. 친부를 죽이고 동족을 멸망시킨 자가 하루 사이에 양아버지가 되었다고 그를 따를 수 있겠는가.

―그곳에 무엇이 있습니까?

카릴은 어째서 크웰이 죽음 앞에서 황제가 아닌 자신을 불렀던 것인지 알지 못했다.

그가 남긴 유언.

그리고 카릴은 북부 동굴에서 '그것'을 보았다.

"……."

만약 크웰이 그 사실을 알려주지 않았더라면 그는 결코 전생을 넘어 회귀할 다짐을 하지 못했을지도 모른다.

'비록 그가 진실이 담긴 유언을 한 건 맞지만 그건 결국 수 년 뒤에 고해성사와도 같은 것. 나는 여전히 아버지를 용서한 것이 아니다.'

카릴은 그렇게 생각하면서도 자신도 모르게 크웰을 아버지라 부르는 것에 바보 같다는 생각이 들었다.

'전생에서 유일하게 내게 진실을 알려준 자이기 때문일지 모르지. 덕분에 다시 돌아온 것이니까.'

하지만 그것만으로는 부족하다.

'란돌을 만나야 할 때가 다가온 거겠지.'

놀랍게도 카릴은 티렌이 생각하는 것과 같은 것을 생각했다. 제국의 움직임을 주시하고 있는 상황에서 유일한 변수라면 바로 다섯째였으니까.

'과연……. 그가 내 뜻대로 움직일지는 지켜봐야 할 일이지만.'

그는 씁쓸한 표정을 지으며 남은 고기를 신경질적으로 입에 밀어 넣었다.

"우리 아들, 잘했다. 솔직히 소스 맛이 강했는데 오히려 우유가 섞여서 부드러워진 것 같은걸."

남자는 살짝 입을 가리고는 주방에 들리지 않을 목소리로 말했다.

"처음에는 고기든 야채든 다 너무 맛이 강했잖아. 서로 어울리지 않는 게 우유 덕분에 섞여 버리니 차라리 나은걸."

그러고는 아이의 머리를 쓰다듬으면서 호탕하게 웃었다.

"하지만 이렇게 되니 우유 맛을 보지 못하잖아요. 우유도 요즘은 쉽게 살 수 있는 게 아니라 큰맘 먹고 주문한 건데……. 없어져 버렸는걸요."

아내는 남자의 말에도 아쉬운 듯 말했다.

"없어지긴. 더 맛있는 찜을 먹게 되었잖아. 안 그래?"

"네!!"

아이는 기분 좋은 듯 대답했다. 하지만 차가운 우유가 들어간 찜이 맛있을 리가 없었다. 그저 남자가 아이의 기분이 상하지 않도록 배려를 해주고 있는 것이었다.

"섞어버리니 없어졌다……."

조금 전 아내가 했던 말을 자신도 모르게 따라 읊었다.

"없어진 게 아니라 더 맛있어졌다…… 라?"

그러고는 소스 위로 마시던 물을 부었다. 그다음 들고 있던 포크로 이리저리 휘젓자 양념과 물이 섞였다. 하지만 진득한 양념은 물을 섞어도 크게 달라지지 않아 보였다.

카릴은 포크로 양념을 찍어 먹었다.

조금 전과는 형편없는 맛.

[뭐 하는 게냐? 포기하고 요리사로 전향이라도 하려고 그러는 건가?]

그때였다. 이른 아침에 떠오르는 해가 창문 안쪽으로 카릴이 앉아 있던 식탁 위로 빛을 비추었다.

빛은 서서히 커져 식탁의 절반 이상을 덮었고 서서히 카릴이 섞어놓은 소스가 있는 쟁반까지 도달했다. 새하얀 햇빛이 양념 위에 덮어졌지만 이번에도 역시나 변한 것은 아무것도 없었다.

'더해졌지만 더해지지 않았다……'

카릴은 물끄러미 엉망으로 섞인 양념을 바라봤다.

'물이 넣어졌을 땐 맛이 변했지만 빛은 그대로다. 더해졌으나 그대로다.'

두근……. 두근…….

'백지가 아니었다.'

카릴은 자신도 모르게 입꼬리를 올렸다.

'아무것도 없는 백지가 아니라 더해져도 변화가 없기에 새하얗다는 의미였어.'

[……?]

라미느는 그의 말이 이해가 가지 않는 듯 아무런 말을 하지 않았다.

콰앙--!!

무언가에 홀린 듯 카릴이 자리에서 벌떡 일어났다. 덕분에 의자가 넘어지는 소리에 식당 안에 있던 사람들이 모두 그를 쳐다봤지만 그는 개의치 않은 듯 그대로 달리기 시작했다.

"거스름돈은 저 아이에게. 먹고 싶은 걸 더 만들어주고."

카릴은 문을 나서기 전에 주머니 안에 집히는 대로 동전을 주인에게 던지다시피 건넸다.

"예? 네……?! 소, 손님!!"

주인은 떨어진 동전이 모두 금화라는 것을 알고는 놀란 표정으로 소리쳤다.

[너……. 이상한 생각을 하고 있는 건 아니겠지?]

"크…… 크큭……!"

하지만 라미느의 물음에도 불구하고 카릴은 연신 웃음을 참지 못하는 듯 히죽거렸다.

"그래. 왜 내가 그 생각을 못 했지?"

[불안한데……. 이거.]

"퀴니테가 남긴 책. 그건 백지가 아니야. 아무것도 없다는 것은 존재하지 않는다는 의미가 아니야. 오히려 그 반대다. 완벽하게 섞였기 때문이지."

양념 속 물처럼 자신의 존재를 계속해서 가져가는 것이 아니라 빛처럼 그 형질에 변화를 주지 않고 합해지는 것. 그것이 각기 다른 성향을 가진 정령을 다루는 기본이라는 것을 퀴니테는 말하려 했던 것이다.

"정령은 실재하되 실재하지 않는 영체. 5대 속성인 너희와 달리 빛과 어둠은 확실히 그 궤가 달라."

[도대체 무슨 생각인 거냐?]

"네가 상극의 힘 사이에 껴 합쳐지지 못하는 이유는 네 자체로서 그 색깔이 너무 짙기 때문이야. 그렇다면 그 색깔을 흐리게……

아니, 빛과 어둠의 성질처럼 투명하게 만들면 되는 거지."

라미느는 도무지 이해가 되지 않는다는 반응이었다.

"알른도 놀라 자빠질걸?"

콰아아앙---!!

영주관의 문을 거칠게 열었다. 이스라필을 가르치고 있던 알른이 숨을 몰아쉬며 달려온 그를 바라봤다.

[아침 댓바람부터 무슨 난리람. 그래, 물어본 사자는 답을 주더냐.]

"아니."

[흐음……?]

카릴은 입꼬리를 올렸다.

"내가 하려는 건 그녀도 생각하지 못한 일일 테니까."

[그녀?]

알른이 카릴의 말에 의아한 표정으로 바라봤다.

세기의 정령술사라 불리던 퀴니테 역시 한 가지 속성만 쓸 수 있는 평범한 인간이었다. 하지만 자신은 다르다.

"빛이 합쳐지면 결국 무색이 되는 법. 라미느, 네 힘을 그대로 비전력에 합치려니 어려웠던 거야. 내가 나머지 속성의 마력을 네게 주겠다."

[야이…… 미친놈아!!]

라미느는 카릴이 무엇을 하려는지 알았다는 듯 소리쳤다.

"지금부터 7개의 속성을 모두 섞을 거니까. 그것도 모두 똑같은 힘의 크기로 말이야. 그럼 불만 없겠지?"

[무슨 개소리야!! 두 개의 힘도 힘든데 6개의 다른 속성과 섞여 뒹굴라고? 죽어도 못해!!]

다급하게 외치는 라미느의 목소리와 함께 도망치든 아인 트리거에서 작은 화염 인간이 튀어나왔다. 하지만 카릴의 어깨를 뛰어넘기도 전에 잡혀서 손바닥 안에서 바동거렸다.

"앞으로 나는 내 마력의 모든 속성을 정령왕으로 채울 거다. 오히려 자랑스럽게 생각해야지 네가 내 힘이 된 첫 번째 정령왕이라는 걸 말이야"

카릴은 그렇게 얘기하며 알른 자비우스를 바라봤다.

아니, 정확히는 그의 형체를 구축하고 있는 두아트를 바라보는 것이었다.

[용마력이라면 모든 속성을 쓸 수 있으니 불가능한 것은 아니겠군……. 그런데 더 나아가 모든 정령왕의 힘을 합성하겠다고……? 모든 정령왕을 발아래 두겠다는 말 아니냐.]

알른은 어이가 없다는 듯 웃었다. 하지만 한편으로는 그런 말도 안 되는 발상을 한 카릴을 보고 있자니 등골이 찌릿한 전율이 느껴지는 것 같았다.

[내 평생 너 같이 욕심 많은 녀석은 처음 본다.]

그의 말에 카릴은 입꼬리를 올렸다.

카릴은 눈앞에 투명한 두 개의 불꽃을 바라봤다. 이제야 그

두 개가 어째서 투명한 것인지 알 수 있었다.

　화르륵……!!

　그 불꽃 사이로 라미느의 화염이 나타났다. 처음과 달리 그는 본래의 색깔을 가지고 있었다. 오히려 그의 힘을 억누르려하지 않게 되자 어둠 속에서 화염이 흔들리지 않았다.

　'라미느. 널 비전력에 합치려고 억지로 본래의 색깔을 없앤 것에 사과한다.'

　같은 정령왕임에도 불구하고 5대 원소와 달리 라시스와 두아트가 2대 광야(光夜)로 구분 지어지는 이유는 원소와 본질적으로 다르기 때문이었으니까.

　[지금 이게 사과하는 사람의 자세냐.]

　하지만 카릴의 말에 라미느는 오히려 불만스러운 듯 화염을 더욱 일렁거렸다. 그러자 두 개의 투명한 불꽃이 두려운 듯 가까이 가지 못하고 주위를 돌기 시작했다.

　'자……. 시작해 볼까?'

　하지만 라미느의 말에도 불구하고 카릴은 흐뭇한 표정으로 말했다.

　[너는 저 녀석을 어떻게 생각하지?]

　알른과 계약 이후 침묵을 지키고 있던 두아트가 처음으로 말을 꺼냈다.

　[그대도 신경이 쓰이긴 하는가 보군.]

가부좌를 틀고 앉은 카릴의 뒷모습을 물끄러미 바라보고 있던 알른이 의외라는 듯 말했다.

[그럴 수밖에. 인간 주제에 나를 자신의 마력을 완성하는 재료로 쓰겠다고 얘기했으니 말이야.]

[가능하다고 보는가? 지금은 정령의 빈자리를 자신의 용마력으로 대체한다지만 나중에 가서 정말 저 녀석의 말대로 모든 정령왕과 계약한다면…….]

두아트의 말에 알른은 껄껄 웃었다.

[정령의 합성이라니……. 솔직히 상상하고 싶진 않은 일이야. 카릴의 마력과 합성되는 것만으로도 저 모양인데 나와 라시스가 정말로 합쳐진다고? 말도 안 되는 일이야.]

알른은 두아트의 말에 묘한 표정을 지었다.

[인간이 7대 정령 모두와 계약한다는 것은 있을 수 없는 일이지.]

단언하는 것인지 아니면 그렇게 되지 않기를 바라서 하는 말인지 모르겠지만 적어도 두아트가 내키지 않아 한다는 것만큼은 알 수 있었다.

[불가능하다면 걱정할 필요 없는 거 아닌가. 어째서 불안한 듯 내게 묻는 거지? 그대는 저치가 그 불가능을 뛰어넘을지도 모른다고 생각하는 거지?]

두아트는 알른의 말에 대답하지 않았다. 그런 그의 모습에 알른은 다시 한번 껄껄 웃었다.

[자네는 나와 계약했다지만 내 본질은 결국 저 녀석으로부터 나오지. 그렇기 때문에 나는 누구보다도 저치에 대해서 잘 알아. 그러니 조언을 하나 하지.]

그러고는 나지막하게 말했다.

[어차피 답은 하나야.]

[지, 지금 나를 협박할 생각이냐?]

라미느는 끝까지 반항하듯 소리쳤다. 하지만 처음과 달리 카릴은 무의식의 공간에서 편안한 모습으로 그를 바라봤다.

'부탁하고 있는 거다.'

[부탁? 나 참, 잘도 지껄이는군.]

'잘 생각해 봐. 이건 생각보다 엄청난 일이야. 솔직히 말해서 용마력을 가진 나는 불의 마력도 쓸 수 있지. 너를 배제하고 마력을 합성시킬 수도 있다는 말이야.'

[그런데?]

'하지만 나는 단순한 마력의 합성이 아닌 너와 내 마력을 합성시키려는 것이다. 그것은 정령력과 마력을 합성하는 것과 같지. 지금은 너 하나뿐이지만 앞으로 모든 정령을 얻게 되면 너는 이 위대한 업적에 선구자가 되는 거야.'

[……싫어.]

카릴은 그의 대답에 살짝 인상을 찡그렸다.

'어떤 이는 죽을 때까지 마법사의 반열에 오르지 못하고 또 올랐다 하더라도 마력 중독으로 5클래스에서 벗어나지 못하는 자들도 많아. 수많은 마법사 중에 6클래스의 벽을 넘는 자는 정말 극소수지.'

[…….]

'하지만 소수라도 분명 그들은 존재하며 더 나아가 7클래스의 반열에 오른 자들이 있는 것도 사실이지.'

[뭘 말하고 싶은 거야?]

'단순히 마력만으로 6클래스에 도달하는 것은 나도 가능한 일인지 몰라. 하지만 나는 왜 굳이 어려운 정령 마법을 통해 6클래스에 도달하려고 하는 걸까.'

라미느는 카릴의 물음에 살짝 당황한 듯 말했다.

[마계와 연결된 마굴을 찾기 위한 마법을 익히기 위함이지 않느냐.]

'아니.'

그의 대답에 카릴은 고개를 저었다.

'그것 때문이라면 이스라필만으로도 충분해.'

[그럼…… 왜?]

'꽤 오랫동안 고민을 해왔던 일이다. 단순히 검과 마법을 동시에 쓸 수 있는 것만으로 나는 만족할 것인가?'

[설마…….]

'내가 필요하다고 말한 계기는 6클래스의 벽을 뛰어넘기 위한 계기가 아니다.'

카릴의 말에 라미느의 화염이 파르르 떨렸다.

츠즉…… 츠즈즉……!! 휘이이익……!!

그의 주변에 강렬한 번개와 휘몰아치는 광풍이 요동치기 시작했다.

'인간의 한계라 규명된 7클래스. 하지만 과거에 카이에 에시르는 그것을 뛰어넘어 8클래스에 도달했다. 그럼 정설로 알려진 7클래스에 대마법사라는 칭호를 붙이는 게 잘못된 거 아닐까. 역사에 그보다 더 높은 경지에 도달한 자가 분명히 있는데 말이지.'

그는 나지막하게 말했다.

'그럼 카이에 에시르가 한계에 도달한 자일까?'

촤아아악!! 쩌저적……!

동시에 반대쪽에서 차가운 냉기와 바닥이 부서진 듯 돌덩이들이 서서히 떠올라 그의 주위를 회전하기 시작했다.

'글쎄……. 인간에 국한되면 그럴지도 모르지. 하지만 그보다 높은 드래곤의 영역이라 불리는 9클래스의 영역 역시 분명히 존재한다.'

콰드드득……!! 콰가강……!!

무의식의 공간이 처음으로 부서질 듯이 흔들렸다. 애초에 이 공간은 존재하지 않는 것이자 카릴이 창조한 것. 그의 마음이 가는 방향대로 이 세계는 더 단단해질 수도 혹은 깨끗하게 소멸될 수도 있었다.

'그럼 과연 드래곤이 도달한 영역이 마법의 끝이라 할 수 있을까?'

카릴은 라미느를 바라봤다.

'드래곤의 영역을 뛰어넘는다면? 나는 그 방법으로 너를 택한 것이다. 정령력이라는 오직 나만이 쓸 수 있는 힘.'

그의 주변에 있던 각각의 마력들이 서로 뭉쳤다가 나뉘기를 수십 번 반복하더니 마지막에 일렬로 세워졌다.

가운데 한 자리가 비어 있었다. 라미느의 자리였다.

'내가 원하는 계기는 인간이 도달할 수 있는 영역의 끝에 가기 위한 계기다.'

[하지만!!]

그러나 그의 말에도 불구하고 라미느는 두려운 듯 그 빈자리를 맴돌기만 했다.

'흐음. 라미느, 아무래도 우리가 함께한 시간이 너무 오래되었나 봐.'

카릴은 살짝 인상을 찡그리며 입맛을 다셨다.

'리세리아의 레어에서 너를 처음 만났을 때를 나는 아직도 기억하는데……. 변했나?'

[뭐?]

'신화 시대를 살았던 정령왕이라면 조금은 뛰어날 줄 알았는데. 오히려 너무 오래 살아서 기억력이 감퇴된 거야?'

카릴은 입술을 꽉 물고는 심각한 표정을 지었다. 한 손으로 턱을 쓸고서 팔짱을 끼고는 라미느의 화염에 손을 가져갔다.

'내가 하겠다고 했다. 그럼 답은 나온 거 아냐?'

[……]

'아니면…….'

멱살을 쥐듯 그의 불꽃을 움켜쥐는 것으로 카릴은 라미느의 대답을 묵살했다.

'너. 지금 나한테 대드냐?'

콰아아아아아아앙---!! 콰가강---!!

엄청난 마력의 폭풍과 함께 벼락이 떨어졌다. 하지만 그것은 실재하는 것이 아닌 마력으로 만들어진 섬광이었다. 내리치는 낙뢰는 허공에서 어지럽게 흔들리며 영주관을 한바탕 뒤흔들었다.

"저, 저게 무슨 일이야?!"

도시의 사람들은 영주관에 떨어진 벼락에 깜짝 놀라며 웅성거렸다. 놀랍게도 벼락이 떨어진 영주관 주위에 어떤 곳은 불이 붙었고 어떤 곳은 차갑게 얼어 있었다. 또 한 곳엔 돌풍이 불기도 했으며 어떤 곳엔 지진이라도 일어난 것처럼 땅이 갈라졌다.

"저건……."

이곳은 마법 도시. 거리에 있던 마법사들은 영주관에 떨어진 벼락이 자연적인 현상이 아니라는 것을 알았다.

하지만 그들이 놀란 이유는 그 때문만은 아니었다. 닭살이 돋을 정도로 강렬한 마력 폭풍이 휩쓸고 간 것임에도 불구하고 남아 있는 마력의 잔해는 거의 없었기 때문이었다.

'내가 잘못 본 건가? 그럴 리가 없는데……'

마법사들은 머리를 싸매며 생각했지만 답을 찾을 수 없었다. 하지만 그들 중 몇몇은 저 번개를 바라보며 떠올리는 기억이 있었다.

과거 저런 벼락이 떨어진 적이 딱 한 번 있었다. 하지만 마법회의 마법사들과 아조르의 조사관들은 그때에도 그 벼락의 정체를 밝히지 못해 결국 그저 자연재해라는 결론으로 끝내고 말았다.

바로 카릴이 경연대회를 위해 처음으로 마력을 합성시키기 위한 마법 훈련을 했을 때였다.

그리고 지금…… 똑같은 사람이 다시 한번 마력의 합성에 성공했다는 증거임을 그들은 알 리가 없었다.

"대, 대마법사의 장난인가?"

거리의 누군가가 자신도 모르게 내뱉은 말만이 바람을 타고 사람들의 귀에 들릴 뿐이었다.

카릴은 천천히 눈을 떴다. 라미느의 힘으로 감추고 있던 예의 붉은 눈동자 위로 검은빛이 모습을 드러냈다 사라졌다.

"후우우……."

마력혈에서 흘러나오는 뜨뜻한 마력이 목을 타고 머리 위로 흐르는 것을 느낄 수 있었다. 그의 이마에 원형의 고리가 나타났다 사라졌다.

'6클래스……!!'

아직 완벽하지는 않았다. 흘러나오는 마력이 머리 안을 맑게 해주는 기분은 좋았지만 아직 해야 할 일은 많았다. 알른 자비우스가 남긴 지식의 보고를 열게 되면 그의 머릿속에는 지금까지 경험하지 못한 지식이 물밀 듯 쏟아질 것이다.

실로 방대한 양.

그것이. 카릴 맥거번의 6클래스였다.

[드디어 벽을 뛰어넘었구나. 기분이 어떠냐, 네가 원하던 계기를 만든 것 같으냐.]

알른 자비우스는 카릴의 성취를 지켜보며 그가 눈을 뜨자마자 기다렸다는 듯 말했다.

"계기는 잘 모르겠고 다른 건 알겠어."

[뭔데?]

"너무 잘해주면 기어오른다. 아니지, 기어오르는 녀석에겐 매가 답이다. 이게 더 맞나?"

[……??]

카릴의 말에 알른은 이해가 안 간다는 표정을 지었다. 하지만 대답 대신 그는 그저 옅게 웃을 뿐이었다. 하지만 알른은 그에게서 느껴지는 은은한 마력의 기운을 감지할 수 있었다. 특히 그 안에 뜨거운 화염이 예전과는 비교도 할 수 없을 정도로 강렬하게 느껴졌다.

[도대체 무슨 일이 있었던 거지?]

알른은 바라보고 있는 것만으로도 가시에 찔리는 듯한 마력의 기운에 자신도 모르게 중얼거렸다.

그때였다.

"거참, 안 된다니까요!"

"비켜! 이 새꺄. 너 나를 막은 걸 안에 계신 분께서 알게 되면 바로 손모가지가 그냥 날라갈 거다!"

"그래도 안 됩니다. 들여보내지 말라는 명이셨습니다!"

"어쭈? 이거 안 놔? 야!"

6클래스의 벽을 허문 기쁨도 잠시 문밖이 소란스러웠다. 카릴은 어쩐지 익숙한 그 목소리에 낮게 웃으며 자리에서 일어섰다.

끼이익-

문을 열자 보초병들과 실랑이를 벌이고 있던 한 노인이 보였다. 영주관의 복도 바닥에서 꼴사납게 병사들과 엎치락뒤치락 엉켜 있는 모습에 카릴은 자신도 모르게 피식 웃고 말았다. 그러고는 그의 이름을 불렀다.

"캄마."

"마, 마스터……!! 아니, 주군!!"

"오랜만이야."

보초들을 사정없이 발로 차며 일어난 캄마는 황급히 그의 앞에 무릎 꿇고는 마치 오래된 연인을 만난 것처럼 눈시울을 붉혔다. 공국에서 꽤나 고생이 많았던 모양이었다.

"길드에서 기다리면 되었을 것을 어째서 여기까지 찾아왔지? 급한 일이라도 있는 건가."

"네, 공국의 일입니다. 그리고…… 명하셨던 일에 관해서도요."

캄마의 눈빛이 달라졌다. 함께 온 에이단이 없는 걸 봐서는 아마도 자신의 공을 하루라도 먼저 알리고 싶은 마음에 이 소동을 피운 게 분명하다. 노인네의 욕심이라 할 수도 있겠지만 이렇게 난리를 피운 것을 봐선 빈손으로 온 게 아니라는 뜻이기도 했다.

"그래?"

캄마는 그제야 고개를 들며 놀라지 않을 수 없었다.

"……!!"

그러고는 놀란 듯 눈을 동그랗게 떴다. 공국에서 헤어지고 난 뒤, 꽤 오랜 시간 얼굴을 보지 못했던 두 사람이었다.

'정말……. 그때 그 꼬마란 말인가?!'

그는 속으로 생각했음에도 불구하고 혹여나 들렸을까 자신도 모르게 입을 막고 말았다. 지금 눈앞에 있는 소년은 자신의 기억 속에 있는 사람과는 너무나도 달랐기 때문이었다.

'코브에서 헤어지고 난 뒤…… 1년 정도 흘렀다고는 하지만……. 이렇게 변할 줄이야.'

겨울이 지나 봄이 오려고 하는 지금 캄마는 카릴의 나이가 이제 15살이 되었다는 것을 깨달았다. 하지만 그래 봤자 성인식도 채 치르지 않은 소년에 불과할 뿐이었다.

'모습 때문이 아니야…….'

어린아이답지 않은 카릴의 모습에 자칫 놓칠 수 있겠지만 사실 그가 커 보이는 이유는 외모가 아닌 풍기는 위압감 때문이었다. 마치 거대한 산을 앞에 두고 있는 것 같은 압박감은 결코 키가 크거나 덩치가 좋다고 해서 느껴지는 것이 아니었다.

카릴은 그의 표정을 보며 만족스러운 듯 자신의 성취 결과를 느낄 수 있었다.

"들어와. 그 얘기 자세히 좀 들어야겠군."

"보, 보고 드리겠습니다. 공국 내전의 승패가 점차 기울고 있는 것으로 사료되옵니다."

캄마는 자신도 모르게 말을 더듬고 말았다. 마력을 내뿜는 것도 아니고 기세를 주는 것도 아니었다. 그럼에도 불구하고 홀 안에서 카릴의 존재감은 누구보다 압도적이었다.

"미안. 아직 내가 마력 조절이 잘 안 돼서 말이지. 조금 전에 6클래스의 벽을 넘었거든."

카릴은 허리를 펴며 말했다.

화르륵……!!

그가 손가락을 튕기자 불꽃이 일어나며 마치 살아 있는 것처럼 손가락을 타고 어깨까지 스치듯 올라가다 사라졌다.

"아직 좀 반항하는 녀석이 있어서 말이야."

"……네?"

캄마는 이해가 되지 않는 듯 살짝 고개를 들며 물었다.

"그보다 내게 보고해야 할 게 있지 않아?"

"아……! 네, 넵!!"

그는 황급히 말을 이었다.

"공국 내전이 한쪽으로 기울기 시작한 듯싶습니다."

"누구에게로?"

"공국 1공작인 튤리 루레인입니다."

"네?! 설마……. 강철 군함이 패배했다는 말인가요?"

미하일은 자신도 모르게 놀란 나머지 소리쳤다. 하지만 카릴의 앞이라는 것을 깨닫고 황급히 황급히 고개를 숙였다.

"결정적인 이유는 프란의 세력인 5공작 락히엘의 배신입니다. 전쟁에 나선 직후 강철 함대 후방에 배치되어 있던 그의 은익(銀翼) 함대가 오히려 코브를 쳤습니다."

놀라기는 미하일뿐만 아니라 모두가 마찬가지였다. 공국의 역사상 전승을 자랑하는 상징과도 같은 강철 군함의 패배는 쉽사리 상상이 가지 않는 일이었으니까.

'어차피 이건 예정되어 있던 미래다.'

그러나 프란 루레인의 세력이 패색이 짙다는 말에도 불구하고 카릴은 크게 놀라지 않은 모습이었다. 공국 제1의 세력인 튤리 루레인은 지금까지 크게 전투에 나선 적이 없어 그 힘이 평가 절하되어 있을 뿐이었으니까.

 '외부에서 보이는 것이 다가 아니지. 대부분의 외세 침략은 코브의 강철 군함이 막고 있기에 그것만 알려졌을 뿐 화이트 벙커에 있는 비룡 부대는 제국과도 맞먹는 권세다.'

 게다가 내전은 해협이 아닌 내륙에서 벌어지는 일. 프란이 자랑하는 강철 군함은 제대로 힘을 쓰지 못하지만 튤리 루레인의 비룡 부대와 골렘 부대는 모든 전력을 쏟아부을 수 있는 최적의 전장이었다.

 '게다가……'

 승패를 결정짓는 가장 큰 변수 하나가 있었다.

 '가네스 아벨란트.'

 현존하는 5대 소드 마스터 중의 한 명. 거대한 할버드를 사용하는 그는 이번 내전이 끝나고 난 뒤 낙인의 기사라는 오명을 가지게 된다. 그 꼬리는 그가 죽을 때까지 계속 따라다녔으며 전생에 있어 카릴이 유일하게 붙어봤던 소드 마스터이기도 했다.

 '앤섬 하워드가 꽤나 고전하겠군.'

 왕좌지재(王佐之才)라 불렸던 또 한 명의 책략가인 그는 프란과의 불화로 인한 패배 이후 펜리아 왕국을 찾는다. 어쩌면 전생의 미래보다 지금 그와 비올라의 만남은 훨씬 더 큰 의미를 가질지 모른다.

'공국 내전이 끝날 때면 비올라가 이스트리아 삼국을 통일한 상태일 테니까.'

한 가지 우려라면 전생에서 지지기반도 없는 상태임에도 불구하고 비올라의 가능성을 믿고 그녀를 따랐던 앤섬 하워드였다. 하지만 이제 비올라가 이스트리아 삼국을 통일한 상태라면 그녀의 권세는 이제 가히 2강과 자웅을 겨룰 수 있을 만한 상태라 해도 과언이 아니다.

'쓸데없는 마음을 먹을지도 모르지.'

비올라와 앤섬 하워드. 어쩌면 제국보다 더 강한 힘을 가질지도 모른다. 하지만 반대로 그것을 알기에 카릴은 오히려 비올라에게 자신의 자유군을 빌려준 것이기도 했다.

일종의 시험. 후에 앤섬 하워드와 그녀가 만났을 때 과연 그녀가 어떤 선택을 할지 지켜보기 위함이기도 했으니까.

'과연……'

인간의 신념이란 생각보다 무르고 약하다. 힘을 가지게 되면 욕심이 생기고 욕심이 생기면 과욕을 부르게 된다. 비올라는 삼국을 통일 이후 자신에게 그 힘을 맡기겠다고 했다. 하지만 역사의 수많은 왕이 그랬던 것처럼 자신의 권력을 남에게 주는 것은 결코 쉬운 일이 아니었다.

제국의 황제, 타이란 슈테안만 보더라도 그렇지 않은가. 심지어 자신의 자식에게 황좌를 물려주는 것조차 아까워 서로의 목에 검을 겨누고 있으니 말이다.

'비올라. 너는 과연 내 시험을 통과할 수 있을까.'

생각에 잠겨 있는 그에게 캄마가 말을 이어갔다.

"그래서 말입니다만……. 프란 경이 주군을 뵙고자 청했습니다. 꽤나 속이 탄 모양입니다. 적진인 화이트 벙커에 있는 저희들에게 연락을 취했으니까요."

카릴은 담담한 얼굴로 말했다.

"프란이 나를 찾는다, 라……."

그는 옅게 웃었다. 웃음 속에서 다음 해야 할 일이 정해졌다는 것을 이 안에 있는 사람들은 직감했다.

"캄마. 마광석의 개발 진행 상황에 대해서도 알아 왔나?"

"물론입니다. 주군께서 제게 가장 처음 시키신 일인걸요. 꽤나 오래 자리를 비우고는 있었지만 베릴과 계속 연락을 주고받았습니다."

그의 물음에 캄마는 자랑스러운 표정을 하고는 품 안에서 양피지를 꺼냈다.

"현재 삼국도 전쟁 중이라 잠시 광산을 폐쇄시켜 놓은 상태이나 은밀히 작업을 계속하고 있었습니다."

그러고는 조심스럽게 입을 가리고는 카릴에게 속삭이듯 말했다.

"마침 잘 말씀하셨습니다. 보고드리려고 했던 이야기가 그것이거든요."

"흠?"

"7각석이 매몰되어 있는 위치를 몇 군데 발견하였다고 합니다. 이제 곧 채광이 가능할 듯 보입니다. 또한…… 공국에서 한 가지 더 수확이 있었습니다."

"그게 뭐지?"

캄마는 다시 한번 주위를 훑었다. 그러고는 더욱더 기어들어 가는 작은 목소리로 말했다.

"칼립손. 화이트 벙커에서 그와 연락이 닿았습니다."

"……!!"

프란의 패전이나 앤섬 하워드의 일에도 무표정했던 그의 얼굴이 처음으로 놀란 듯 눈을 동그랗게 떴다.

"듣던 중 반가운 소리군. 캄마, 큰일을 해냈는걸."

"하하하. 저도 놀랐습니다. 어떻게 알았는지 그 노인네가 제게 연락을 해왔습니다."

"그런데 좀 떨어져서 얘기해도 괜찮아. 여기에 있는 사람들은 다 믿을 만한 자들이니까."

"네? 아, 네네. 하하하……. 제가 좀."

캄마는 카릴의 말에 허리를 숙이고는 머쓱한 듯 뒤로 물러섰다.

"그래서 처리는?"

"칼 맥이 노움국으로 갔습니다. 처음에는 위험하다고 말렸는데……. 칼립손이 세공한 속성석을 보더니 눈을 빛내면서 갔습니다. 지금쯤이면 두샬라에게 보고되었을 겁니다."

타투르에서 누구보다 칼 맥과 함께 있었던 캄마는 혀를 내두르며 말했다.

"아마 지금쯤이면 칼립손과 거래를 텄을지도 모르죠. 그 꼬마 녀석, 겁도 없는 게 아주 물건입니다. 그런데……. 단순히 노움을 발견한 게 중요한 게 아닙니다.

"그럼?"

"화이트 벙커에서 그를 만나게 된 이유입니다."

카릴이 그의 말에 살짝 인상을 찡그렸다.

"왜?"

"레디오스란 자가 칼립손을 만나게 주선해 주었습니다. 그게 무슨 의미인지 주군께서는 아시겠지요."

"설마……."

그제야 카릴은 캄마가 단순히 자신의 무훈을 자랑하고 싶어서 온 것이 아님을 알았다.

"네. 칼 맥, 그 녀석이 따라간 진짜 이유는 사실 그것 때문입니다. 우든 클라우드가 노움국과 연이 닿아 있다면……. 주군께 또 다른 걸림돌이 될 수 있다고 판단한 것이겠지요."

제국 7강 중 한 명인 그의 뛰어남이야 카릴이 모를 리가 없었다.

'위험한 일이겠지만 영특한 그라면 실수를 하지는 않겠지.'

어쩌면 정말 이번 기회에 우든 클라우드의 배후를 찾아낼 수 있을지도 모르는 일이었다.

"처리를 잘했군."

"과찬의 말씀이십니다."

사실 그동안 제국의 문제만으로도 정신이 없는 상황이라 해협 건너편에 있는 공국에까지 손을 쓰는 것은 어려웠다.

하지만 캄마와 칼 맥이 자신의 빈자리를 대신해서 채워주고 있었다.

혼자서는 영웅이 될 수 있을 순 있어도 패자(覇者)는 될 수 없다. 역사는 수많은 톱니바퀴가 맞물려 만들어지는 연쇄작용이었으니까.

그리고 그 톱니바퀴는 곧 사람이었다. 주인이란 모름지기 그 안의 톱니바퀴가 되는 것이 아니라 그 톱니바퀴를 돌리는 사람이 되어야 하는 법.

카릴은 이제 대륙에서 어느 정도 그 틀이 완성되었다는 것을 실감했다.

'일이 생각 이상으로 잘 풀리기는 하지만 서둘러야겠어. 칼 맥을 계속 거기에 둘 수도 없으니…… 다음 목적지는 정해졌군.'

그는 창밖을 바라봤다. 바다가 보이지는 않았지만 해협 건너 공국이 있는 방향이었다.

'차라리 잘됐어. 슬슬 저곳에서도 미래를 위한 톱니바퀴를 만들어야 할 때라고 생각했으니까. 그러기 위해서는 일단 내가 먼저 그 안에 들어가야 한다.'

그러기 위해서는 우선 혼자서 할 수 있는 일부터.

그것이 바다 건너의 주인이 되기 위한 첫걸음일 것이다.

"뭐…… 일단은 공국의 영웅부터 되어 볼까."

카릴은 나지막하게 말했다.

[크…… 크하하하하!!]

두아트는 셀 수 없을 만큼 오랜 세월 동안 이처럼 크게 웃어 본 적이 언제인가 생각했다.

폭염왕이 어떤 자인가. 5대 속성의 정령왕 중에 가장 자존심이 강하고 가장 강한 존재였다.

물론 정령이 가지는 오행의 속성은 서로 물리고 물리는 관계였지만 그래도 화염이 가지는 상징성은 특별했다.

[네가 내게 그러지 않았는가? 그 인간은 괴물이라고. 스스로 잘 알고 있으면서 왜 반항을 한 거냐.]

무의식의 공간과 비슷한 어둠. 하지만 이곳은 카릴이 창조한 곳이 아니었다.

[그건 너도 잘 알고 있을 텐데? 인간도 마찬가지다. 어째서 하나의 속성만 가지고 태어나겠느냐. 애초에 섞일 수 없기 때문이다. 그런데 정령왕은 그 속성의 극에 도달한 존재. 네놈은 모를 거다. 빛과 어둠도 모자라 물과 바람 따위와 섞이는 그

기분.]

[녀석은 언젠가 나도 그 자리에 있게 하겠다고 했지.]

[그때가 되면 내가 웃어주지.]

[클클클……]

라미느는 입술을 씰룩이며 말했다. 정령계가 소실되어 인간계와 거의 단절이 된 이후 그들은 서로 이야기를 나눠본 적이 참으로 오랜만이라는 생각을 했다.

[솔직히 말해봐.]

[……뭘?]

[알른이 그러더군. 답은 어차피 하나라고. 애초에 처음부터 카릴이 강제로 널 합성하려고 했다면 계약된 입장에서 거절할 수 없지. 그런데도 계속 거부했던 게 단순히 마력과 합성되는 게 싫어서였어?]

[뭘 묻고 싶은 거야?]

[자, 우리끼리니 솔직해지자구. 네가 도운 거지? 방법을 떠올릴 때까지 일부러 합성을 거부했던 거.]

두아트는 묘하게 웃었다.

[그를 6클래스에 도달시키기 위해서.]

[아닌데? 내가 굳이 싫은 일을 감수해야 할 뭐가 있겠어. 너도 곧 그 뭣 같은 기분을 경험할 테니까 하고 나서 말해.]

[그래? 그럼 정말로 천하의 폭염왕이 인간에게 겁먹어서 그 뭣 같은 합성에도 찍소리 못하는 거로군?]

그의 말에 라미느는 그를 노려보듯 바라봤다.

[쓸데없는 소리 할 거면 꺼져. 이런데 정령력 낭비하지 말고. 요즘 여유롭나 보지?]

[네가 카릴을 도운 다른 이유가 있을 것 같아서 말이야. 그것도 아주 중요한.]

두아트의 붕대 속에 감춰진 얼굴에서 묘한 미소가 드리워졌다.

[알른이 했던 말. 기억하고 있거든. 녀석이 6클래스가 되어 그의 지식의 보고에 있는 해제 마법을 배울 수 있다고 한 거. 회색교장에서 얻은 상자를.]

그가 말하는 것은 회색교장에서 얼음 발톱이 있던 관에 들어 있던 작은 상자였다. 알른 자비우스는 처음 카릴과 계약을 하기 위한 조건으로 전생에 나르 디 마우가 숨겼던 상자를 그에게 건넸었다. 하지만 나락 바위에서 알른마저 사라지고 상자의 봉인은 풀리지 못한 채 그대로 타투르에 보관되어 있는 상태였다.

[그 안에 해일의 여왕을 찾을 수 있는 단서가 있다는 것 말이야.]

[……]

[넌 물의 정령왕을 부활시킬 생각이로군? 조금 의외인걸. 너와 그녀는 사이가 좋지 않았던 거 같은데.]

그의 물음에 라미느의 눈이 씰룩 움직였다.

[쓸데없는 소릴……. 두아트, 나는 태초부터 너를 봐왔지만, 오늘처럼 이렇게나 말이 많은 자인 줄은 몰랐군.]

[클클……. 나도 인간들과 함께 있다 보니 물이 든 것인지도 모르지.]

라미느의 핀잔에도 불구하고 두아트는 그에게 한 발 더 가까이 다가갔다.

[그런데 일이 재밌게 흘러가지 않는가? 에테랄도 에테랄이지만 만약 카릴이 공국에 가게 된다면 말이야.]

[그게 왜?]

두아트는 라미느의 말에 피식 웃었다.

[몰라서 그래? 거기에 봉인되어 있는 녀석이 누군지. 네가 끔찍이도 싫어하는 녀석이 있지 않으냐. 물론……. 그와 연이 닿을 수 있을지는 모르는 일이지만.]

[……]

[만약 그 아이가 그 녀석까지 얻게 된다면 나는 군말 없이 따를지도 모르지. 왜냐면 실낱같은 가능성이지만 조금은 기대해도 좋을 거라 생각되니까.]

그 순간 라미느의 화염이 불안한 듯 일렁거렸다.

그의 감정을 안다는 듯 두아트는 천천히 고개를 끄덕였다.

[신령 대전의 부활 말이야.]

낮은 한숨 소리가 들렸다.

[두아트. 말은 바로 해야지. 넌 안티홈 때도 그렇고 언제까지 과거에 머물러 있을 거냐.]

[……뭐?]

예상치 못한 라미느의 반응에 의미심장하게 말한 두아트는 사뭇 당혹스러운 듯 되물었다.

[내가 에테랄을 부활시키고자 카릴을 도왔다고? 아니다. 녀석은 내 도움 없이도 위로 올라갈 놈이야. 그리고 지금은 공국의 땅에 누가 봉인되어 있는지도 잘 안다. 하지만 놈이 부활하든 안 하든 나는 관심 없다. 봉인이 풀려 도움이 된다면 좋겠지만 반대라면 제멋대로인 그놈을 내가 묵사발 낼 거니까.]

[자신만만하군.]

[물론, 여기에 누굴 데리고 와도 카릴이란 괴물보다 더한 놈이 있겠어? 강함의 높고 낮음이 아닌 존재감의 짙음을 보면 말이야. 나는 내가 할 수 있는 한 최선을 다해 카릴을 도울 것이며 나역시 그에게 희망을 가지겠지. 하지만 적어도 너와는 달라.]

두아트는 라미느의 말에 얼굴이 굳어졌다.

[우리가 주역이던 시대는 이제 끝났어. 아니, 실패했다고 말하는 게 맞겠지. 네 말대로 신에게 다시 한번 검을 겨눌 수 있게 된다면 그건 우리가 아니고 '카릴'이 해야 할 일.]

라미느는 뜨거운 불꽃 아래 차갑게 웃었다.

[앞으로의 전쟁은 신령이 아니라 신류(神類)다. 정령과 신의 싸움이 아니라 인류와 신의 싸움이란 말이지.]

[…….]

조금 전의 기세와 달리 두아트는 아무런 말을 하지 않고 그를 바라봤다. 반대로 그의 기분을 안다는 듯 이번엔 라미느가 고개를 끄덕였다.

[우리는 이제 조연에 불과해. 그러니 부활이 될 수 없어. 이건 시작이니까. 알겠어? 이제 우리가 기대해야 할 것은…….]

그의 목소리가 공간에 새겨지듯 울렸다.

[신류 대전의 시작.]

늦은 밤 아조르의 시내는 확실히 마법 도시란 명성답게 불야성을 이루고 있었다. 카릴은 오랜만에 상쾌한 밤바람을 맞으며 아래를 바라봤다.

과거에 그가 마법 수련을 했던 언덕이었다. 불에 타거나 얼음이 언 흔적은 사라졌지만 시커멓게 타버린 나무 기둥의 흔적만큼은 시간이 흘러도 여전히 남아 있었다.

"에이단."

아무도 없는 어둠에 카릴이 입을 열었다.

"네, 주군. 못 본 사이에 그새 느낌이 많이 변하셨습니다. 이제는 가까이 가기에도 긴장되는걸요."

그러자 마치 그림자처럼 은밀하게 대답이 들렸다.

카릴은 그의 말에 피식 웃었다.

"너야말로. 인보(忍步)라고 했던가? 기척을 지우는 능력이 더 발전한 것 같은데. 스무 걸음 안에 오기 전까지는 쉽게 알아차리기 어렵겠어."

"하…… 하하. 스무 걸음입니까?"

칭찬인 듯 칭찬 같지 않은 카릴의 말에 에이단은 쓴웃음을 지었다. 암살자로서 팔을 뻗는 그 순간까지 기척을 알아차리지 못해야 하는데 스무 걸음이란 엄청난 거리에서 이미 간파당한다는 것은 부끄러울 따름이었다. 알고 있었지만 그의 말에 자신의 격차를 다시 한번 실감했다.

"영주관이 꽤나 떠들썩하더군요."

"뭐, 6클래스의 상급 마법사가 탄생하는 모습은 그들에게도 흔한 일은 아니겠지."

낙뢰가 떨어졌던 영주관의 소란은 다행히도 파시오가 무마를 했는데 결국 결론은 전과 같이 마력이 집중되어 있는 마법 도시에서 일어난 이례적인 자연재해로 마무리했다. 많은 마법사가 의혹을 가졌지만 영주이자 아조르의 최고 마법사인 파시오 한의 결정에 반발하는 사람은 없었다.

"현존하는 대마법사들도 6클래스의 벽을 부수는 데 그런 엄청난 폭풍이 일어나진 않았겠지만요."

에이단은 어깨를 으쓱했다.

"성취를 축하드립니다."

그러고는 고개를 숙이며 말했다. 아주 잠깐이었지만 그의 얼굴에서 부러움이 스치는 것 같았다.

"너 역시. 서로의 성취가 있었으니 다행이야. 시간이 그만큼 흘렀으니까. 처음에 무법항에서 널 봤을 때만 해도 우리가 이렇게 될 줄 알았겠어."

"그러게요. 그런데 왠지 주군은 제가 당신의 수족이 될 거라고 알고 있었던 것 같은 기분인걸요."

에이단은 피식 웃었다.

"대충 들었을 거야. 동방국의 사신이 왔었다는 거."

"네, 그래서 제가 온 것이기도 하고요. 아쉽게도 주군에게 쫓겨났다고 들었습니다만……. 사신으로 누가 왔던가요?"

"얼굴은 가리고 있어서 알진 못해. 게다가 목소리도 비술로 변조한 모양이던데."

카릴의 말에 에이단은 고개를 끄덕였다.

"아마 그럴 겁니다. 사신들은 자신의 정체를 숨기는 것이 동방국의 규율이니까요."

"다만 바늘을 꽤나 잘 쓰는 놈인 것 같던데? 허리에 차고 있던 벨트에 여든아홉 개의 바늘이 박혀 있었거든."

"……그게 보이십니까?"

에이단은 숫자까지 정확히 얘기하는 카릴의 모습에 어이가 없다는 듯 되물었다.

"응."

아무렇지 않게 대답하는 그를 보며 놀랍지도 않다는 듯 헛웃음과 함께 에이단은 고개를 저었다. 사실 그 짧은 사이에 바늘의 숫자를 센다는 것은 말이 되지 않는 일이었다. 카릴은 단지 사신이 차고 있던 벨트의 모양을 보고 짐작을 했을 뿐이었다.

동방국과는 전생에도 어느 정도 인연이 있었다. 특히 그들의 주인인 사이몬 코덴과는 썩 좋았던 인연이 아니었기에 몇 차례 검을 섞은 적도 있었다. 그 과정에서 필연적으로 카릴은 암연의 암살자들과도 싸운 경험이 있었다. 사신들 역시 동방국의 조직인 암연 출신의 자객들이었고 그 덕분에 카릴은 어느 정도 사신의 실력이나 위계를 예측할 수 있었다.

"주군의 말씀이 맞다면……. 여든아홉 개의 바늘이면 암연 3위계의 암살자일 가능성이 높겠군요. 암연에서도 그 수가 많지는 않습니다."

"3위계면 어느 정도지?"

"암연에서도 꽤 높은 등급의 살수죠. 기껏해야 열 명 남짓? 암연은 총 7위계로 나누어져 있습니다. 그리고 모든 위계를 거쳐 단 한 명에게만 전승되구요."

"흐음……. 그 위로 두 단계가 더 있다는 말이군. 기세를 제대로 뿜어내진 못했지만 소드 익스퍼트를 상회하는 실력이었어."

"아마 초후술을 쓴 것일지도 모릅니다. 3위계라면 1단계는 아니더라도 입문을 했을 가능성은 높으니까요. 하지만 겨우 발을 들여놓은 것으로 주군께 살기를 뿜다니……. 죽지 않은 게 다행이군요."

"초후술?"

카릴은 에이단에게 되물었다.

어쩐지 그의 눈빛이 반짝이는 것 같았다.

"동방국의 최고 비술입니다. 3위계부터 입문을 할 수 있고 1단계만 배워도 소드 마스터에 준하는 힘을 낼 수 있습니다."

"흐음……"

"암연의 전승자에게만 2단계가 주어지고 마지막 3단계는 오직 동방국의 주인만이 알고 있습니다."

"소드 마스터의 힘을 낼 수 있는 술법이라……. 확실히 동방국의 비술은 재밌다니까."

그의 대답에 카릴은 천천히 고개를 끄덕였다.

'사이몬 코덴이 썼던 기술을 말하는 거라면 뭔지 알 것 같군. 꽤나 고전을 했던 거니까. 에이단 녀석, 그걸 얻고 싶어 하는 모양이군.'

카릴은 단번에 그의 마음을 알 수 있었다.

확실히 암연 출신인 그가 알고 있는 최강의 기술인 초후술은 다른 사람은 배울 수 없는 능력이었다.

"주군도 그렇지만……. 미하일과 그 꼬마 여자도 풍기는 기운이 달라졌더군요."

"맞아. 안티홈에서 둘 다 벽을 넘었지. 아직은 다루는 데 시간이 걸리겠지만 말이야."

"역시……"

카릴은 유심히 그의 표정을 살폈다. 에이단이 복도에서 미하일을 마주쳤을 때의 반응을 카릴은 기억하고 있었다. 굳이 물어보지 않아도 안티홈에서 미하일의 성장을 에이단은 한눈에 알아봤다. 하지만 그 때문에 오히려 표정이 좋지 않았다. 수안을 비롯해서 타투르 초기에 만났던 동료들의 폭발적인 성장에 에이단은 스스로 조급해 있었기 때문이다.

'살수가 그렇게 표정을 감추지 못하면 어쩌나. 녀석, 꽤나 심란한 모양이지.'

그리고 그걸 카릴은 모르지 않았다. 그렇기 때문에 공국으로 떠나기 전 에이단을 조용히 부른 것이기도 했다.

"널 따로 부른 이유는 이거야. 이번 일로 타투르 자유국의 입장으로 동방국에 사신을 보내려고 한다."

"설마……."

"네가 가는 게 어때."

"빌미일 수도 있고 핑계일 수도 있겠지만 너와 암연과의 문제도 언젠가는 풀어야 할 일이고……. 게다가 나는 네가 가진 기술을 혼자만 쓰고 있는 게 아깝거든."

에이단은 헛웃음을 짓고 말았다. 과거 헤임에 있을 때 처음 그가 인보에 대해서 물었을 때도 그의 기술을 가르칠 의향이 없냐고 물었었기 때문이었다.

"제게 또 누군가를 가르치란 말씀이십니까?"

그는 쓴웃음을 지었다. 지금 자신이 바라는 것은 스승이 되는 것이 아니라 스스로의 성장이었기 때문이었다.

"그리고 타투르의 사신으로 네가 간다면 사이몬 코덴도 쉽게 널 죽이거나 하진 않을 거야."

카릴의 말에 에이단의 얼굴이 굳어졌다.

그럴 수밖에.

자신은 암연의 명령을 거절하고 카릴을 따르게 된 배신자였다. 더 이상 동방국과 얽힐 일은 서로 검을 맞댈 전장이 아니고선 없을 거라고 생각했기 때문이었다.

"농담이라도 사양하겠습니다."

"농담 아닌데? 동방국이 아조르와 접촉을 한 이유를 먼저 확인할 필요가 있기 때문이야. 알른 덕분에 아조르는 당분간 중립을 지킬 거야. 하지만 제국의 압박이 거세지면 방법이 없지."

"……전쟁이군요."

카릴은 천천히 고개를 끄덕였다.

"맞아. 어차피 제국과의 전쟁은 피할 수 없는 정해진 수순이지만 그전에 공국의 일은 먼저 마무리해야 해. 그 이유는 캄마에게 너도 들었겠지."

"네. 이제 알겠네요. 제가 동방국에 가야 하는 이유를요. 아조르뿐만 아니라 동방국에도 중립을 표하라 전하라는 것이군요?"

"반은 맞고 반은 틀려."

"네?"

에이단의 얼굴을 바라보며 카릴은 입꼬리를 올렸다.

꿀꺽-

그가 그런 표정을 지었을 때엔 분명 뭔가 사고를 터뜨린다는 것은 미하일과 함께 에이단은 알고 있기에 자신도 모르게 마른침을 삼켰다.

"아조르는 중립의 자세만 취하고 있어도 충분해. 어차피 이 안의 주력은 울카스 길드니까. 하지만 동방국은 다르지."

카릴은 천천히 입을 열었다.

"우리 밑으로 들어오라고 해. 표면적으로는 동맹이라고 하는 게 좋겠군. 이스트리아 삼국이 통일되고 난 뒤 새로운 왕국으로서 우리와 동맹을 맺을 것임을 전하도록. 그리고 동방국 역시 그 기회를 주는 것이라고 말해."

"삼국을 왕국인 채로 남겨두실 생각이십니까? 비올라 왕녀도 그렇고⋯⋯. 어차피 삼국이 타투르의 소속이 될 것임을 모두 알고 있는데 말이죠."

에이단은 카릴의 엄청난 말에도 불구하고 놀라지 않고 오히려 담담한 목소리로 물었다.

"자국을 위해 싸운다는 책임감은 생각보다 큰 힘을 발휘하거든. 자신의 존재성과 소속감. 나고 자란 땅을 지킨다는 것은 울보를 전사로 만들어주지."

에이단은 조금 의아한 듯 고개를 갸웃거렸다. 그는 나라가 나누어져 있는 것과 하나로 통일되어 있는 것 중 무엇이 좋은지 묻는다면 후자라 생각하고 있기 때문이었다.

"나는 이스트리아 삼국뿐만 아니라 대초원의 부족들, 남부 5대 일가 그리고 디곤과 북부의 이민족들까지 모두 타투르의 이름 아래 두지 않고 자유롭게 자신들의 전통을 지키도록 할 거다. 내가 다스리는 땅은 타투르로 족해. 대륙에 유일무이하게 모든 종족이 함께 있을 수 있는 도시 말이야."

"으흠……."

카릴의 말에도 불구하고 여전히 그는 쉽사리 이해가 되지 않는다는 표정이었다.

"곧 알게 될 거야."

카릴은 그런 그의 궁금증을 이해한다는 듯 고개를 끄덕이며 말했다.

"지켜보면 되는 건가요?"

"그래."

에이단은 그의 말에 피식 웃었다.

'단순히 대륙을 통일하는 것이었다면 네가 생각하는 것이 맞아. 하지만 명령에 의한 것이 아닌 서로가 자신을 지키기 위해 자발적으로 하나의 깃발 아래 일어나야 진짜 힘을 발휘할 수 있다.'

언제나처럼 카릴에게 있어서 대륙의 통일이라는 선구자들도 하지 못한 위업은 지나가는 관문에 불과할 뿐이었다.

"과연 동방국의 주인이 주군의 말을 따를까요?"

"넌 그저 내 말을 전하면 될 거야. 참, 한 가지 조항을 더 붙여야지."

"네?"

"동맹의 대가로 초후술을 내놓으라고 말해. 네가 그걸 배워 오는 거다."

카릴의 말에 에이단의 얼굴이 굳어졌다. 그러고는 황당하다는 목소리로 그에게 되물었다.

"그냥 지금 저보고 가서 죽으라고 하세요."

그는 너무 어이가 없어서 웃음조차 나오지 않았다.

"자꾸 같은 말 하게 할래? 농담 아니라니까. 뭐, 이왕이면 사이몬 코덴과 한판 붙는 것도 좋겠지. 네 눈썰미라면 뭔가 알아낼 수 있는 게 있을 거야."

"그러고는 죽겠죠."

"그래도 명색이 사신의 입장으로 가는 거니까 팔 하나 정돈 잘릴 순 있어도 죽이진 않지 않을까?"

"……이거도 진담이십니까?"

"아니, 이건 농담이야."

정색하는 에이단의 모습에 카릴은 피식 웃었다.

"믿고 있다는 말이야. 설마 네가 쉽게 죽을 위인이야? 그 정도 그릇이었다면 처음부터 널 얻으려 하지 않았을 텐데."

그는 굳은 얼굴로 말했다.

"네가 했던 말처럼 나는 무법항에서 너를 처음 봤을 때부터 널 얻고자 했다. 그리고 넌 실망시키지 않았지. 하지만 너도 알겠지. 네가 지금 같은 출발선에 섰다고 생각한 동료들의 등만 보고 쫓고 있다는 거. 누가 네게 스승이 되라고 했어? 더 깊이 있는 기술을 가지고 있다면 인보 따위는 남에게 가르쳐도 될 만한 기술이 되지 않겠어?"

카릴은 그를 바라봤다.

"미하일은 안티홈에서 도전의 서를 통과했다."

에이단은 살짝 입술을 깨물었다.

"저는 단지 기회가 없었을 뿐입니다."

"맞아."

그 대답을 기다렸다는 듯 카릴은 말했다.

"그러니 네 그릇을 증명해. 그럼 내가 네게 사이몬 코덴도 도달하지 못한 그 끝의 영역을 보게 해주겠다."

카릴의 말에 에이단의 얼굴이 놀란 듯 굳어졌다.

'초후술의 끝……?'

그 스스로도 생각해 보지 못한 일이었다.

초후술 3계. 분명 동방국의 이 비술은 대륙에서 가장 베일에 싸인 능력일 것이다. 하지만 신탁전쟁에 있어서 카릴은 사이몬 코덴과 검을 나눈 것뿐만 아니라 그가 싸우는 모습을 수차례 봤다. 그리고 내린 결론 하나가 있다.

'동방국의 주인인 사이몬 코덴은 초후술을 완성하지 못했다. 그 이상의 단계가 있다.'

궁극의 4단계. 하지만 안타깝게도 살아남기도 바쁜 상황에서 그것을 탐구할 시간이 없었다. 카릴은 지금까지 에이단을 방치해 놓은 것이 아니다. 오히려 그 반대였다.

그의 재능이야 이미 전생에 증명된 사실.

"기회를 주는 거다."

에이단 스스로 경쟁심을 불러일으키기 위함이었다.

"가지고 돌아와. 초후술(超吼術). 제안이 아닌 명령이다."

"……."

카릴의 말에 그는 자신도 모르게 주먹을 쥔 손에 힘이 들어
감을 느꼈다.

자신에게 주어진 첫 임무. 천천히 고개를 끄덕이며 에이단
의 모습이 다시 어둠 속으로 사라졌다.

"파시오 한."

"……네?"

"그동안의 무례를 용서하게. 그리고 배려해 준 것에 대해서
감사하네."

카릴은 나지막하게 말했다.

마법 도시의 주인이 서 있고 영주관의 자리에 앉아 있는 카
릴의 모습은 다른 사람이 보면 이상할 것이다.

"……어떻게 알른 자비우스 님께서 지금까지 살아 계신 것
인지 알 수 있겠습니까."

하지만 그런 것은 지금 중요치 않았다.

파시오 한은 떨리는 목소리로 카릴에게 물었다. 혹시라도 지금 이 자리에 있을지 모른다는 불안감 때문이었다.

탐지 마법이라도 쓰게 되면 알 수 있겠지만 위대한 태초의 마법사를 두고 그런 무례한 짓을 할 수는 없는 일이었다.

"당신도 알다시피 7인의 원로회의 종말은 썩 멋지지 않았지. 결과적으로 배신의 알른이 역사에 남았으며 남은 6인은 당신의 선조, 셀린 한이 만든 이곳 아조르에 묻혔다."

끄덕-

파시오는 카릴의 말에 고개를 숙였다.

"지나간 과거를 들춰 진실을 밝히려 해도 지금에 와서는 너무 오래되어 퇴색되어 버렸다고 생각할 수도 있다."

"진실이라는 건……. 알른 자비우스 님의 죽음에 대한 것입니까."

"물론. 그는 억울한 죽음을 맞이했다. 우리가 과거를 들춰 밝히려는 진실 역시 그것과 일맥상통한 일. 하지만 알른은 후손에게까지 그 대가를 받으려 하지 않는다 말했다."

"……."

"당신 역시 죽음의 내막을 잘 알지 못하는 상황에서 쉽사리 납득할 수 없을 거야. 대륙의 모든 사람이 6인의 영웅 구스타브를 찬양하고 배신의 알른은 무덤조차 남기지 않고 회색교장에 남아 있었으니까."

카릴은 낮게 웃었다.

"과거의 원한은 과거에 풀어야 한다. 위대한 선구자인 알른은 후손들에게 손을 댈 생각은 없어."

"배려에…… 감사드립니다."

파시오는 그의 말에 고개를 다시 한번 숙였다.

"당신의 몸에 흐르는 피가 본능적으로 알른이 진짜라는 것을 알고 있기에 다른 마법사들의 반발에도 불구하고 우리의 말을 따른 것이겠지. 그리고 그 두려움이 어쩌면 거짓된 진실에 대한 공포가 남아 있는 것일지도 모르지."

카릴은 파시오를 바라봤다.

이제 그와 자신은 모두 똑같은 6클래스. 그러나 풍기는 기세는 전혀 달랐다. 비단 알른 때문이 아니더라도 카릴을 보는 것만으로도 파시오는 불과 며칠 전의 그가 아니라는 것을 알 수 있었다.

"하지만 나는 알른의 배려와 달리 7인의 원로회에 대한 진실은 밝혀져야 한다고 여긴다. 그리고 그것은 곧 내 손으로 직접 아조르에 고할 것이다."

그의 목소리가 하나하나 영주관 안을 울렸다.

"당신의 피가 말하듯 쓸데없는 생각은 하지 않는 게 좋을 거야. 또한 우리를 따른다면 당신이 하고 있는 걱정 역시 해결해 줄 것이다."

아조르는 제국과 타투르 사이에서 결정을 내려야 하는 순간이 온 것이다.

눈앞에 카릴이 있으니 혹여 제국에 마음을 두고 있다 한들 말할 수는 없었다. 카릴 역시 파시오 한의 결정은 애초에 크게 중요하게 생각한 것이 아니기에 굳이 대답을 강요하지 않았다.

'어차피 아조르는 울카스 길드의 마법사들을 비밀리에 성장시키기 위한 장소에 불과하니까.'

물론 덩달아 아조르가 알른 자비우스 덕분에 제국에 힘을 빌려주지 않고 중립을 유지한다면 더 좋고 말이다.

"그럼……."

파시오는 조심스럽게 허리를 굽히고는 물러났다.

사아아아악……!!

[누가 셀린 한의 후손에게 배신의 대가를 치르지 않겠다고 했나?]

그가 나가자마자 검은 연기와 함께 음산한 목소리가 들렸다.

[날 죽이려고 했던 여자다. 찢어 죽여도 시원찮을 배신자란 말이다.]

"그가 배신한 것도 아니야. 그의 죄라면 그녀의 핏줄을 물려받았다는 것뿐이지."

[흥……. 그 덕분에 분에 넘치는 6클래스가 되지 않았더냐. 게다가 너로 인해서 마광산에서 흘러들어 온 속성석 덕분에 마력의 양만은 또 거의 7클래스에 근접하게 되었지.]

알른은 못마땅한 표정으로 말했다.

[마력의 흐름만 봐도 알 수 있다. 녀석은 스스로 한 게 하나

도 없어. 그저 자연스럽게 저 정도가 되게 태어난 것뿐.]

"태어날 때부터 대마법사의 반열? 부러운 삶이군."

[네 녀석이 할 말은 아닌 것 같은데.]

"난 누구보다 많은 노력을 했다."

카릴은 그의 말에 피식 웃었다.

"내가 재능? 설마……. 나의 훈련은 단순해. 남들이 하는 것에 배를 더 수련하고 그 배를 수련한 나를 상대로 또 배를 수련하는 것."

[더 재수 없게 들리는데? 그래서 하는 소리야. 그만한 재능이 있으면서 노력까지 하니 말이야.]

알른은 오히려 그의 말에 코웃음을 쳤다.

[마력이 없는 상황에서 오직 검술만으로 소드 마스터를 뛰어넘었잖느냐, 노력을 인정하지 않는 것은 아니다. 하지만 분명 노력만으로 올라갈 수 있는 한계는 분명 존재한다.]

마법과 검술. 냉혹하지만 이 두 가지 모두 재능이라는 요소가 끼치는 영향은 엄청났다. 언제든 천재는 존재했으며 지금 이름을 올린 다섯 명의 소드 마스터와 4명의 대마법사 그리고 마지막 비술사인 사이몬 코덴까지 열 명은 가히 천재라는 이름으로 불려도 과하지 않았다.

[…….]

하지만 알른은 카릴을 볼 때마다 그 천재의 기준이 이제는 바뀌어야 한다고 생각했다. 그를 보고 있으면 대륙 10강이라 불리는 그 위대한 강자들이 평범해 보였기 때문이다. 단순히 한 번의 삶을 더 살았기 때문에 남들보다 뛰어나다는 말은 바보 같은 핑계였다.

[자기 자신을 목표로 둔다는 것. 그거야말로 참으로 거만한 말 아니더냐. 하긴, 그 욕심을 내가 알고 있으니 이런 결과가 나온 것이겠지만.]

알른은 아무렇지 않게 대답하는 그를 보며 오히려 더 기가 차다는 듯 말했다.

"걱정하지 마. 아조르에 당신의 탑을 세워줄 테니까."

[누가 그런 허울이 필요하다고 했느냐. 내 탑 따위는 세울 필요도 없다. 어차피 썩어 재가 될 시체를 남겨봐야 뭐 해?]

카릴은 알른의 대답에 의외라는 듯 그를 바라봤다.

[그 여섯 놈의 탑을 박살 내는 거라면 몰라도.]

귀찮은 듯 손을 털며 일어서는 그를 보며 그러면 그렇지 라는 표정으로 카릴은 피식 웃었다.

[이제 어떻게 할 생각이냐. 해야 할 일이 많다. 공국의 일도 처리해야겠지만 애초 이곳에 온 이유인 마굴의 처리도 중요하지.]

"뿐만 아니라 백금룡을 만나는 것도."

카릴은 어깨를 으쓱했다.

"어차피 마굴에 관련된 일도 우든 클라우드와 연관이 있는 일이야. 공국에 가서 녀석들의 배후를 찾는 것도 같은 맥락의 일이 될 수 있겠지."

[그럼, 공국행으로 결정을 내린 게냐.]

"일단은. 사실 마굴은 신탁전쟁이 일어난 뒤에 문제가 되는 것이니 당장 급한 건 아냐. 하지만 공국의 내전은 그 전에 결말을 지어야 하니까."

몸이 열 개라도 부족할 지경이었다. 때로는 가끔 자신의 분신이라도 있어 동시에 일을 처리하고 싶은 마음이었다. 하지만 그만큼 자신의 권세가 확장되고 있음을 증명하는 것이었다. 이번 동방국행도 에이단에게 전담을 한 이유도 그 때문이었다.

'이스라필 역시 마찬가지다. 그에게 초대 마법을 배우게 한 것은 정말 잘한 결정이었어. 다른 사람도 아니고 그만큼 마굴의 조사에 적합한 사람은 없으니까.'

권좌란 단순히 강하기만 해서는 얻을 수 없다. 적재적소에 인재를 사용하는 것. 그것이 왕의 덕목이었다.

'다른 것 보다 공국의 마도공학술이 사라지는 것은 안타까운 일이니까. 골렘을 쓸 수 있다면 추후 신탁전쟁에서 큰 힘이 된다.'

공국에서 얻어야 할 것은 단순히 골렘만이 아니었다. 그들의 전력인 비룡부대와 강철 함대는 물론이거니와 더 나아가 마도 시대 때부터 설계도만 전해지는 실존하지 않는 전대미문의 골렘.

아스칼론(Ascalon)의 부활. 캄마의 보고로 공국에 노움인 칼립손이 있다는 것을 알게 된 지금 그는 또 하나의 가능성을 찾았다.

'마광산에서 7각석을 구할 수 있게 된다면 노움을 통해 그것을 세공하게 해야 한다.'

드워프들은 강철을 다루는 데 뛰어났지만 속성석처럼 특수한 보석을 다루는 데에는 노움이 더 뛰어났다.

물론 마도 시대에도 실패한 아스칼론의 설계는 분명 성공시키는 것은 무척이나 어려운 일이나 카릴이 공국을 얻게 된다면 전생에는 이루지 못한 그 실낱같은 가능성이 이을 수 있을지도 모른다.

'노움과 드워프 그리고 7각석이라는 심장의 재료뿐만 아니라 공국의 마도공학자 윈겔 하르트까지……'

전생에는 뿔뿔이 흩어져 그 빛을 발하지 못했었다. 노움국은 멸망했으며 드워프는 타투르와 함께 생을 다했으며 카디훔마광산은 이스트리아 삼국의 멸망과 함께 개발되지 못했었다.

그뿐이겠는가. 현재 공국 제1공작인 튤리의 권세 아래에 있는 윈겔 하르트는 전생에서 제국의 습격으로 처참히 목숨을 잃었다.

'그러나 이번 생에는 다르다.'

이 모든 톱니바퀴를 자신의 손 아래 둘 것이다. 그로 인해 그들이 아스칼론이라는 전설을 부활시킬 원동력이 될 것임을 카릴은 믿어 의심치 않았다.

쫘악-

마치 다짐을 하듯 그는 손을 꽉 쥐었다.

'끝으로 카이에 에시르의 동료인 인형술사가 남긴 인형술까지 찾게 된다면……'

카릴은 벌써부터 흐뭇한 기분이 들었다. 내전으로 난리가 난 공국이지만 그의 눈에는 보물창고로 보였기 때문이었다.

"일단은 타투르로 돌아가야겠지. 6클래스에 도달하고 난 다음 지식의 보고 일부를 열람할 수 있게 되었으니까."

[나르 디 마우그가 숨겼던 상자를 열어볼 생각이로군.]

"맞아. 정말 오래 걸렸어. 당신을 만났을 때 얻은 건데 어찌 됐든 당신과 함께 열어 보겠네. 라미느 말로는 그 안에 해일의 여왕을 찾을 수 있는 단서가 있다던데……."

[과연 그걸로 끝일까?]

"……?"

[내 생각엔 그게 끝이 아닐 거라고 본다.]

"어째서?"

생각지 못한 알른의 말에 카릴은 눈을 동그랗게 떴다.

[정령왕의 힘은 확실히 변수가 되기 충분하지만……. 정령이 인간계에 물리력을 행사하기 위해서는 결국 계약자가 필요하다. 그런데 상급 정령은커녕 중급 정령술사도 볼 수 없는 지금 과연 정령왕이 드래곤에게 위협이 될 수 있을까?]

"으음……."

[에테랄의 봉인이 풀려도 그를 쓸 수 있는 자가 없으니 무용지물과 마찬가지야. 지금은 너란 변수가 있지만……. 원래 지금의 너는 역사에 존재할 수 없는 자이지 않느냐.]

일리가 있는 말이었다. 확실히 전생에서 정령을 다룰 수 있는 자는 없었다.

'에테랄 이외에 또 뭔가 숨겨진 것이 있다, 라…….'

카릴은 살짝 눈을 찡그리며 알른에게 말했다.

"짐작 가는 거라도 있어?"

[글쎄다. 나도 그 상자에 대해서 만큼은 알지 못하니까. 하지만 만약 그게 정말 해일의 여왕과 관련된 것이라면 신화 시대의 물건일 가능성이 크다.]

"신화 시대라면."

카릴이 그의 마지막 말을 되새기면서 눈을 번뜩였다.

[그래. 아직은 추측에 불과하지만 상자 안에 들어 있는 '무언가'가 백금룡조차 부담스러운 신화 시대의 물건이라면……. 백번을 생각해도 그것뿐이겠지.]

알른은 카릴의 허리에 있는 얼음 발톱을 가리키며 말했다.

[내가 만든 이런 아류가 아닌 진짜 블레이더가 썼던 신화 속 무구.]

온몸에 전율이 흘렀다.

[뭐 그런 거 아닐까?]

넌지시 말하는 알른의 모습에 비해 그의 입에서 나온 말은 너무나 충격적인 것이 아닐 수 없었다.

"이거……."

카릴은 입꼬리를 올렸다. 공국행을 앞두고 그 어떤 것보다 가장 기대 되는 일이 아닐 수 없었으니까.

"미하일."

복도에 대기하고 있던 미하일이 기다렸다는 듯 카릴의 부름에 한달음에 달려와 그의 앞에 무릎을 꿇으며 말했다.

"부르셨습니까."

"지금 당장 출발 준비를 해라."

"알겠습니다."

미하일이 허리를 굽히며 대답했다.

카릴은 황급히 달려가는 그의 뒷모습을 보고는 자리에서 일어서며 마치 목록을 세듯 손가락을 하나하나 접으며 그는 나지막하게 말했다.

"모조리 다 가져주지."

"후우……."

"벌써 지친 모양이지?"

세리카는 낮게 숨을 토해내는 미하일을 보며 놀리듯 말했다.

"……아니거든요? 아직 쌩쌩합니다."

주먹을 쥐며 힘껏 말하는 것치고는 눈 아래 다크서클이 짙게 내려와 있는 모습에서 피곤한 기색이 역력해 보였다.

"오늘은 여기서 쉬도록 하지."

카릴은 그런 미하일을 보며 옅게 웃었다. 아무래도 지금 이곳에서 그가 가장 힘들 수밖에 없는 일이었으니까.

일행은 지금 타투르를 향해 가는 길이었다. 아조르에는 거대 이동 마법진이 있어 이스트리아 삼국까지 단번에 갈 수 있었다. 그곳에서 타투르까지는 멀지 않으니 효율을 생각하면 그 방법을 선택했어야 했다.

휘이이이익…….

그러나 어찌 된 일인지 주변에 보이는 것은 빼곡하게 자라나 있는 침엽수들이 보였다. 하늘조차 가릴 정도로 높다랗게 솟은 전나무 숲 한가운데에 일행은 모닥불을 피우고 야영 준비를 하기 시작했다.

"얼마나 걸렸지?"

"이제 사흘 정도 되었습니다."

카릴의 물음에 미하일이 조용히 대답했다.

"사흘 동안 절반이 조금 넘게 왔으니……. 말을 타고 가는 거나 비슷한 속도겠네."

"그, 그렇네요."

그의 대답에 기다렸다는 듯이 세리카가 말했다. 똑같이 이동을 했지만 미하일과 달리 그녀는 여유 있는 모습이었다.

"너 정말 5클래스 맞아? 어떻게 4클래스인 나보다도 힘들어하냐. 어찌 전보다 더 마력을 못 쓰는 것 같은데? 안티홈에서 그렇게나 훈련을 했는데."

카릴은 아조르의 이동 마법진을 이용하는 대신 마법 훈련을 위한다는 이유로 말도 사용하지 않고 각자의 이동 마법으로 타투르를 향해 가고 있었다.

고된 여정임은 틀림없다. 대부분의 마법사들은 이런 식으로 마력을 소모시키지 않으니까.

"……죄송합니다."

세리카의 말에 미하일은 아무런 반박을 하지 못했다. 그도 그럴 것이 지금 가야 할 거리에 절반 정도밖에 오지 못한 이유가 바로 그 때문이었다.

"그냥 훈련의 연장선이라고 생각해. 마력혈의 마력을 모두 고갈시키고 새롭게 마력을 채워 넣음으로써 혈맥을 순환시키는 게 한층 더 편해질 거니까."

확실히 이동 마법은 어느 정도의 거리라면 단숨에 갈 수 있는 장점이 있지만 그 거리가 수십, 수백 킬로미터라면 달랐다. 육안으로 보이는 거리를 짧게 이동하는 블링크에서부터 장거리 이동 마법인 텔레포트까지. 모두 마법사의 반열에 오르면 쓸 수 있는 마법들이었지만 그 거리에 비례해서 사용되는 마법의 양도 천차만별이었다.

4클래스에 갓 다다른 마법사가 마법진을 쓰지 않고 왕국 간의 거리를 텔레포트로 이동했다가는 마력 고갈로 쓰러져 며칠 동안 앓아누워야 할 것이다.

"……명심하겠습니다."

미하일은 풀이 죽은 듯 말했다.

카릴은 본인이 6클래스의 벽을 허물었기에 이런 여정을 제안한 것도 있었지만 마침 이곳에 모인 사람이 세리카, 미하일 그리고 이스라필까지 모두 마법사라는 점이기 때문이기도 했다.

'대충 역량의 차이가 나오는군.'

이런 이동 수단을 택한 또 다른 이유는 카릴은 그동안의 세 사람을 찬찬히 비교하기 위함이기도 했다.

"저…… 식사 준비가 다 되었습니다."

분위기를 살피던 이스라필이 조심스럽게 말했다. 그의 옆에는 이제 허리 정도까지 자란 어둠 거인이 머리에 그릇을 이고 뒤뚱거리며 걸어왔다.

'확실히 현시점에서는 마력 컨트롤에 있어서는 이스라필을 따라갈 수가 없어.'

그는 애초에 다른 둘과 달리 불멸회에서 수련을 한 마법사였기도 했지만 어둠 거인을 유지한 채로 이동 마법을 유지해도 크게 지치지 않았다.

'어둠 거인이야 두아트의 마력을 빌린다는 점도 있지만 그래도 자신의 마력은 아예 쓰지 않는 것도 아니다.'

알른의 가르침도 있었지만 확실히 신탁의 10인에 뽑힐 자격이 있는 남자였다.

'세리카 역시 같은 10인으로 아직은 4클래스밖에 되지 않았지만 마력 자체가 워낙 깨끗해. 그뿐만 아니라 어릴 때부터 창술을 익혀서 그런지 육체 능력이 셋 중에 으뜸이라 혈맥의 순

환도 좋고.'

그녀는 처음부터 걱정하지 않았지만 안티홈에 다녀온 이후 특출나게 실력에 두각을 나타냈다. 공허의 티끌을 잡을 때의 모습만 봐도 전투 감각도 좋다는 것을 알 수 있었으니까.

'역시……. 문제는 미하일인가.'

[정말 그렇게 생각하느냐.]

그때였다. 카릴의 생각을 읽은 알른이 그의 머릿속으로 물음을 던졌다.

[너, 아직도 눈치채지 못했냐?]

'……뭐가?'

[하긴 나인 그 녀석도 알아차리지 못했으니 말이야. 안티홈을 떠나기 전에 저치에 대해서 말했을 때 조금은 의심이 가는 부분이 있었는데……. 지쳐서 허우적거리는 꼴을 보니 의심이 확신이 서는군.]

'무슨 문제라도 있는 거야?'

카릴은 잘 모르겠다는 듯 살짝 인상을 찡그렸다.

[지식의 보고를 물려주면 뭐 하나. 거기서 자기가 얻을 거나 생각하기 바쁘니 원……. 자신의 욕심을 채우기 전에 너는 네 사람들을 좀 더 명확하게 돌볼 필요가 있다.]

'어쩐지 경험에서 우러나오는 말 같은데?'

[하여간…… 지는 꼴은 못 보지?]

알른은 카릴을 보며 혀를 찼다. 하지만 카릴이 이미 이런 이동법을 선택한 것부터 세 사람을 살피기 위함이라는 것을 알기에 오히려 알른이 먼저 핀잔을 준 것에 불과했다.

'알고 있는 게 있으면 좀 얘기해 줘.'

[스승님이라고 해봐.]

'스승님.'

조금 전과는 완전히 달리 고민할 생각도 없이 말해 버리자 오히려 맥이 빠진 알른이었다.

[하여간 네놈은…….]

못 당하겠다는 듯 그는 고개를 저었다.

[흐음……. 이 숲에 살고 있는 몬스터 중에 제법 쓸 만한 놈이 근처에 있군.]

빼곡하게 자라 있는 전나무를 훑어보며 알른이 말했다.

[몇 녀석 불러와 볼 테니 저 녀석에게 싸우게 시켜봐. 나인다르혼이 했던 말 기억하지?]

'물론.'

[하지만 얘기만 듣고 제대로 싸우는 모습을 본 적은 없었잖아. 이참에 확인해 볼 필요가 있겠지. 나도 조금 궁금하기도 하고 말이야.]

'그런 것도 가능해?'

[두아트의 힘이지. 어둠은 곧 공포이므로 누구보다 자유롭고 은밀하게 움직일 수 있지.]

알른은 의미심장한 웃음을 지으며 손을 들었다. 그러자 그의 로브가 바스락거리는 소리와 함께 저 멀리 나무들 사이로 잎사귀들이 서로 부딪히는 소리가 들렸다.

바스락…… 바사사삭……!

스스스스슥……!!

멀리서 들려 오는 소리는 빠르게 가까워졌고 나무들이 어지럽게 흔들리기 시작했다.

[크아아아아---!!]

밤하늘 아래 포효가 울려 퍼졌다.

"워…… 워 베어?!"

숟가락을 들고 이스라필이 건네는 그릇을 받던 미하일은 갑자기 튀어나온 몬스터의 등장에 벌떡 일어나며 소리쳤다.

세리카와 이스라필이 황급히 뒤를 돌아봤다.

"……!!"

그녀는 본능적으로 내려놓았던 창을 향해 팔을 뻗었다.

"……?!"

하지만 이내 곧 그녀의 얼굴이 구겨졌다. 바닥에 붙은 것처럼 들리지 않는 창에 고개를 들자 카릴이 창대를 밟고서 팔짱을 낀 채로 모른 척 앞을 보고 있었기 때문이었다.

"뭐 하……."

세리카가 신경질적으로 소리치려는 찰나.

우지끈---!!

거목이 부러지는 소리가 들렸다.

쩌적……! 쩌저적……!

그런데 넘어가는 소리는 하나가 아니었다. 앞이 보이지 않을 정도로 빼곡한 나무에 가려져 있던 시야가 갑자기 물살이 갈리는 것처럼 훤히 트였다. 고개를 위로 들어도 보기 힘들었던 밤하늘이 고개를 들지 않아도 너무나도 넓게 보였다.

"이게……."

그 광경을 보던 세리카는 아무런 말도 하지 못한 채 입을 다물지 못했다. 전나무들이 마치 날카로운 뭔가에 베인 듯 매끈한 절단면과 함께 양옆으로 잘려 넘어간 것이다.

그것도 한두 개가 아닌…… 수백 그루가 말이다.

[어떠냐.]

잘려 나간 나무 앞에는 조금 전 미하일을 덮쳤던 워 베어가 목이 잘린 채로 바닥에 쓰러져 있었다.

휘이이익…….

"어어……."

너무 놀란 나머지 멍한 표정으로 주저앉아 있는 미하일의 양팔에 아직도 남아 있는 바람의 마력이 흙먼지를 머금고 소용돌이처럼 회전하고 있었다. 몬스터가 덮쳐서 놀란 것보다 정작 자신이 시전한 마법의 위력에 놀란 것이었다.

[클클클.]

미하일의 표정을 보며 알른이 웃었다.

[전에 네 녀석이 저놈을 처음 보여줬을 때 내가 했던 말을 기

억하느냐.]

'……?'

카릴이 고개를 갸웃거렸다. 알른이 미하일을 처음 봤을 때라면 아조르의 마법 경연에서 우승하고 회색교장을 찾았던 당시였다.

이미 수년 전. 아무리 기억력이 좋다 한들 그렇게 오래전에 했던 말까지 기억하는 것은 어려운 일이었다.

[뭐, 그때는 나 역시 별로 중히 여기진 않았으니 말이야.]

알른은 당연하다는 듯 피식 웃었다.

[저놈은 마력혈에서부터 마력점까지 이어지는 혈맥이 다른 자들보다 짧아. 그런 육체는 마법을 익히기 수월하지. 게다가 혈맥의 굵기도 굵어서 마력의 순환도 편하지. 말 그대로 축복 받은 신체라고 말이야.]

'아……!!'

카릴은 그제야 생각이 난 듯 고개를 끄덕였다.

[혈맥이 짧다는 것은 마력의 발동 시간이 짧다는 것. 그만 큼 마력을 빠르게 집중시킬 수 있다는 소리지.]

생각해 보니 그랬다. 미하일은 조금 전 자신을 덮치려던 워 베어에게 바람 칼날을 시전했다. 일반적으로 얘기하는 무영창 은 주문식을 읊지 않고 마법명만으로 마법을 쓰는 것을 의미 한다. 그런데 그는 공격 마법임에도 불구하고 무영창을 뛰어넘 어 주문명조차 외우지 않았던 것이다.

[혈맥이 굵다는 건 일순간 마력을 극대화 시킬 수 있다는 말

이지. 반면 그만큼 마력의 소모도 크다. 녀석이 이곳에서 너 다음으로 마력이 높음에도 이동 마법에 허우적거리는 게 다른 자들보다 마력의 소모가 크기 때문이지.]

'그렇군.'

[하지만 중요한 건 다른 데 있다.]

알른은 바닥에 주저앉아 있는 미하일을 향해 걸어가더니 그의 머리 위에 손을 턱 하니 얹어놓았다.

[백금룡이 전생의 저 녀석의 재능을 보고 왜 아까워했는지 이제야 알겠군. 마법에 관해서 만큼은 꽤나 정통하다고 생각했는데……. 카릴, 내 평생에 너만큼 특이한 놈을 또 보는구나.]

"……!!"

정령의 힘으로 만들어졌다지만 피가 흐르지 않는 사자의 육체다. 미하일은 차가운 그의 손길에 몸을 부르르 떨었다.

[지금부터는 네놈도 들어라.]

알른의 목소리가 바뀌면서 더 이상 카릴의 머릿속에 울리는 것이 아니라 육성으로 울려 퍼졌다. 일행들이 모두 그를 바라봤다.

[내가 이놈에 대해서 잘못 안 게 하나 있다. 이놈은 단순히 혈맥의 길이가 짧은 수준이 아냐. 원래대로라면 마법을 쓸 수도 없을 정도로 짧은 거였다.]

"그런데……."

[마법을 쓸 수 있지. 그 이유는 녀석의 혈맥이 굵은 이유에

서 찾을 수 있다. 아니, 정확히는 굵게 보이는 이유라고 해야겠지. 이놈의 혈맥이 하나가 아니기 때문이다.]

"하나가 아니라뇨?"

지금까지 조용했던 이스라필이 눈을 반짝이며 알른에게 물었다. 마법적 지식을 발견하는 것을 좋아하는 그에게 지금의 설명은 호기심을 불러일으키기 충분했다.

[극히 짧은 혈맥들이 마치 매듭처럼 묶여 하나의 혈맥처럼 이어져 있는 거야. 그런데 그렇게 만들어진 혈맥조차도 일반적인 것보다 짧지.]

알른조차도 알아차리지 못했다. 미하일의 몸을 살펴봤을 당시만 해도 그저 특이한 혈맥이라고만 생각했었다.

[한마디로 녀석의 혈맥은 한 줄이 아니라 수십 가닥이 이어져 있는 상태. 즉, 마법을 시전할 때 각각의 혈맥에서 동일한 마력이 사용되니 이런 결과가 나오는 거지.]

알른은 훤히 잘려 나간 나무들을 가리켰다.

[너희들의 눈에는 3클래스의 마법이라고 보이느냐. 아무리 살상력이 높아 금지된 마법이라 하더라도 말이야.]

"……"

[위력은 5클래스를 상회한다. 이놈은 단 한 번의 시전으로 바람 칼날 수십 개를 동시에 날린 것과 같다는 말이지.]

그의 말에 세리카와 이스라필은 자신도 모르게 낮은 탄식을 뱉어내고 말았다. 동시다발적으로 마법을 시전한다는 것이 얼마나 어려운 일인지 마법사들인 그들은 누구보다 잘 알고 있었기 때문이었다. 그런데 하나도 아니고 수십 개일지 모른다. 그야말로 최상위 기술이었다.

비록 같은 마법이라는 제한이 있긴 하지만 대마법사도 할 수 없는 능력을 미하일은 가지고 태어났다는 의미였다.

[마법을 시전하는 즉시 각각의 혈맥에서 동시에 같은 마법이 적용되는 게지. 그러니 마력 소모는 배가 되고 이동 마법 같은 고위급 마법은 마력 부족으로 남들보다 빨리 지치게 되는 거야.]

"어, 엄청나군요……. 이거 정말 엄청난 것 아닙니까?!"

이스라필은 거의 소리 지르다시피 외쳤다.

[그럼 한 가지 묻지. 애송아, 내 말을 듣고 떠오르는 사람이 없느냐.]

알른이 카릴을 바라봤다.

[방법은 다르지만 저클래스의 마법에 강대한 마력을 쏟아부어 응축시켰던 자가 한 명 있잖느냐.]

"그거……. 주군께서 경연 대회서 우승할 때 쓰셨던 방법 아닌가요?"

그 순간 미하일이 기억을 더듬으며 조심스럽게 말했다.

"설마……."

카릴이 알른의 말에 얼굴을 굳혔다.

알른은 두 사람의 얼굴이 볼만하다는 듯 씨익 웃었다.

[카이에 에시르. 이 녀석은 태생적으로 그자가 구축한 마법 이론을 쓸 수 있다는 말이 된다. 아니, 어쩌면 이 녀석이야말로 카이에 에시르조차 하지 못한 새로운 획을 마법계에 그을 지도 모르지.]

"제, 제가요?"

미하일은 충격적인 그의 말에 입을 다물지 못했다.

세리카 로렌과 이스라필. 쟁쟁한 두 사람 사이에서 그는 오히려 자신이 발목을 잡고 있는 기분이라 위축되어 있는 상태였기 때문이다.

[어디 보자……. 그래, 이렇게 부르는 게 어떠냐.]

알른의 목소리가 천천히 그들의 귓가에 박혔다.

[중첩마법술(重疊魔法術).]

그 순간 카릴의 입가에 미소가 드리워졌다.

에이단 이후 그는 한 가지 생각을 명확하게 굳혔다. 이제는 혼자선 불가능하다. 적재적소에 사람을 써 대륙의 판도를 더욱 빠르게 바꿔 놓아야 한다고.

지금 카릴의 머릿속에 그를 사용해야 할 장소가 떠올랐기 때문이었다.

"……네?!"

미하일은 카릴의 명령에 자신도 모르게 소리쳤다.

"제, 제가 잘못 들은 거죠?"

"아닌데."

카릴은 이스라필이 구워놓은 워 베어 고기를 뜯으며 말했다.

"주군……. 차라리 저한테 죽으라고 하세요."

어찌 된 일인지 조금 전 엄청난 위용의 마법을 보여준 미하일이 울상이 된 얼굴로 말했다.

"죽긴 누가 죽어? 겨우 안티홈에서 쓸 만하게 만들어놓았는데."

그의 말에도 불구하고 미하일은 여전히 깊은 한숨을 푹 내쉬었다.

"상아탑이라뇨……. 저보고 지금 여명회로 가라는 게 말이 된다고 생각하십니까?"

타닥…… 타닥…….

타들어 가는 모닥불 안에 나무처럼 미하일의 속도 시커멓게 타들어 가는 기분이었다.

여명회의 상아탑. 화룡의 거처와 공국 북부 사이에 위치한 거대한 이 탑은 불멸회의 안티홈처럼 양대 마법회 중 하나인 여명회의 본거지였다.

조금 전 워 베어를 사냥한 미하일의 중첩마법술을 보고서 카릴은 몬스터의 시체를 처리할 생각도 하지 않고 미하일에게 그 말을 먼저 꺼냈다.

"저, 정말 진심이십니까?"

보다 못한 이스라필이 조심스럽게 물었다. 그의 옆에 있는 작은 어둠 거인이 쟁반을 머리에 들고 뒤뚱뒤뚱 걸어 와 미하일에게 고기를 건넸지만 미하일은 눈도 마주치지 않고 고개를 내리고 한숨만 푹 쉴 뿐이었다.

"물론이죠. 다들 똑똑한 사람들이 몇 번이나 물으시고……. 제가 허튼소리나 할 사람으로 보입니까?"

"아, 아닙니다."

카릴의 말에 이스라필은 당황한 듯 손사래를 쳤다.

"농담할 사람이 아니니까 몇 번이나 더 물어보는 거겠지. 솔직히 우리를 놀리려고 일부러 그런 얘기를 하는 걸로 보이는데? 제대로 설명을 해줘야지."

그런 그의 모습에 세리카는 입술을 삐쭉 내밀며 불만스러운 듯 말했다.

"미하일은 불멸회의 교육을 받았어. 비록 정식 제자라든지 소속된 마법사는 아니지만 나인 다르혼에게까지 직접 훈련을 받았다고."

그녀는 마치 미하일의 대변인이라도 된 듯 그의 옆에서 서서 말했다.

"그런 사람을 여명회에 보내서 마법을 배우라고 하겠다고? 그게 말이 된다고 생각해?"

"잘 말해줬어."

"……뭐?"

"네 말대로야. 미하일은 불멸회의 교육을 받았지만 정식 제자도 아니고 소속된 마법사도 아니지."

카릴은 세리카의 말에 기다렸다는 듯 대답했다.

"그러니 뭐가 문제지?"

"아니, 그게……."

그녀는 말문이 막힌 듯한 표정을 지었다.

"여명회의 마법사들이 무슨 식인귀들도 아니고 아무런 이유도 없이 사람을 죽일 리가 있겠어. 그리고 반대로 엄청 좋아할지도 모르지."

"네?"

카릴은 의아한 듯 바라보는 그를 향해 말했다.

"마력이 축복이라는 제국의 규율 그리고 반대로 마력이 없는 이민족을 이단이라고 여기는 것 모두 교단에서 나온 윤리지. 덕분에 여명회가 교단과 밀접한 관계가 있다는 것은 모두 알 거야. 그들은 교단의 지원을 받고 있으니까."

카릴의 설명에 모두가 고개를 끄덕였다.

"경전 첫 구절에 '신이 마력을 만드셨도다'라고 적혀 있지. 덕분에 이단이라는 명목이 생길 수 있는 것이고 저주와 사령이라는 흑마법의 구분까지 만들어지지. 하지만 여기 있는 사람들은 이제 알지. 신이 마력을 만든 게 아니라는 걸."

모두가 카릴의 옆에 서 있는 알른 자비우스를 바라봤다. 아니, 정확히는 알른의 신체를 구축하고 있는 어둠의 정령왕인 두아트를 보는 것이었다.

"마력은 신이 아닌 세계가 창조되는 과정에서 생긴 균열에

서 생성된 것. 그것이 어떻게 진화하는가에 따라 정령이 될 수도 있으며 한편으로는 타락이라 불리는 찌꺼기가 될 수도 있다. 그리고 또 어떤 균열은 옅게 흩어져 인간들에게 뿌려졌겠지."

불멸회는 마력을 축복이 아닌 자연 현상으로 보고 다가갔으며 누구보다 균열에 대해 연구했다. 그 결과 나인 다르혼은 비록 실패작이지만 미완성의 타락인 '공허의 티끌'을 만들어 낼 수 있었던 것일지 모른다.

"교단 그 어느 구절에도 정령에 대한 정의는 적혀 있지 않아. 왜 그럴까? 당연한 일이야. 그들의 교리로는 정령의 존재를 설명할 수 없거든."

"으음……."

"그렇죠."

"마침 마도 시대에서부터 시작된 정령계 소실은 교단의 교리를 설명하기에 아주 좋은 증거였지. 정령과 마력을 분리시켜 생각하고 마력과는 별개의 것. 그리고 그들이 사라지는 이유는 신의 섭리를 어겼기 때문이라 말하지."

실제로도 정령술사의 존재는 이제 거의 사라졌다고 봐도 좋을 것이다. 하지만 눈앞에 두 명이나 되는 정령왕의 존재를 이들은 경험했다.

"뿐만 아니라 망령의 성에 있는 엘프의 보고에서 정령계로 이어지는 차원문을 열 수 있는 영혼샘의 정수를 얻었다."

"정령계와 인간계를 연결할 수 있다는 말씀이십니까?"

"아직은 부족하지만……. 이스라필, 당신이 열심히 노력해서 초대 마법의 진보를 보여준다면 가능할지도 모르죠. 아직은 정령력이 부족하니까요."

"허……."

이스라필은 새로운 마법 체계 이야기에 다시 한번 흥미가 동한 듯 카릴의 말을 경청했다.

"기대하고 있습니다."

카릴의 말에 그는 몸둘 바를 모른다는 듯 머리를 긁적이며 고개를 숙였다.

"이야기가 엇나갔지만 어쨌든 교단이 만든 규율이 아닌 진실된 마력 자체로 연구를 했던 사람이 바로 불멸회다. 마력을 대하는 자세가 다르기에 마법을 대하는 자세도 다르지. 불멸회가 숭배하는 마법사가 누구지?"

"그야……. 태초의 인류에게 마법을 알렸다 전해지는 7인의 원로회입니다."

이스라필이 알른을 힐끔 바라보며 말했다. 처음에는 마법의 성취가 낮아 몰랐지만 초대 마법을 익히면 익힐수록 그는 알른의 위대함을 몸소 체감하고 있었다.

[봤지?]

알른은 자랑스러운 듯 가슴을 펴며 한껏 몸을 부풀렸다.

"그럼 여명회는 누군지도 알겠죠."

카릴은 알른의 말을 듣는 체도 하지 않고 계속해서 이스라필에게 물었다.

"네……"

그의 물음에 이스라필이 다시 한번 힐끔 알른을 바라봤다. 이번엔 조금 전의 반응과는 다른 느낌이었다.

"말하기 곤란한가요? 괜찮습니다. 조금 전에도 그 이름이 언급되었는데요, 뭐."

[그 녀석이냐. 나참…… 여명회란 단체가 어떤 놈이 만든 마법회인지는 모르지만 눈이 옹이구멍 같은 놈인 게 분명하군. 신과 결탁을 한 것도 모자라서 고작 250년 전의 인간을 최고로? 마도 시대의 굴러다니는 돌도 그만큼은 한다.]

알른은 단번에 누군지를 알아차린 듯 코웃음을 쳤다.

"내가 미하일에게 여명회에 가라는 이유가 바로 그거야. 여명회가 최고의 마법사로 기리는 사람은 다름 아닌 카이에 에시르거든."

최초의 용 사냥꾼. 솔직히 말해 7인의 원로회가 모든 마법의 정점이라 생각하지만 마도 시대라는 가늠조차 할 수 없는 먼 과거에 비해 카이에 에시르가 해낸 업적들은 모두가 눈에 보이는 것들이기에 훨씬 더 현실로 다가오는 것이 사실이었다.

역사상 최고의 마법사는 누구인가?

이것은 여전히 회자되는 일이었다. 심지어 대륙을 통틀어 현존하는 4명의 대마법사. 불멸회의 나인 다르혼과 여명회의 수장인 베르치 블라노, 공국 마법단체인 황금마법회의 마탄(魔彈) 데릴 하리안 그리고 제국 궁정 마법사인 카딘 루에르조차도 의견이 분분했다.

"솔직히 마법의 정점을 따진다면 이미 답은 나와 있지."

"네? 누군가요?"

"드래곤."

이스라필은 맥이 빠진다는 표정을 지었다. 그가 이렇게 솔직하게 감정을 표현하는 것도 처음이 아닐까 싶었다.

"에이……. 그거야 너무 당연한 이야기지 않습니까."

"정점이 이미 정해져 있는데 2등이 누구인지 서로 아웅다웅하는 것이 우스운 일이지 않습니까? 드래곤을 뛰어넘는 마법사가 나타나지 않는 이상 말이죠."

카릴은 그의 말에 피식 웃었다.

"저는 두 마법회가 이제 하나로 뭉쳐 서로 힘을 합해야 한다고 생각합니다. 인간이라는 한계를 인정해 버리고 안주하는 것이 아니라 그 정점에 도전하기 위해서 말입니다."

"드래곤의 영역에…… 도전을요?"

"이미 천 년 전 7인의 원로회는 그것을 목적으로 마법을 연구했습니다. 천 년 뒤의 후대가 발전은커녕 오히려 퇴보를 했으니 이 얼마나 안타까운 일입니까?"

이스라필을 비롯해 사람들은 카릴의 말에 아무런 대답을 하지 못했다. 기가 막힐 정도로 놀라운 생각이었으니까.

수백 년간 갈라져 있던 마법회였다.

그런데 이 둘을 합친다? 대륙 역사상 아무도 하지 못했고 할 엄두도 못 낼 일이 아닐 수 없었다.

"미하일. 네가 할 일은 간단해. 지금쯤 여명회에 가게 되면 세르가라는 녀석이 있을 거야. 카이에 에시르의 재림이라는 별명을 들으며 세기의 천재라고 칭송받는 엄청나게 재미없고 거만한 놈이지."

"세르가요?"

미하일은 카릴의 말에 세리카 로렌을 바라봤다. 이름은 비슷했지만 전혀 알지 못한다는 듯 그녀는 미하일에게 시선에 고개를 저었다.

"너희들은 모를 거야. 제국 아카데미 출신의 귀족이니까. 어릴 때부터 카딘 루에르에게 교육을 받았지."

"흥, 도련님이란 말이군."

세리카는 그의 말에 입술을 씰룩였다.

[카이에 에시르의 재림? 어이가 없을 정도로 건방진 별명이로군.]

알른은 못마땅한 듯 말했다.

"걱정 마. 저 녀석이라면 알른 자비우스의 재림이라는 소리를 들을 테니까. 당신의 이름이 다시 세간에 알려지겠지."

[그건 좀 볼만하겠군. 다만 저 어리바리하게 생긴 녀석이 과연 그만큼을 해낼지 의문이지만 말이야.]

카릴의 말에 알른은 껄껄거리며 웃었다. 말은 그렇게 해도 누구보다 먼저 미하일의 재능을 발견한 그였다.

"알아들었지? 네가 가서 그놈을 누르고 와라. 타투르의 대표로 말이야. 불멸회는 알른을 봐서라도 널 인정하지 않을 수 없겠지. 네가 여명회를 누른다면 한마디로 말해서 두 마법회를 정리하게 되는 거야."

[물론 그 위에 네놈의 왕국이 있고?]

"뭐……. 그렇지."

[하여간 독한 놈이라니까. 클클.]

정작 재밌는 얘기를 나누며 화기애애한 두 사람과 달리 당사자인 미하일은 죽을 지경이었다.

"제…… 제가 여명회를요?"

"응, 마법회의 통합은 해야 할 계획 중 하나였지만 지금껏 방법을 찾지 못했었어. 명분을 만들지 못했다고 해야겠지."

세 사람은 단순히 대륙 통일의 과정에서 마법회를 합치고자 하는 계책이라고 생각하겠지만 카릴의 모든 계획은 이후에 재래할 신탁전쟁을 염두에 둔 것이다.

"사실 겉치레에 불과한 이런 일은 무의미할 수도 있겠지만……. 그 명분이란 게 또 있어야 굼뜬 마법사들의 엉덩이가 들썩이거든. 그런 의미에서 네가 적임자란 말이지."

카릴은 뜯어 먹던 워 베어의 갈빗대를 들어 미하일을 가리키며 말했다.

"나인 다르혼과 베르치 블라노를 앞에 두고 서로 악수하고 이제부터 도우라고 할 순 없는 일이잖아? 안 그래?"

"그, 그야……."

칭송받는 대마법사들이 어린아이처럼 그런 일을 할 리가 없기에 미하일은 낮은 한숨을 내쉬었다.

"네 재능을 발견한 이상 방법을 찾지 못하고 있었던 계획을 실행할 수 있게 되었다는 말이지."

"주군께서는요?"

"물론 나도 너와 함께 공국으로 향할 거야. 단지 그전에 잠깐 들릴 곳이 있지만."

"조금 전에 왔던 전서구 때문입니까?"

"맞아."

미하일은 카릴의 옆에 웅크리고 있는 비둘기를 바라봤다. 불을 치우고 야영 준비를 끝냈을 때 날아온 전서구였다. 비둘기라고 하기에는 덩치가 크고 깃털이 거칠었는데 남부에 서식하는 종이었다.

"동이 트는 대로 나는 출발할 거다. 너는 내가 알려주는 대로 타투르에 가서 이번 공국행의 일원을 구성하도록 해."

"……알겠습니다."

미하일은 울상이 된 채로 대답했다.

"그런데 남부라……. 별일은 아니시죠?"

카릴은 그의 물음에 피식 웃었다.

"응, 사소한 집안일에 불과해. 잠시 디곤에 다녀올 거야. 그보다는 네 걱정이나 해. 거기서 네 몸은 네가 스스로 지켜야 하니까."

"……그럼 보내지 않으시면 되잖습니까."

그의 말에 미하일은 다시 한번 얼굴이 구겨졌다.

"교도 용병단에서 너를 내가 뽑았던 때를 기억하지? 그 당시 나는 수안과 에이단 그리고 너 이렇게 셋을 나의 사람으로 생각하고 있었다. 그 말은 누구보다 너희들을 아낀다는 의미이기도 해."

그 모습에 카릴은 지금까지와는 달리 사뭇 진지한 목소리로 말했다.

마력이 담겨 있는 걸까. 어쩐지 그의 목소리가 숲의 공기에 잔잔한 파문을 일으키며 퍼지는 기분이었다.

"에이단은 내게 그러던데. 남부의 야만족들과 달리 아직 자신의 가치를 증명할 기회를 갖지 못했다고. 수안 역시 마찬가지. 남부 통합 때부터 망령의 성 공략까지. 녀석은 배를 모는 것 말고 자신이 한 것이 없다 항상 투덜거려."

카릴은 입꼬리를 씨익 올렸다.

화르륵……!!

그러고는 들고 있던 갈빗대를 모닥불에 집어넣었다. 아직 뼈에 붙어 있는 살코기들이 불 속에서 타닥거리는 소리를 내자 모닥불의 불이 거칠게 흔들렸다.

"너는?"

"……네?"

"두 사람은 오히려 내가 기회를 주지 않아 안달이 나 있는데 그 둘과 달리 나는 너를 직접 안티홈에서 성장할 기회까지 줬다. 나를 위해 뭔가를 하라기보다 자신의 성장을 시험해 보고 싶다는 욕심이 들지 않아?"

"그건……."

미하일은 카릴의 말에 대답을 머뭇거렸다. 그도 그럴 것이 조금 전 위 베어를 죽였을 때의 위력은 그 스스로도 놀라운 일이었으니까.

어디까지 오를 수 있을까?

호승심이 발동하지 않을 수가 없는 일이었다.

"2위를 확실하게 정해 두라는 거지. 누가 더 높고 낮다는 걸로 싸울 필요가 없게 말이야."

"제가…… 대마법사들이 계시는 곳에서요?"

"그들은 너보다 이미 수십 년을 더 배운 자들이야. 자존심에서라도 너와 직접 겨루진 않을걸? 세르가란 녀석의 코를 눌러주라는 것도 그 때문이야."

카릴은 생각했다.

'세르가는 여명회의 신뢰를 얻기도 했지만 그 이전에 제국의 촉망 받는 마법사다. 애초에 녀석을 꺾어버리고 미하일이 타투르의 마법사라는 것을 알리게 되면 마법적으로도 입지를 구축할 수 있게 된다.'

카릴은 미하일의 어깨를 가볍게 두들겼다.

"편하게 생각해. 1위 자리는 어차피 나니까. 나는 드래곤을 뛰어넘어 정점에 설 거다."

미하일은 자신도 모르게 피식 웃고 말았다. 하지만 언제나 그렇듯 그의 말은 농담처럼 들린 적이 단 한 번도 없었다.

"금방 다녀올 거다. 오래 걸리지 않을 거야."

크르르르르……

그때였다. 마치 그의 말을 기다렸다는 듯 숲에서 들려오는 낮은 으르렁거림. 지축이 흔들리는 진동과 함께 숲 아래 보이는 날카로운 안광.

"……!!"

샌드 서펀트의 머리 위로 올라타며 카릴은 말했다.

"타투르에서 만나자."

부웅-!! 부우웅-!! 파아앗……!!

날카로운 파공성 다음에 들리는 묵직한 검격의 이어짐은 마치 두 자루가 하나가 되는 것 같이 보이면서도 이따금 완전히 제각각 움직이듯 불규칙했다.

두 자루의 검을 쓰는 검술은 극히 드물었다.

이유는 간단하다. 일분일초를 다투는 접전 속에서 양팔을 동시에 다른 방향으로 뻗는 행위는 단순히 무기 1개와 무기 2개의 싸움으로 얻는 이득보다 2배의 어려움을 짊어지고 싸우는 불리함이 더 컸기 때문이다.

그러나 그 모든 불리함을 뛰어넘는 검술이 있다.

"하아아압……!!"

밤하늘에 울리는 외침 소리. 땀이 바닥에 떨어짐과 동시에 차갑게 변해 버릴 만큼 열사의 사막은 낮과 전혀 다른 느낌이었다. 어깨에 피어오르는 새하얀 김.

푸욱-

검을 바닥에 찔러 넣자 모래 깊숙이 박혔다.

"디곤의 쌍검술이 제법 몸에 익은 듯 보이는군. 디곤의 전사라고 해도 믿을 수 있겠어."

바닥에 검을 꽂아 넣었던 남자가 고개를 들었다.

그가 호흡을 내뱉을 때마다 탄탄한 근육들이 꿈틀거렸다.

'마지막으로 본 게 반년 전인데……. 이 정도까지 성장한 건가. 이런 성취를 보지 못하고 죽었으니 전생의 그는 정말 억울했겠어.'

조각한 것 같은 다부진 체격은 선천적인 축복 이외에도 그동안 얼마나 혹독한 훈련을 해왔는지 알려주는 증거였다.

파악……!!

밟고 있던 발아래 모래가 거칠게 튀었다. 바람을 가르는 소리조차 나지 않을 정도로 날카로운 섬광이 어둠 속에서 번뜩였다.

"······!!"

황급히 바닥에 꽂은 두 자루의 검을 뽑았다. 11자로 세운 검이 충격과 함께 휘청거렸다. 앞머리에 맺힌 땀이 떨어졌다.

날카로운 눈빛으로 란돌은 가면을 쓰고 자신을 공격한 사람을 바라봤다.

"가면은 벗어도 돼. 그리고 피가 섞이지 않았다고는 하지만 우리는 형제다. 형에게 반말이라니 한 나라의 왕이라지만 너무 예의가 없는 것 아냐?"

란돌은 담담한 목소리로 말했다. 그의 말에 카릴은 쓴웃음과 함께 예의 얼굴 전체를 가리던 가면을 벗었다.

파슥-

그러고는 손에 힘을 주어 그것을 부숴 버렸다. 란돌까지 자신을 알게 되었으니 더 이상 이것을 쓸 일이 없다고 생각했기 때문이었다.

"······!?"

그 순간 란돌의 표정이 굳어졌다.

"눈동자의 색깔이······."

"밀리아나에게 들었는지 모르겠네. 폭염왕의 힘을 얻고 이렇게 변했지."

"그래서 화염을 쓸 수 있는 거였군."

란돌은 카릴의 붉은 눈동자와 함께 자신의 왼쪽 팔뚝에 난 불에 덴 듯한 상처를 바라보며 중얼거렸다.

'완벽하게 막았다고 생각했는데⋯⋯.'

어둠을 가르는 공격 속에 알아차리지도 못한 숨겨진 일섬(一閃)은 그 한 번만으로 이미 란돌의 자신감을 무기력하게 만들기 충분했다.

자신과 그의 격차.

'설명 대신 직접 보여준 건가.'

그는 쓴웃음을 지었다.

"⋯⋯."

콰아아아앙---!! 콰가강-!!

하지만 상처를 바라보던 란돌의 표정이 굳어지면서 그가 있는 힘껏 카릴을 향해 검을 쏟아 냈다. 갑작스러운 공격이었지만 카릴은 오히려 기다렸다는 듯 란돌의 공격을 막았다.

부우웅⋯⋯!!

얼음 발톱과 란돌의 검이 맞물렸다. 풍차가 회전하는 것처럼 란돌이 막힌 검 반대쪽에 쥐고 있는 해방된 불꽃을 횡으로 있는 힘껏 휘둘렀다. 검날에 솟구치는 화염이 궤적을 그렸다.

그드득⋯⋯ 그드드득⋯⋯.

검격이 이어질수록 란돌의 근육이 요동치기 시작했다. 아주 짧은 순간 이 정도까지 자신의 한계를 끌어올릴 수 있음에 카릴은 짐짓 놀란 표정을 지었다.

파아앙---!!

공기가 터지는 굉음과 함께 카릴의 검이 허공을 갈랐다. 란돌의 인영이 흐릿하게 사라졌다.

푸욱-!! 파바바박---!!

어느새 카릴의 뒤로 돌아간 란돌이 토해내는 찌르기가 모래를 파헤치듯 바닥에 꽂혔다.

"……!!"

서걱-

전력을 다한 속도였다. 육안으로 쫓을 수 없을 정도의 빠르기였음에도 불구하고 란돌의 공격을 다시 한번 피하며 카릴이 검을 그었다.

"크윽!!"

공중제비하듯 바닥을 박차고 뛰어오른 란돌이 카릴의 공격을 피하며 그의 얼굴을 향해 검을 엑스자로 그었다.

"흐읍!!"

란돌이 일순간 숨을 참았다. 그의 근육이 팽창하듯 부풀어 오르며 검을 쥔 양손에 힘이 들어갔다.

파앗!!

찰나의 순간을 노린 듯. 바닥에 착지하자마자 란돌이 허리를 지면에 닿을 정도로 숙인 채 카릴의 품 안으로 쇄도하며 역방향으로 몸을 틀며 그의 허리를 노리며 검을 그었다.

콰아아아앙……!!

하나하나가 날카로운 공격임에도 불구하고 검을 맞댈수록 카릴의 입꼬리가 올라갔다.

'이건……'

카릴의 눈동자에 이채가 서렸다. 낯익은 검술이었다.

디곤 쌍검술 3결-비조파동(飛鳥波動).

여왕의 검이라 불리는 밀리아나의 세 자매만이 사용하는 디곤 쌍검술의 오의 중 하나였다.

'어지간히 마음에 들었나 보군. 이걸 알려줄 정도라니.'

그는 피식 웃었다. 검을 맞대어보니 그녀들의 심정을 충분히 이해할 수 있을 것 같았기 때문이다.

'확실히…… 가르칠 맛이 났겠어.'

찰나의 순간에 자신의 공격을 예측하고 오히려 그 검술에 맞춰 반격기까지 펼쳤다. 스펀지가 물을 빨아들이는 듯한 뛰어난 습득력을 가진 그가 저택에선 항상 혼자 검을 잡았다.

저택에는 청기사단의 전 부단장이었던 검술 교관 폴헨드가 있기는 했지만 백작부인의 눈 때문에 아무래도 첫째를 제외하고 나머지 형제들에게 검을 제대로 가르치기 어려웠다.

카릴은 어떤 환경에 놓였는가에 따라 이렇게 사람의 운명이 바뀔 수 있음을 다시 한번 실감했다. 여명회로 보낼 미하일의 얼굴이 떠오르는 것이 그저 기분 탓은 아닐 것이다.

"흠."

카릴은 열심히 검을 베는 란돌을 향해 낮은 한숨을 내쉬었다.

그 호흡이 끝나기 직전.

콰아아앙---!!

터져 나오는 굉음과 함께 카릴이 맞댄 검의 손잡이를 비틀었다. 아그넬과 란돌의 검이 맞물리면서 비틀리자 손목에 아린 듯한 떨림이 느껴졌다.

카앙……!

경쾌한 소리와 함께 란돌의 손목이 꺾임과 동시에 그가 들고 있던 검이 부러졌다.

"큭?!"

그대로 힘을 주었다면 뼈가 부러질지도 모른다는 생각에 란돌은 결국 쥐고 있던 검을 떨어뜨리고 말았다.

"무기가 아쉽군."

카릴은 주저앉은 란돌을 내려다보며 말했다. 격렬했던 공방에 비해 너무나도 어이없을 정도로 승패가 나버렸다.

"나름 청린으로 만들어진 무구라고 했는데……. 네 검이 말도 안 되게 강한 것 아닐까?"

"그럴 수도."

란돌은 아무렇지 않게 인정해 버리는 카릴의 모습에 그는 낮은 한숨을 내쉬었다.

"나참, 그렇게 말하니 할 말이 없어지네. 애초에 검술에서 따라잡을 수 없었어. 무구의 탓을 하기 이전에 내 실력을 탓해야지."

그는 욱신거리는 손목을 주무르며 말했다.

"하여간 성격이 꼬였다니까. 직접 이 말을 하게 하려고 그런 거지? 네가 전력을 다하지 않았다는 걸 알아."

란돌은 핑계를 찾을 구석도 없다는 듯 고개를 저었다.

'아직 혈맥이 뚫리지 않았군. 2클래스의 마력 정도밖에 안 돼. 디곤의 쌍검술 덕분에 기술적인 측면은 월등히 앞서가지만 남부에 있다 보니…… 마력 운용에 대해서는 배울 수 없었겠지.'

하지만 그런 그와 달리 카릴은 란돌의 상태를 확인하느라 여념이 없었다.

'흐음……'

남부 야만족 중에 유일하게 마력을 쓰는 검술을 가진 디곤이라고는 하지만 그들의 마력은 미약하고 용마력에 기반을 둔 무색의 검술. 즉, 각기의 속성 마력을 가진 운용법은 확실히 제국의 검술과는 달랐다. 하지만 반대로 생각하면 기사들은 마법사들과 달리 복잡한 마법을 쓰지 않는다. 혈맥만 뚫으면 된다고 가정했을 때 그의 혈맥을 뚫기 위한 스승이야 이제 자신에게 널리고 널렸으니까.

'전생에 아버지가 내게 했던 말을 기억하고 있어서 다행이야. 그는 다른 자식들보다 네가 단명한 것에 대해서 가장 안타까워했었으니까.'

사실 란돌의 재능을 알고 저택에서 그를 구할 수 있었던 이유는 전생의 크웰의 말 때문이었다. 전생에 제대로 된 활약조차 없이 죽어 버린 그였기에 카릴도 그 당시엔 란돌에 대해서 조금은 반신반의 한 점도 있었다.

─내가 데리고 온 여섯 형제들은 모두 각기 재능이 뛰어난 아이들이다. 너희들 눈에는 제이크가 한없이 연약해 보이겠지만 그마저도 뛰어난 재능을 가지고 있지 않느냐. 다만……. 내 인생에 가장 안타까운 일이라면 란돌을 잃은 것이구나.

크웰은 올리번을 옹립하는 과정에서 많은 제국의 기사들과 싸웠다. 그만큼 많은 기사를 죽였고 올리번이 황좌에 올랐던 당시 공석이 된 많은 자리를 보며 란돌의 부재를 안타까워했었다. 솔직히 조금은 도박에 가까웠다. 뼛속까지 귀족인 마르트와 티렌을 제외하고 아버지의 말을 믿고 결정적인 카드로 란돌을 고른 것이 말이다.

'하지만 다행이야. 아니, 기대 이상이라고 해야겠지.'

다른 형제들처럼 크웰이 란돌에게서 발견한 재능은 설명할 것 없이 뛰어남 그 자체였다.

"인사치레는 이 정도면 될까."

카릴의 말에 란돌은 고개를 끄덕였다.

"어제께 들었다. 려기사단을 죽인 자가 너라는 것도 그리고 복수 따위는 기대도 하지 말라는 말도 말이야."

그의 말에 카릴은 어깨를 으쓱했다.

"복수를 포기하라는 말은 하지 않아. 그러기 위해서 황명도 어기고 여기에 있는 거잖아? 제국을 위해 황명을 거절하고 야만족의 검을 배운 상황이 조금 이상하지만 말이야."

카릴은 일부러 지금 그의 상황을 다시 한번 말했다. 제국의 기사이며 제국의 인정을 받기 위해 임무를 성공시키고자 했던 란돌이었다. 하지만 반대로 검의 천재임에도 불구하고 그는 제대로 된 스승을 얻지 못했다.

그리고 눈앞에 나타난 밀리아나.

'복수라는 핑계로 스스로를 합리화시키고 검에 대한 열망을 감춘다. 하지만 누가 봐도 알 수 있지. 네가 디곤의 검술에 매료되었다는 걸 말이야.'

카릴은 옅은 미소를 지었다.

"밀리아나에게 쪽지를 받았다. 가문에서 비밀리에 연통이 닿았다고 하던데."

"맞아. 솔직히 그동안 그런 일들이 있었다니……. 나야말로 대륙의 정세를 등지고 혼자만 살았군."

"원래 그런 성격 아니었나? 저택에서도 형제들과 어울리지 않고 검만 잡았잖아."

란돌은 카릴의 말에 조금 의아한 듯한 표정을 짓다 곧 쓴웃음을 지었다.

"아버지께서 보내신 명령이 있다."

"티렌이겠지."

란돌은 그의 말에 쓴웃음을 지었다.

"너는 여전하군. 첫째 형님을 제외하곤 모두 네 아래처럼 얘기하는 태도 말이야."

"첫째 형님이라 할지라도 서로의 위치를 망각한다면 충분히 알도록 해주니까 너무 서운해하지는 마."

"훗⋯⋯."

표정 하나 변하지 않는 카릴의 모습에 란돌은 저택에서 처음 그를 만났을 때를 떠올렸다.

"그럼 지금은 가족이 아니라 타투르의 왕으로서 온 건가."

"말 한 번 섞지 않은 사이에 가족이라는 말이 우습지만 그건 네가 할 대답에 따라 달라지겠지. 가족으로서 네게 말을 할지 아니면 왕으로서 맥거번가(家)를 대할지 말이야."

카릴은 얼음 발톱을 다시 고쳐 쥐었다. 검날이 닿은 바닥이 쩌적적- 거리는 소리와 함께 모래 위로 새하얀 서리가 퍼졌다. 바닥에 쓰러져 있는 란돌의 검에서 흘러나오는 불꽃과는 상반된 모습이었다.

"란돌."

카릴은 나지막하게 그의 이름을 불렀다.

"티렌이 네게 지시한 게 뭔지 말해. 내게 원하는 것이 무엇인지 듣고 앞으로의 태도를 결정하겠다."

"앞으로의 태도?"

란돌의 얼굴이 굳어졌다.

"나락 바위에서 려기사단을 전멸시켰을 때부터 지금도 여전히 마음만 먹으면 네가 내 목숨을 취할 수 있다는 사실에는 변함이 없겠지. 하지만 가문을 두고 너의 안하무인한 모습은 용납할 수 없다."

"뭔가 오해를 하는 거 같은데……."

카릴은 그런 그를 향해 피식 웃었다.

"태도를 취하는 건 내가 아니라 바로 형이야."

"……뭐?"

그가 너무나도 쉽게 형이라는 말을 꺼내자 란돌은 오히려 어색한 듯 당황한 기색이 역력했다.

"가문을 지키는 것은 장남의 몫이지만 가족을 지키는 것은 누구나 할 수 있는 일이니까."

"그 말은……. 너 역시 마찬가지라는 뜻으로 해석해도 괜찮은가."

란돌의 눈빛이 흔들렸다. 어쩌면 그 안에는 기대감이 서려 있는 것일지 모른다. 그의 반응이 깊으면 깊을수록 카릴은 더더욱 티렌이 내린 명령을 확인할 필요가 있었다.

카릴은 그런 그를 여유롭게 바라봤다.

"말했잖아? 검이 될지 방패가 될지는 듣고 나서 정하겠다고."

"픕…… 프하하하하!!"

요란한 웃음소리가 영지에서 울려 퍼졌다.

카릴은 숨이 넘어갈 듯 배를 움켜쥐고는 웃음을 참지 못했다.

"……."

란돌은 살짝 못마땅한 듯 얼굴을 구겼다.

"뭐가 그렇게 웃기지?"

"지금 그걸 협박이라고 하는 거야? 내 실체를 삼국에게 알리겠다, 라……. 고작 이민족의 피? 그게 내게 위협이 될 거라고 생각해?"

란돌을 바라보며 카릴은 눈가에 눈물을 훔치듯 손으로 닦았다. 눈물이 나온 것은 아니지만 그만큼 우습다는 의미였다.

"나는 타투르의 왕이지만 동시에 남부의 주인이다. 그 말은 내가 제국인의 행세를 하고 있음에도 불구하고 남부인들이 나를 섬긴다는 말이지."

카릴은 훈련장의 세워진 목책에 기대며 말했다.

"무슨 뜻인지 알겠지?"

"네 말이 틀린 것은 아니나 야만족과 이스트리아 삼국은 달라. 규율에 자유로운 야만족에 비해 그들은 제국에 가까운 생각을 가지고 있으니까."

"내가 그렇게 허술하게 일을 할 것 같아?"

오히려 란돌의 말에 카릴은 기다렸다는 듯 되물었다.

"자유군이라는 이름하에 내가 만든 군단은 야만족도 있고 제국인들도 있어. 애초에 타투르라는 도시가 종족과 신분에서 도망친 자들이 모인 곳이니까."

"그런데?"

"이스트리아 삼국은 곧 통일될 거야. 펜리아…… 아니지, 비올라의 이름 아래서 말이지."

"……뭐?"

란돌은 이스트리아 삼국이 전쟁 중이라는 것은 알지만 비올라 왕녀가 그 전쟁에 자신만의 세력을 구축해 끼어들었다는 것까지는 알지 못했다.

"그녀가 공작령을 선포했다는 것은 들었어. 하지만 기껏해야 수백 명도 되지 않는 병력으로 뭘 할 수 있다고……?"

"자유군이 그녀를 지원할 거야."

"……!!"

"신분과 종족이라는 규율에서 벗어나 자유라는 이름하에 비올라는 나에게 도움을 요청했다. 그리고 나는 그것을 수락했고 이스트리아 삼국은 자유군에 의해 토벌될 것이다."

"그…… 그런……."

카릴의 입에서 나오는 말들은 하나같이 충격적인 것들뿐이었다.

"그런 상황에서 내가 이민족이든 제국인이든 그게 이스트리아 삼국에게 중요할까?"

카릴은 고개를 저었다.

"아니."

스스로의 질문에 답하며 그는 다시 한번 확신에 찬 목소리로 말했다.

"내게 있어서 핏줄은 더 이상 약점이 될 수 없다. 그들에게 있어서 나의 존재 자체가 더 의미를 가지기 때문이지."

쿵-

란돌은 그의 말에 가슴이 내려앉는 기분이었다.

어째서일까. 그와 동시에 처음 사냥을 나갔었던 고블린 토벌 때의 그의 모습이 떠올랐다.

'그때부터인 건가……'

가면을 쓰고 있음에도 불구하고 엄청난 무용과 지휘로 기사들의 마음을 사로잡았었다.

물론 맥거번 가의 양자라는 것도 한몫했겠지만 적어도 그때만큼은 나이와 신분 따위는 중요하지 않았다. 자신 역시 그날 카릴을 보며 그와 같이 되고 싶다고 생각했었으니까.

"티렌은 아카데미에 가서 오히려 우둔한 자들과 어울려 멍청해진 것 같군. 고작 생각한 게 협박이라니."

"어쩔 수 없는 사정이 있다. 폐하께서 맥거번가에 압박을 가하기 시작했으니까. 제이크를 헤임으로 보내라 하셨다. 교단에 간다는 게 무슨 의미인지 잘 알잖아. 인질로 잡아두려는 것일 테지."

란돌은 심각하게 말했다.

"헤임이라면 별로 문제 될 것 없을 거야."

하지만 카릴의 반응은 담담하기 그지없었다.

"……어째서?"

"거기에 쓸 만한 녀석이 한 명 있거든. 제이크의 안전은 너무 걱정하지 않아도 돼."

카릴은 유린 휴가르를 떠올리며 피식 웃었다.

"그래서 티렌이 원하는 건?"

"제이크를 구하는 것. 협박하든 부탁하든 네게 그 아이를 구해달라고 전하라 했다."

"눈물겨운 형제애로군. 안 그래?"

란돌의 말에 카릴은 냉소를 지으며 되물었다.

"그게 다가 아닐 텐데."

"……무슨 말이지?"

"티렌이 원하는 건 제이크의 목숨이 아니라 내 목숨이겠지. 내가 제이크를 구출하기 위해 교단에 침입하게 되면 나는 교단을 적으로 두게 됨은 물론이거니와 그것을 빌미로 제국이 당당히 나를 칠 수 있게 되겠지. 아니면 또 모르지. 헤임 자체가 함정일지도."

"……."

란돌은 아무런 대답을 하지 못했다. 가문에서 보낸 쪽지에는 그런 것까지 쓰여 있지는 않았지만 그 역시 어느 정도는 예상은 했던 일이었다.

'자신의 목숨이 걸린 일인데 저렇게 아무렇지 않다니…….'

카릴의 반응을 보며 그는 고개를 저었다.

그때였다.

"형제간의 재회가 좋은가 봐? 아주 화기애애한데?"

뒤에서 들려오는 여인의 목소리에 두 사람이 고개를 돌렸다. 그녀를 본 순간 란돌은 살짝 경직되었고 카릴은 반갑게 손을 흔들었다.

"너무 우애가 깊어서 서로 어떻게 죽일지에 대해서 의논 중이었지."

카릴은 피식 웃으며 말했다.

"잘 지냈어?"

"뭐? 잘 지냈어? 잘도 그런 말이 나오지? 제국과 선전포고를 해놓고 아주 태평하네?"

밀리아나는 팔짱을 낀 채로 어처구니가 없다는 듯 헛웃음을 지으며 말했다.

"태평하다니. 방금 말했잖아. 죽일지 살릴지 의논 중이라니까."

카릴은 밀리아나에게로 발걸음을 옮겼다.

"그리고 제국은 당장 타투르를 공격하지 못해. 전면에서 싸울 용기가 없어서 아조르와 동방국을 이용하려고 하고 있거든. 그리고 맥거번 가문까지."

"아조르와 동방국?"

카릴의 말에 그녀의 얼굴이 굳어졌다. 남부에 영지를 가지고 있는 그녀였기 때문에 누구보다 동방국과 가까이 있었기 때문이었다.

"응, 그래서 아조르는 일단 정리했고 동방국엔 지금 에이단을 보냈어."

"하……."

밀리아나는 도시를 정리한다는 말을 문서에 날인을 하는 일처럼 쉽게 말하는 그의 모습에 헛웃음을 짓고 말았다.

"좀 바빴지. 겸사겸사…… 6클래스의 벽을 넘기도 했고 말이야."

카릴은 아무렇지 않게 말했다.

하지만 그의 말에 두 사람은 경악을 금치 못했다.

'6, 6클래스라니……. 정말인가? 그게 가능키나 한 일인가? 5대 소드 마스터 중에서 그 정도까지 마력의 한계에 도달한 사람이 있긴 할까.'

어쩌면 대륙제일검이라 불리는 아버지를 뛰어넘을지도 모른다는 생각에 란돌은 등골이 오싹한 기분이었다.

'완전히 가지고 놀았던 거로군. 저런 괴물을 이기려고 했다니…….'

그는 조금 전 카릴과의 전투에서 그에게 비춰졌을 자신의 모습이 얼마나 가소로웠을까 하는 생각에 쓴웃음을 지었다.

"그런 중요한 걸 이제 얘기해? 오자마자 나부터 먼저 찾아왔어야 할 것 아냐."

심각한 그와는 달리 같은 말을 들어도 다른 의미에서 밀리아나는 화가 나 있었다.

"어차피 마력을 쓰게 되면 알아차릴 거잖아. 그래서 온 거 아냐? 저기 뒤쪽에 배치해 놓은 100명 하고 같이 말이야. 숨겨

놓은 100명보다 반대쪽에서 느껴지는 기운이 더 날카로운 게 아마 너희 자매들이겠고."

란돌은 카릴의 말에 주위를 살폈다. 보이는 것이라고는 황량한 사막뿐이라 란돌은 다시 한번 놀랄 수밖에 없었다.

"뜬금없이 강한 마력이 느껴져서 제국군이라도 처들어온 줄 알았잖아. 그런데 제국군보다 더한 녀석이 온 거였어."

밀리아나는 가볍게 손을 흔들었다. 가까이서도 알아차리기 어려운 모습이었는데 그 손짓 하나에 숨어 있던 병사들이 사라졌음을 카릴은 알 수 있었다.

"그보다 꽤나 훈련이 잘되어 있는데 저 정도 수준의 병력이 얼마나 되지?"

"궁금한 게 고작 그거야? 네 머릿속엔 정말 전쟁밖에 없는 거 아냐?"

밀리아나는 고개를 가로저었다.

"그리 많지는 않아. 저 정도까지 성장시키는 데 꽤 오랜 시간이 소요되니까. 조금 성취가 떨어지긴 하지만 예비 인원까지 합치면……. 한 300명 정도 되지 않을까?"

"기사와 비교해서는?"

"아무래도 마력 차이가 있어서 떨어지겠지만 대신 검술로 부족한 부분을 채우고 있어. 일대일로 기사들과 싸워도 쉽사리 지진 않을걸."

그녀는 자랑스러운 듯 말했다.

"소드 익스퍼트급이라는 말이군. 기사단 정도는 된다 이건데……. 흠, 제국의 일곱 기사단을 모두 합치면 그 수가 약 2천 가량 될 거야. 려기사단이 와해돼서 수가 줄긴 했지만."

소드 익스퍼트급을 무려 2천이나 소유하고 있다는 것은 확실히 제국의 위엄을 보여주는 일이었다. 하지만 란돌은 어째서 그 압도적인 숫자를 들음에도 불구하고 눈앞에 있는 두 사람이 2천의 기사보다 더 강해 보였다.

"가능하면 500명까지 확장 시킬 수 있으면 좋겠는데……. 지금 인원으로는 너무 적어."

"쓸 만한 전사 하나 키우는 데 얼마나 많은 공이 들어가는지 알아? 저 녀석만 봐도 그렇잖아. 디곤에 온 지 몇 년이 되어서야 이제 조금 일을 시킬 만해졌으니까."

밀리아나는 란돌을 가리키며 말했다.

그녀의 말에 그는 민망한 듯 고개를 떨궜다.

"반년."

"음?"

"내가 공국을 정리하고 제국과 맞붙기까지 생각하는 기간이야."

카릴의 말에 밀리아나는 살짝 인상을 찡그렸다.

"공국이라면……. 2공작 프란이 일으킨 내전을 말하는 거지? 그걸 네가 정리하겠다고?"

"응."

"무슨 생각인지는 모르겠지만……. 그렇다고 치고 그동안 과연 제국이 가만히 있을까? 지금이야 뒷공작이다 뭐다 하지만…… 황제의 수명이 1년 안 남았잖아. 그 안에 분명 승부를 보려고 할 텐데."

"제국과의 전쟁은 불가피하겠지. 하지만 그때는 아니야. 반년이 채 지나기 전에 제국은 또 우리에게 눈을 돌리지 못할 만큼 시끄러워질 테니까."

"어째서지……?"

그녀의 얼굴이 살짝 굳어졌다.

"나는 제국과 전쟁을 치르겠다고 했었지만 단 한 번도 타이란 슈테안과 전쟁을 치를 거라고는 말한 적은 없는데."

카릴의 말에 두 사람의 표정이 사뭇 달랐다.

"내가 공국을 정리하는 동안 제국은 황자들끼리 밥그릇 싸움에 정신 팔리게 될 거거든."

두 명의 황자가 살아 있는 한 황권전쟁은 결국 일어나게 되어 있다. 원래대로라면 황제는 이미 죽고 지금쯤이면 황권전쟁이 마무리되어 올리번이 집권하게 될 시기였다. 하지만 그의 개입으로 인해 올리번은 아직도 제국을 자신의 손에 넣지 못했다.

'그것만으로도 충분하다. 당장 내가 제국을 칠 수 없는 상황이라면 제국이 나를 신경 쓰지 못하게 하면 된다.'

여러 가지 변수를 생각하겠지만 궁극적으로 황제를 살려 놓은 이유는 외부에 눈을 돌리지 못하게 막기 위함이었다. 자신이 마음껏 활개 칠 수 있도록.

'제국의 황좌가 결정 났을 때 제국 이외의 모든 권세는 내 아래에 있을 것이다.'

집안싸움이 끝나고 이제 겨우 밖으로 눈을 돌렸을 때 제국은 더 이상 대륙의 패권을 쥔 강자가 아닌 자신보다 더 거대한 적을 맞이하게 될 것이다.

"황자끼리라니……. 마치 황제가 없을 것이라고 말하는 것 같다?"

밀리아나는 굳은 얼굴로 말했다.

"설마 너……."

태양홀에서 일을 알고 있던 그녀는 헛웃음을 지었고 란돌은 그런 그녀에게 답을 구하듯 바라봤다.

"1년의 수명이 남았다고 했던 것마저 거짓말이었어?"

란돌은 그녀의 말에 놀란 표정으로 카릴을 바라봤다. 하지만 정작 카릴은 별거 아니라는 듯 어깨를 들썩였다.

"적의 말을 곧이곧대로 믿는 게 바보지."

그는 차갑게 웃으며 말했다.

"안 그래?"

►**Chapter 3**◄

"폐하의 수명이 3개월도 채 남지 않았다니……."

란돌은 카릴의 말이 아직도 믿기지 않는 듯 고개를 떨어뜨렸다.

아마도 혼란스러울 것이다. 평민 출신인 그는 황제에 대한 충성심은 다른 귀족 기사들에 비해 깊지 않았다.

그에게 중요한 것은 오히려 가족과 가문일 것이다. 같은 피가 섞인 황자들조차 밥그릇 싸움에 서로의 목에 검을 겨누는 상황이지만 오히려 피가 섞이지 않았기에 맥거번 가문의 형제들은 혈연보다 더 가문을 위할 수 있는 것인지 모른다.

크웰 맥거번이란 기둥 아래.

'물론, 전쟁이나 현생이나 그 울타리 안에 나는 제외되어 있지만 말이야.'

카릴은 유독 가족과의 정이 없었다. 누구보다 많은 전장을 누볐던 그였고 지금도 인류를 위해 고군분투하고 있었지만 결국 가족들에게 있어서는 여전히 이방인이었으며 지금은 그보다도 더 먼 거리가 되어버렸다. 마르트는 카릴을 인정하면서도 열등감을 느꼈으며 티렌은 그를 적이라 생각했다. 더욱이 란돌에게 있어서 자신은 복수의 대상이었었다. 나열해 놓고 보면 가족이 아니라 남보다도 못한 사이일 것이다.

"……."

마르트나 티렌이 자신을 대하는 모습이야 전생이나 현생이나 크게 다를 것 없었다. 그런 면에서 란돌과 그의 관계는 묘했다. 란돌의 단명으로 인해 전생에 없던 관계였기 때문일까. 카릴은 자신이 쓸 수 있는 맥거번가의 변수로 그를 택한 것도 단순히 재능만이 아니라 성향을 알고 있는 두 사람과 달리 새로운 관계를 구축할 수 있는 사람이기 때문이었다.

'마르트에게는 내가 할 수 있는 것을 모두 다 했다.'

그가 그대로 멈춰 설지 한 발자국 더 나아갈 수 있을지는 이제 그의 몫이었다. 올리번의 독살을 그에게 알린 것은 황제를 상대하기 위한 수단이 아니었다.

'이번에 밝히지 못한다 한들 그 사실은 녀석이 황좌에 오르고 난 뒤에도 충분히 효력이 있는 무기가 된다.'

하지만 그것을 자신이 말해봐야 아무런 의미가 없었다. 애초에 제국은 황좌의 주인의 명령에 따를 수밖에 없으니까. 이민족이자 타국의 왕인 그의 말은 효력이 없겠지만 맥거번가는 다르다.

'올리번이 황좌의 오른다면 그 위업의 공신이라 할 수 있는 맥거번가가 진실을 밝히게 될 때 그 충격은 배가 될 것이다. 비록 녀석을 황좌에 끌어내릴 순 없어도 충분히 분열을 일으키게 만들 수 있다.'

그리고 그 분열을 일으킬 마지막 변수가 바로 지금 눈앞에 있는 란돌이 될 것이다.

"내게 복수를 하고 싶나?"

"……뭐?"

"나는 내가 려기사단을 전멸시킨 것에 있어서 정당성을 변명하진 않겠어. 서로의 입장이 다르니까. 나락 바위의 영혼샘에서 청린을 갈취하기 위해 먼저 침략한 것은 너희들이었지만 나로 인해 많은 목숨이 죽었다. 네가 내게 느끼는 분노는 충분히 있을 수 있어."

"그건……!!"

란돌은 카릴의 말에 인상을 구겼다.

"억울해? 알아. 디곤과 협약을 맺은 일이었다는 것. 하지만 반대로 남부 5대 일가 역시 너희로 인해 피해를 입었으며 디곤은 결코 너희들이 남부인을 공격해도 좋다는 허락을 내린 적 없다 했다."

란돌은 말을 잇지 못했다.

"너 역시 이상하다는 걸 알고 있을 텐데? 솔직히 말해봐. 남부 5대 일가를 쳐도 된다고 명령을 한 놈이 누군지."

카릴은 그의 안색을 살피며 굳이 물어보지 않아도 알고 있다는 듯 입을 열었다.

"내가 말해볼까? 이번 일은 황제가 자리를 비운 사이에 벌인 올리번의 독단이었다. 녀석도 인정했고. 그로 인해서 세 황자들이 남부를 공습하는 사건도 벌어졌어."

그는 어깨를 으쓱했다.

"물론 모두 무위로 돌아가고 오히려 3황자가 죽는 결과가 나왔지만."

란돌은 그 모든 것이 카릴의 계획 아래 일어난 것임을 잘 알고 있었다. 그런 생각이 들자 자신의 앞에 있는 그가 거대한 벽처럼 크게 느껴졌다.

"디곤과 이미 협정을 끝낸 상황인데 너희는 창 일가를 습격했지. 왜? 제국의 기사단은 중 전방 수호를 위한 청, 녹, 려, 등. 이 네 기사단은 특별한 지시가 있을 때를 제외하고 단장이 이끄는 것을 최우선으로 둔다."

카릴은 란돌을 바라봤다.

"내가 알고 있는 게 틀린가?"

그의 말에 란돌은 고개를 저었다.

"그런데 어째서 남부를 친 려기사단은 단장이 아니라 부단장인 나르일이 이끌었을까? 덕분에 려기사단의 단장인 캄 그레이 경은 전멸한 기사단에 홀로 살아남았다는 불명예까지 안게 되었지."

"······무슨 말을 하고 싶은 거야?"

란돌은 주먹을 쥐었다. 그의 눈이 이글거렸다.

"단장을 제외하고 기사단이 움직였다는 것은 특별한 지시가 있었다는 것. 그 지시는 누가 봐도 올리번이 직접 캄 그레이를 배제시켰다는 것을 예상할 수 있겠지. 아마 캄 그레이는 남부를 치는 것을 반대했겠지. 안 그래? 무의미하다고 생각했을 테니까."

란돌은 대답하지 않았지만 굳은 그의 표정만 봐도 답을 알수 있었다.

"하지만 무리하게 올리번이 강행했을 터."

"······단장님께서 반대하셨던 것은 사실이다. 하지만 제국인으로서 남부는 언젠가 토벌을 해야 할 적. 그 당시에는 나 역시 그리 생각했다. 황자님의 명령에 틀린 점은 없어."

란돌이 변명하듯 목소리에 더욱 힘을 주었다. 비록 지금 디곤에서 검술을 배우고 있지만 자신이 한 기사로서의 행동에 한 치의 부끄러움도 없었다.

"누가 틀렸대?"

"······뭐?"

그런 그의 반응에 카릴은 피식 웃었다.

"제국이 남부를 쳐야 할 이유야 수를 셀 수 없을 정도로 많고 전쟁의 명분 따위야 만들면 그만이야. 언제부터 제국이 남의 눈치를 보고 전쟁을 일으켰다고. 5대 일가를 먼저 친 것도 제국인데 적반하장으로 복수를 위해 병력을 일으킨 것도 제국이잖아."

"그건……."

"단지 내가 궁금한 건 아무리 기사단이 뛰어나다 하더라도 고작 일개 기사단으로 수천의 야만인이 있는 적지에서 기습도 아닌 청린을 수급하라 명했다? 그 똑똑한 2황자가?"

카릴은 기회를 놓치지 않겠다는 듯 몰아쳤다.

"이상하지만 나는 지금 상황이 오히려 반대로 들리거든. 명령 불복종으로 캄 그레이를 감금한 것이 아니라 캄 그레이는 죽일 수 없지만 너희들은 버려도 되는 카드여서 무리한 명령을 내린 것이라고 말이지. 남부와의 전쟁을 위한 빌미로서 말이야."

"……."

주먹을 쥔 란돌의 손이 파르르 떨렸다.

"승리든 패배든 전투가 벌어지게 되면 피해가 없을 수는 없으니까. 내가 관여하지 않았더라도 남부의 남은 4부족이 려기사단을 노렸을 거야. 그렇다면 과연 너희가 무사히 제국으로 돌아갈 수 있었을까?"

카릴은 떨리는 그의 손을 바라봤다.

"그리고 살아남든 전멸을 하든 결국 려기사단으로 인해 남부와의 전쟁은 불가피해질 테고. 그 결과는 보는 바와 같이 나타났지."

그러고는 목소리에 힘을 주었다.

"그리고 너도 그런 의심을 아예 한 적이 없다고 한다면 거짓 말이겠지. 안 그래?"

쐐기를 박는 그의 말에 란돌은 다리에 힘이 풀린 듯 비틀거렸다.

툭-

"……이게 뭐지?"

카릴은 고개를 떨군 그의 앞에 뭔가를 던졌다. 란돌의 눈동자가 흔들렸다.

"언령서약서다. 구하기 어려운 것이지만 안티홈에는 아직 제법 남아 있더군. 들어본 적이 있겠지?"

"이걸 왜……?"

"이제부터 네가 해야 할 일이 많아. 하지만 이런 상황에서 그냥 말로만 날 믿으라고 하면 나라도 믿지 않을 테니까. 타투르를 독립 선언하고 난 뒤 마르트 형님이 날 찾아왔었다. 그에게 내가 해준 말이 있어. 너는 디곤을 떠나 형님을 찾아가라. 그리고 지금부터 내가 지시한 대로 움직이도록 해."

"지금 내가 네 명령을 들으란 말인가?"

지금껏 복수의 대상이었던 카릴이 너무나도 아무렇지 않게 자신에게 이런 말을 하자 오히려 란돌은 어이가 없을 지경이었다.

"거래를 하자는 거지. 나는 형님께서 가문의 방패가 되어주길 바란다. 하지만 혼자로는 부족해. 그는 방패가 될 순 있어도 검이 될 남자는 아니니까. 헤임에서 제이크를 구할 사람은 내가 아니라 네가 될 것이야."

카릴은 란돌을 향해 말했다.

"가족의 정 같은 뜨뜻미지근한 이유가 아니다. 나는 내가 만들 미래에 맥거번가가 필요하기 때문이다. 그리고 그에 있어서 거짓되지 않음을 자신한다."

란돌이 그를 바라봤다. 너무나도 갑작스러운 제안이었기에 그는 혼란스러운 듯 보였다.

"티렌은 나를 이용해서 흔들리는 맥거번가의 입지를 다시 바로잡으려 하겠지. 속아 넘어가 줄 거야. 원한다면 헤임에 가겠다. 함정을 준비하든 뭐든 상관없어. 하지만 네가 내게 해줄 것. 반년의 시간을 벌어주는 것이다. 당장이 아닌 올리번이 즉위하고 난 뒤에 말이지."

황제가 맥거번가를 노린 수단은 제이크라는 인질이었다. 하지만 그의 수명을 알고 있는 카릴에게는 그것이 전혀 위협이 되지 않았다.

'위기가 아냐. 이건 오히려 기회다.'

제이크가 헤임에 있게 되면 그를 만난다는 이유로 교단에 들어갈 수 있게 된다.

'그렇게 되면 녀석들을 조사할 빌미를 만들 수 있다.'

우든 클라우드와 녀석들이 밀접한 관계를 가지고 있다는 것은 이미 알고 있고 더 나아가 교단이 마계의 씨앗인 검은 포자를 나인 다르혼에게 준 이력도 확인한 지금 카릴은 교단을 처단할 방법을 찾고 있었다.

'마계와의 결탁은 어떠한 이유로도 용납될 수 없는 일.'

단순한 문제가 아니었다.

'만약……. 교단이 마계와 연관이 있다면 과연 우리에게 내려진 신탁이 진실 된 것인지도 불투명해진다.'

카릴은 살짝 입술을 깨물었다.

목숨을 걸었던 10인. 비록 전생이나 거짓된 믿음을 믿고 싸웠다면 그들의 명예마저 더럽혀지는 일이었으니까.

절대로 용납할 수 없었다.

"그래서 내게…… 언령서약을 하겠다는 말이야?"

"못할 것도 없으니까."

"어째서?"

"말했잖아 나는 네가 필요하다고. 아니 정확히는 맥거번가의 형제들이라고 해야겠지. 그들 중에 내가 너를 선택한 이유는 네가 가장 평등한 눈으로 세상을 볼 수 있을 테니까."

평민 출신이자 기사가 되었으며 야만족에게 검을 배운 란돌은 이제 대류에서 카릴을 제외하고 가장 특이한 이력을 가진 사람이었으니까.

"약속할 것은 뭐지……?"

"내가 왕이 될 만한 자라는 것을 인정하지 않는다면 내 목숨을 가져가도 좋다는 것."

"그 말은…… 내가 너를 죽일 수도 있다는 말인가?"

"상황에 따라서는"

"왜 스스로 약점을 만들지?"

"그만큼 가치가 있는 일이거든. 서약이란 결코 하나의 조건만을 거는 게 아니니까. 정확히 반년 동안만 내 명령을 따라라. 그리고 그 뒤 나를 진정한 왕이라 인정하게 된다면 그 대가로 너는 내게 충성을 다 해라."

꿀꺽―

란돌은 카릴의 말에 자신도 모르게 마른 침을 삼켰다.

"어때? 그게 거래의 조건이다."

"한 가지를 더 붙인다면."

"뭐지?"

"무슨 일이 있어도 제이크를 구할 것."

"글쎄……. 네가 내게 조건을 제시할 위치일까 하는 생각이 들지만……. 그건 나를 옭아매기 위한 제약인가? 아니면 여전한 형제애인가?"

"조건이라 말하는 것이 어쩌면 건방지게 들릴 수 있겠군. 이건…… 단지 부탁이다."

란돌은 그의 물음에 쓴웃음을 지었다.

"제이크를 구하기 위해 노력해 줄 것이라고 하는 것이 더 맞겠군. 그 역시 나와 같은 미천한 신분에 버려진 고아인 것도 모자라 몸까지 유약한 아이거든. 그런 아이를 이런 싸움의 도구로 쓰이게 하고 싶지 않다."

카릴은 그의 말에 담담한 목소리로 대답했다.

"육체가 약하다고 꼭 불행한 것은 아니다. 내게 조건을 단 것보다 지금 그 말이 더 건방지군."

'넌 아직 모르겠지. 제이크가 가진 재능을 말이야.'

하긴 그 역시 몰랐을 것이다. 신탁전쟁이 벌어지기 전까지 제이크는 그저 저택의 보살핌을 받아야 할 어린 아이일 뿐이었으니까.

카릴은 그런 생각을 하며 대답했다.

"뭐, 좋다. 그건 네가 앞으로 어떻게 내 말을 따르느냐에 따라 달린 것이기도 하니까. 약속하지. 나 역시 제이크를 잃을 생각은 없거든."

카릴의 대답에 란돌은 고개를 끄덕였다.

위험한 서약일지도 모른다. 하지만 지금에 있어서 날뛰는 카릴을 막을 수 있는 유일한 무기일지도 모른다는 생각이 들었다.

우우우웅…….

서약서의 빛이 은은하게 흐르기 시작했다.

'내가 마음만 흔들리지 않는다면 카릴의 위협에서 맥거번을 지킬 수 있다.'

란돌은 서약서를 바라보며 생각했다.

"너무 깊게 생각하지 마. 기사는 자신의 신념을 따라야 하는 법이니까. 너는 네가 믿는 왕을 따라. 반년 동안 내가 내릴 명령은 네 주인을 배신하라는 것 같은 억지는 전혀 없을 테니까."

카릴은 그런 그에게 손을 내밀었다.

"그래야 나의 가치를 더욱 네가 알게 될 테니 말이야."

악수를 하는 란돌의 모습을 바라보며 그는 옅은 미소를 지었다.

'넌 내 검이 될 거다. 그렇지 않고선 여태껏 키운 의미가 없어. 네가 가진 신분. 비천하기 때문에 더욱 가치가 있기 때문이야. 제국 유일한 평민 기사. 그 이름을 가지고 할 수 있는 일이 생각보다 많거든.'

재능이란 귀족이기에 뛰어나고 평민이기에 하찮은 것이 절대 아니기 때문이었다. 핍박받는 수많은 노예와 평민 중에 재능이 뛰어난 자들도 많지만 신분의 한계로 빛을 발하지 못한 자들이 많다. 란돌은 그런 이들에게 희망이 될 것이며 더 나아가 그들이 모일 수 있는 울타리가 되어줄 것이다.

우우우웅……!!

카릴은 자신했다. 이 서약서가 빛을 발하는 순간 란돌 맥거번은 자신이 제국의 왕이 됨에 있어서 누구보다 가장 큰 정당성을 보여줄 살아 있는 증거가 되어줄 것임을.

"밀리아나."

서약서를 건넨 카릴이 어둠 속에서 그녀의 이름을 불렀다.

"그만 훔쳐보고 나와."

어둠 속에서 쭈뼛쭈뼛 밀리아나가 어색한 듯 헛기침을 하며 걸어 나왔다.

"나와 가자."

"……뭐?"

"이제 공국으로 가야 해. 지겨운 보모 역할도 끝났는데 내 검으로서 옆을 지켜야지?"

밀리아나가 카릴의 물음에 반색을 하면서도 이내 곧 당황한 듯 소리쳤다.

"무, 무슨 내가 네 검이야? 나 참, 얘가 웃기네?"

[크르르르르……]

카릴이 뒤돌아선 순간. 마치 기다렸다는 듯 샌드 서펀트가 하늘을 선회하며 내려앉았다. 디곤의 여왕의 투덜거림 따위는 들리지도 않는다는 듯 카릴은 서펀트의 머리 위에서 그녀를 향해 손가락을 까닥거렸다.

"따라와."

"뭘 봐?"

집무실에 모인 사람들에게서 평상시와 달리 긴장감이 맴돌고 있었다. 타투르에 내로라하는 강자들이었음에도 불구하고 그들은 자신들을 짓누르는 기운에 숨이 막힐 것 같은 기분이었다. 평상시와 달리 그곳엔 낯선 사람이 한 명 있었기 때문이었다.

'이게 소드 마스터의 위압인 건가······.'

'저번보다 더 짙어진 느낌이야.'

표정 하나 변하지 않고 팔짱을 낀 채로 서 있는 사람은 다름 아닌 밀리아나였다.

"너희 둘이 대초원 4부족의 전사들인가?"

"투부족의 베이칸입니다."

"키누 무카리입니다."

그녀의 말에 두 사람이 가볍게 고개를 끄덕이며 대답했다.

"창 일가의 여식은 보이지 않는군."

"그녀는 나락 바위를 점검하기 위해서 잠시 자리를 비웠습니다. 남부로 가는 동안 이스트리아 삼국의 전쟁 상황을 살피도록 명령을 받았습니다."

키누 무카리가 밀리아나의 물음에 대답했다.

"그만. 입이 너무 가벼운 것 같은데 조금 신중해 줬으면 좋겠네요."

그의 대답에 두샬라가 못마땅한 표정으로 말했다.

"대단하신 디곤의 여왕께서 어째서 여기에 계신지 다들 궁금해하는 것 같은데······. 다들 전쟁이라 난리인데 남부는 할 일이 없나 보군요?"

"바빠 죽겠는데 너희 왕이 내가 없으면 죽어도 안 된다고 사정사정 매달리지 뭐야."

밀리아나는 두샬라를 향해 살짝 콧대를 세우며 팔짱을 낀 채로 말했다. 말을 할 때마다 마치 조각을 한 것 같은 탄탄한 복근이 꿈틀거렸다.

"인사는 이제 모두 나눈 거야? 황도에서도 본 사이끼리 왜 이렇게 딱딱해?"

집무실의 문이 열리면서 카릴이 들어오자 밀리아나를 제외한 모든 사람이 황급히 무릎을 꿇었다.

"……!!"

모두의 시선이 그를 향했다. 조금 전 밀리아나를 바라봤던 얼굴과는 비교도 할 수 없는 경악스러움이 그들에게서 느껴졌다.

'미하일에게 얘기는 들었지만……'

'이게 가능한 일이야? 아니, 눈으로 보고도 믿을 수가 없군……. 소드 마스터가 6클래스의 벽까지 허물게 되면 이렇게 되는 건가……'

'농담 삼아 괴물 같다는 얘기를 했었지만 이제는 정말 규격 외가 되어버리셨구나……'

베이칸과 키누 무카리 그리고 수안 하자르는 경외에 찬 눈빛으로 카릴을 바라봤다. 소드 마스터인 밀라아나에게서 느껴졌던 기운도 분명 날카로웠지만 카릴의 것은 그녀와는 비교조차 할 수 없었다. 밀리아나가 바늘이라면 카릴은 거대한 태도를 연상케 했으니까.

"오셨습니까."

놀라움에 입을 닫지 못하는 그들 사이에서 역시나 두샬라가 가장 먼저 상황을 파악하고 눈치 빠르게 허리를 숙이며 카릴에게 인사했다.

"별일 없었지?"

숨 막히는 기운이 조금은 옅어지는 것 같았다.

카릴은 자리에 앉아 그녀를 바라봤다.

"네. 이스트리아 삼국은 계획대로 정리되고 있습니다. 이미 상당수의 귀족들이 저희들에게 포섭이 되어 있었던 상황인지라 자유군이 지원한다는 것을 안 귀족들이 빠르게 투항을 하는 모양입니다."

두샬라는 다시 재회한 카릴의 얼굴을 바라보며 어쩐지 조금 기쁜 듯 옅은 미소를 지었다. 아쉽게도 검은 베일에 가려 그녀의 표정은 제대로 보이지 않았다.

단지 카릴의 뒤에 서 있는 밀리아나만은 어쩐지 못마땅하다는 눈치로 그녀를 보며 눈썹을 씰룩였다. 그런 그녀에게는 눈길도 주지 않고서 두샬라는 계속해서 말을 이었다.

"어느 정도 승기가 비올라 왕녀 쪽으로 기우는 것으로 보입니다. 자세한 건 카일라 창이 보고를 올릴 것입니다."

"두샬라, 내가 자리를 비운 지 얼마나 되었지?"

"네? 아……. 석 달 정도입니다."

"맞아. 석 달이지. 안티홈행을 원래는 두 달을 계획했었지만 사정이 생겨서 아조르에까지 들르느라 지체되었어."

"하지만 덕분에 6클래스의 반열에 오르시지 않으셨습니까.

축하드리옵니다."

그녀는 기다렸다는 듯 말했다. 하지만 그런 그녀의 말에도 카릴은 정색을 하며 대답했다.

"얼렁뚱땅 넘어가려고 하지 마. 내가 분명 안티홈에 다녀올 두 달 동안 삼국의 정리를 끝내라고 명령했던 것을 잊은 건 아니겠지?"

"물론입니다."

"난 분명 군사의 수를 아끼지 않아도 되니 정확한 시간 안에 전쟁을 끝내라고 했다. 그런데 한 달이나 지체되었음에도 불구하고 아직도 전쟁이 마무리되지 않았다는 건 누구의 잘못이지?"

카릴이 차갑게 물었다. 아주 조금 풀어졌던 공기가 이번에는 얼어붙을 정도로 차갑게 가라앉는 기분이었다.

"내가 기대한 자유군의 힘이 약한 건가? 아니면 비올라 왕녀의 무능함을 탓해야 하는 걸까?"

당장에라도 튀어 나가 그대로 목을 벨 것 같은 투지가 느껴졌다. 이미 이곳에 있는 사람들은 저마다 내로라하는 강자들이었음에도 불구하고 숨을 쉬기 어려울 정도의 압박에 몸을 부르르 떨었다.

"역시나네요. 비올라 왕녀가 정확히 두 달째가 되는 날 타투르에 왔습니다. 주군께서 오시면 꼭 전해달라는 말씀이 있어서요. 아마 지금처럼 물으실 거란 걸 알고서 그러신 게 아닐까 싶은걸요."

"흐음?"

두샬라는 그 위압 속에서도 여유로운 표정이었다.

물론 주먹을 쥔 그녀의 손이 미약하지만 파르르 떨리고 있음에 압박을 간신히 버티고 있다는 것을 보여주지만 확실히 그녀 역시 과거 암연 출신. 비록 동방국의 탈주자이긴 하지만 암살자답게 티를 내지 않았다.

"그녀의 전언이라도 있나?"

"네. 판피넬 가문을 필두로 한 그레이스 경의 기사단이 규모는 작으나 개개인의 능력이 제법 뛰어나더군요. 두 달째가 되는 시점에서 사실 대부분의 세력이 정리되긴 했습니다."

"그런데 왜 석 달째가 되는 동안 결론이 나지 않았지?"

"이스탄의 방패 때문입니다. 트윈 아머를 지키는 마르제와 아벤 두 사람을 영입하기 위해 꽤나 공을 들이는 모양이던걸요. 아마도 주군께서 그들과 싸웠던 당시에 마음에 두셨던 걸 기억하고 있는 모양입니다."

"마르제라……."

카릴은 그녀의 말에 고개를 끄덕였다.

촤르륵-

두샬라는 책상에 쌓여 있는 양피지 중 하나를 꺼내어 확인하며 말했다.

"비올라 왕녀의 전언입니다. 건국 때부터 외세의 침략을 막아 두 왕국을 존속시켰던 트윈 아머의 가치는 이스탄과 트바

넬, 두 왕국의 무능한 왕보다 더 높다 할 수 있다."

어쩐지 그녀의 목소리가 들리는 것 같아 카릴은 피식 웃었다.

"단순히 삼국을 힘으로 통일하는 것은 타국의 힘을 빌린 반쪽짜리 통일이기에 민심을 하나로 모을 수 없을 터. 구국의 영웅이자 두 왕국의 노장인 이들을 아래에 둔다면 큰 의미를 가질 것이다."

"흐음."

맞는 말이었다. 자신 역시 그렇게 생각했기 때문에 1황자를 몰아세울 때 일부러 트윈 아머에 비중을 둔 것이었다.

'나를 따라다니면서 보고 느낀 걸 허투루 쓰지는 않는 것 같군.'

"음음."

두샬라는 목을 가다듬고 말을 이었다.

"약속은 지켰다. 이스트리아 삼국은 이제 판피넬 가문의 기사단으로도 충분히 정리할 수 있는 상황이다. 타투르의 왕께서 필요하시다면 자유군을 모두 철수해도 좋다 전하라."

"나 참, 약속을 지키긴 뭘 지켜? 내가 말한 두 달의 기간은 그 안에 확실한 결과물을 보이라는 뜻이었는데."

카릴은 콧방귀를 뀌었다. 하지만 결론이 썩 나쁘지는 않은 듯 그는 턱을 괸 채로 피식 웃었다.

"삼국은 일단락이 되어 가는 것 같고……. 그동안 다들 잘 지냈나? 다들 시간을 허비하지는 않은 것 같은데 말이야."

집무실의 문을 열고 들어온 순간 카릴은 빠르게 사람들을 훑었었다. 특히나 놀라울 정도의 성장을 보인 것은 마력이 없는 베이칸과 키누 무카리였다. 전생에도 이미 바바리안으로 이름을 날렸던 베이칸은 협곡에서 500명을 단신으로 상대했던 전사였다지만 이 정도의 성장은 이루지 못했었다.

'마굴 토벌이 확실히 도움이 된 모양이야. 야만족들은 전투를 거듭할수록 더 강해지니까.'

"공국으로 가신다고 들었습니다. 주군, 이번에야말로 꼭 절데려가 주십시오."

그들의 감상도 잠시 카릴은 들려오는 목소리에 고개를 돌렸다. 수안 하자르였다.

말을 꺼낸 그는 잔뜩 긴장된 얼굴이었다. 그가 어떤 심정으로 말을 한 것인지 잘 알고 있는 카릴이었기에 옅은 웃음을 지었다.

"물론이지. 걱정 마. 공국으로 가는데 네가 가야지 누가 가겠어?"

"저, 정말요?"

하지만 카릴의 한마디에 그는 예의 원래의 표정으로 돌아와서는 입을 벌리며 웃었다.

"칼 맥이 없는 상황에서 해협을 건너려면 네가 배를 몰아야지. 안 그러면 한참 걸릴 텐데. 안 그래?"

"그럼요!! 항해에서 저를 빼놓으면 안 되죠!"

수안은 반색하며 외쳤다. 그토록 지겹도록 한 조타였지만 전장이 기다린다는 생각에 흥분을 안 할 수가 없었다.

"응. 우릴 내려 주고 너는 곧장 타투르로 돌아와."

하지만 기뻐하는 것도 잠시. 찬물을 붓는 듯한 카릴의 말에 수안은 다시 울상이 되어버렸다.

"아니 왜요!!"

지금까지 한 번도 카릴의 명령에 반항한 적이 없던 그가 처음으로 소리쳤다. 모두가 그의 모습에 놀란 듯 바라봤지만 카릴은 오히려 어린아이를 보는 것처럼 흐뭇하게 웃었다.

"공국 같은 작은 일에 널 쓸 순 없지."

"네?"

"넌 더 중요한 일이 있다. 돌아오면 곧장 이스라필을 도와서 마굴을 조사하도록 해. 아마 첫 목적지는 트라멜 유적지에 있는 선혈 동굴이 될 거야."

"마굴이요……?"

카릴은 날카롭게 눈을 뜨며 그에게 말했다.

"안티홈에서 마계와 관련된 흔적을 발견했다. 어쩌면 대륙 전체의 운명이 네게 걸렸다 해도 과언이 아니다."

"그, 그런 일을 제가요?"

"엘프의 보고에서 얻은 네 건틀렛. 3대 위상(位相)이라 불리는 과거의 신수 중 한 명인 청귀(靑龜) 칼두안의 힘이 봉인된 것이라는 건 알겠지."

수안이 카릴의 말에 고개를 위아래로 끄덕였다.

"3대 위상은 정령 다음으로 순수한 자연계의 힘을 가진 존재다. 만에 하나 마족을 상대해야 할 일이 있다면 지금 이곳에서 너만큼 적임자도 없지."

카릴은 한 번 더 목소리에 힘을 주었다.

"이건 오직 너만이 할 수 있는 일이야."

"저만이 할 수 있는……."

수안은 카릴의 말을 한 번 더 읊었다.

"믿는다."

"걱정 마십시오!!"

그는 잔뜩 들뜬 목소리로 외쳤다.

'물론 전생의 기억을 떠올렸을 때 당장 선혈 동굴에서 마족이 튀어나올 일은 없겠지만……. 수안, 너는 마족 대신 그곳에서 권왕을 만나야 하거든.'

카릴의 속내를 알 리 없는 수안은 주먹을 꽉 쥐며 결의에 찬 얼굴로 고개를 끄덕였다.

'하여간 사람 하나는 기가 막히게 다룬다니까.'

'역시…… 주군이야.'

'그런데 수안이 저런 녀석이었나? 전엔 꽤 날이 서 있었는데…….'

사람들은 고개를 끄덕이며 저마다 비슷한 생각을 했다.

"그럼 지금부터 나와 함께 공국으로 갈 인원을 호명하겠다. 우리가 갈 곳은 한창 내전 중인 전쟁터이다. 전장이란 목숨을 걸어야 할 곳임을 알겠지만 고작 그런 싸움에 귀한 목숨을 걸 필욘 없다."

카릴의 목소리에 모두가 긴장된 얼굴로 그를 주목했다.

"그저 타투르의 힘을 보여 줄 무대에 불과하니까."

"네-!!"

그의 말에 모두가 고개를 숙이며 일제히 대답했다.

"흠……."

늦은 밤. 카릴은 의자에 몸을 기댄 채 조용해진 낮은 숨을 토해내며 눈을 떴다. 조금 전까지 사람들로 시끌벅적했던 집 무실은 이제 그 혼자 남아 방 안은 침묵이 감돌았다.

탈칵-

책상 위에 놓인 작은 상자. 전생에 나르 디 마우그가 숨겼던, 회색교장에서 얼음 발톱과 함께 있었던 상자였다.

[결심이 선 모양이로군.]

모습을 드러낸 알른이 나지막한 목소리로 말했다.

"당신도 모른다고 했지?"

[그 안에 들어 있는 내용물은 말이야. 그 상자를 만든 것은 셀린 한이지만 그녀는 그저 물건을 만들었을 뿐 이걸 넣은 자는 누구도 몰라.]

"아무도? 7인의 원로회가 아니라는 말인가?"

카릴은 알른의 말에 불현듯 백금룡의 얼굴이 떠올랐다.

[글쎄, 지식의 보고를 열어라. 내가 아는 것은 이미 너 역시 알고 있는 것이니. 네게 진실을 마주할 용기가 있느냐고 묻는 건 어리석은 질문이겠지?]

"진실을 마주할 용기라……."

카릴은 그의 말에 피식 웃었다.

"진실을 알고자 할 때 필요한 건 용기가 아니야."

그러고는 상자 위에 손을 얹고는 마력을 흘려보냈다.

"분노지."

[인간이 이곳에 들어오다니.]

카릴은 들리는 목소리에 천천히 눈을 떴다.

[그것도 시간 회귀자라……. 내 잠을 깨운 녀석이 제법 재미있는 놈이로구나. 이런 자가 아직도 존재할 수 있다니 놀라운걸.]

"……."

자신을 향해 손을 흔드는 또 한 명. 마치 거울을 보는 것 같다. 다른 것이 있다면 그가 움직이지 않아도 눈앞에 있는 자신과 똑같이 생긴 사람은 자유롭게 움직이고 있다는 것이었다.

[그렇군. 탑을 올라온 거로군. '그게' 아직도 있었나? 디멘션 스파이럴(Dimension Spiral)이 파괴되고 나서 완전히 사라졌다고 생각했는데…….]

알 수 없는 말을 해댄다.

카릴은 자신과 얼굴을 똑같이 한 분신의 행동을 같잖다는 표정으로 바라봤다.

[아아……. 율라가 승자의 보상으로 수많은 파편의 조각 중 하나를 얻은 것이로군. 맞아. 그랬지. 이 차원의 블레이더는 신에게 패배를 했었으니까.]

"흠……."

그는 자신의 분신을 향해 피식 웃었다.

"다 떠들었나? 무슨 소리를 하는지 하나도 알 수 없어. 신화 시대는 이미 수천 년 전에 끝났으니까. 오랜만에 사람을 봐서 좋은 것은 알겠는데 알아듣게 설명을 해야지."

[몰라서 내게 묻는 건가? 파렐을 올라온 너라면 알 텐데. 이 차원에서 벌어진 신의 게임이 어떤 의민지 말이야.]

분신의 말에 카릴의 눈썹이 살짝 씰룩였다.

[그리고 설마……. 신이 시간을 회귀한 네 존재를 모를 거라고 생각하는 것은 아니겠지. 시간이란 절대영속(絶對永續)의 것. 시간을 거스르면 모든 존재들은 너를 모를 수 있지. 하지만 유일한 예외가 있다면 그게 신이다.]

"……."

[신을 죽여? 가당치도 않은 소리. 지금쯤 율라는 저 위에서 너의 재롱을 내려다보고 있을걸. 한 편의 연극을 보는 것처럼 말이야. 비극의 주인공이 어떻게 발버둥 치는지.]

비수를 꽂는 듯한 말. 시간을 회귀한 시점에서 어느 정도는 예상하고 있었던 일이다. 파렐(Pharel)이란 건축물 자체가 신과 연관이 있는 물건이었으니까. 하지만 직접 그 말을 들으니 강철 같은 그의 마음도 조금은 떨릴 수밖에 없었다.

회귀를 안다는 것은 전생을 안다는 것. 자신이 어떤 심정으로 돌아왔는지를 안다면 마치 실오라기 하나 걸치지 않은 상태에서 비수를 숨겨야 한다는 말과 똑같았으니까.

'못할 것도 없지.'

하지만 카릴은 분신의 말에도 표정을 바꾸지 않았다.

"내 얼굴을 하고 잘도 그런 소리를 하는군. 마도 시대 이전인 신화시대의 유물이라 그런가. 하는 짓이 하품도 안 나올 만큼 고리타분하네. 율라도 이런 짓은 하지 않겠다."

카릴은 되려 자신의 분신을 가리키며 말했다.

"내가 시간 회귀자라는 것을 알면 내가 율라를 어떻게 생각하는지도 잘 알겠네. 그게 협박이 될 수 없다는 것도."

빠득-!!

말이 끝남과 동시에 그는 분노를 담아 분신을 향해 이를 갈며 말했다.

"율라가 알고 모르고는 중요한 게 아냐. 그저 내가 다시 한번 기회를 잡았다는 것만으로도 충분해."

그러자 그의 분신의 얼굴이 굳어졌다. 그 모습에 카릴은 다시 한번 코웃음을 쳤다.

"지금껏 이 손에 죽은 자들이 죽는 이유를 모르기에 죽은 줄 알아? 알아도 피할 수 없는 게 죽음이라는 것이다."

그는 천천히 주위를 훑었다.

보이는 것은 어둠. 발아래는 수면 위에 있는 것처럼 찰랑거리는 물결이 그가 걸을 때마다 파문을 일으켰다.

"정말 발전이란 없군. 하나같이 똑같은 배경에다가……."

그는 분신의 어깨를 가볍게 두들기며 말했다.

"내 얼굴을 하고 있는 놈이 앞에 있다는 건 이제 할 거야 뭐 뻔하지. 뭐, 주어지는 시련이나 시험 같은 거라도 있나? 뭐지? 그냥 널 죽여 버리면 되는 건가?"

화악---!!

카릴은 있는 힘껏 분신의 멱살을 잡아 아래로 당겼다. 당장에라도 집어삼킬 것 같은 맹수의 눈빛으로 그는 경고했다.

[큭?!]

"모습도 제대로 보이지 않고 숨어서는 어디서 함부로 내 얼굴을 하고 있어? 나는 나 하나일 뿐이다. 신의 면상에도 검을 꽂았던 나야. 내 얼굴이라고 못할 것 같아?"

그는 분신을 있는 힘껏 밀쳤다. 녀석의 몸이 휘청거리며 뒤로 넘어지자 수면이 그 충격에 사방으로 터졌다.

스릉-

얼음 발톱을 뽑아 주저앉은 분신을 향해 겨누었다.

새하얀 냉기가 녀석을 비웃듯 흘러내렸다.

"덤빌 거면 덤비고 말 거면 말아. 이따위 바보짓은 그만하고 말이지. 너 역시 나라면 주저리주저리 떠드는 것 말고 검을 뽑는 게 맞지 않아?"

카릴은 분신의 허리에 차고 있는 얼음 발톱을 가리키며 말했다.

스르릉-

분신은 천천히 일어났다. 날카로운 검날의 쇳소리가 어둠 속에서 울려 퍼졌다. 검날이 닿은 수면이 일순간 얼어붙었다.

카릴은 그 모습에 천천히 입꼬리를 올렸다. 그는 그제야 말이 통한다는 듯 또 다른 자신을 향해 말했다.

"그래, 그거지."

콰아아앙---!!

두 개의 검날이 부딪혔다. 쇠가 갈리는 소리와 함께 똑같은 두 사람이 얼굴을 마주했다. 분신이 카릴을 바라보며 입을 벌리자 인간의 것이라고 할 수 없는 가느다랗고 긴 혀가 마치 그를 놀리듯 파르르 떨리며 움직였다.

기다란 혓바닥이 카릴의 뺨을 스윽 하고 훑으며 지나갔다.

"……."

온기라고는 느껴지지 않는 차가움. 카릴은 아무렇지 않은 듯 뺨에 끈적하게 묻은 녀석의 타액을 손등으로 닦았다. 그와 동시에 맞닿은 검에 힘을 빼자 분신의 몸이 휘청거렸다.

중심이 흐트러지며 녀석의 얼굴이 조금 더 카릴 쪽으로 다가왔다.

퍼억---!!

그 순간을 놓치지 않고 녀석의 허리에 있는 힘껏 주먹을 꽂았다. 하지만 오히려 공격을 넣은 카릴의 표정이 굳어졌다. 그의 공격을 이미 예상했다는 듯 녀석은 검을 놓으며 양손을 포개어 그의 주먹을 움켜쥐었다. 머리 위로 팔을 들고 한 바퀴 회전하며 카릴의 팔을 꺾고서 녀석은 남은 팔로 공중에 띄워 놓은 검을 다시 잡았다.

모든 것이 찰나의 순간에 일어난 일이었다.

차아앙---!! 카강-!!

녀석이 목을 향해 검을 내려치는 순간 카릴이 바닥을 박차고 반대쪽으로 뛰며 공중에서 팔을 풀었다. 아슬아슬하게 녀석의 공격을 피하며 있는 힘껏 앞으로 검을 밀자 날카로운 파공음과 함께 두 사람의 간격이 벌어졌다.

"나 참, 해일의 여왕이 봉인되어 있는 단서를 찾을 수 있다더니 엉뚱한 놈이 나와서 방해를 하는군."

카릴은 바닥에 검을 꽂고는 목을 풀 듯 좌우로 고개를 꺾었다.

"부족해. 겨우 이 정도라면 굳이 나르 디 마우그가 숨기려고 했을 것 같진 않은데."

그는 만족스럽지 않은 듯 고개를 저었다.

[스스로를 약하다고 말하는 건가?]

"아니. 대륙에서 내가 제일 강한 건 사실이지. 네가 내 기대치에 못 미친다는 뜻이야. 너는 내 얼굴을 하고 있긴 하지만 나는 아니잖아?"

[……자만심 가득하군.]

"자만도 자신도 아냐."

카릴의 검이 낮게 울기 시작했다.

"그냥 사실을 사실대로 말하는 것뿐이지. 신화급 유물이라면 뭔가 더 있어야 하는 거 아냐? 내가 해 놓은 것이 아닌 나를 뛰어넘는 뭔가가 있어야 매력을 느끼지. 안 그래?"

카릴은 자세를 취했다.

"없다면 내가 먼저 하지."

6클래스의 벽을 뚫었던 첫날, 마력혈에서 느껴지는 마력이 전신을 휘감을 때 그는 직감했다.

"전생의 내 모습까지 네가 봤을까? 이건 여기서 처음 쓰는 건데 말이야."

지금껏 성취하지 못한 검의 마지막 자세에 이제 도달할 수 있을 것임을.

"뭐……. 설마 네가 나라면 적어도 자기 검도 막지 못해 죽는 일은 없겠지?"

타악-

카릴이 수면을 밟고 튀어 오르자 처음에는 약했던 파동이 순간적으로 천둥과 같은 맹렬한 폭음으로 변했다.

콰가가가가가각……!!

폭음이 연달아 빗발치며 자세를 낮춘 카릴의 주위가 마치 빨려 들어갈 것처럼 공기가 그의 주위로 응축되었다.

[큭?!]

분신이 황급히 검을 들어 올렸다. 하지만 이미 중심을 잃고 녀석의 몸이 휘청거리며 꺾였다.

5번째 똬리뱀 자세(Spirale Serpent Posture).

카릴은 더욱더 검을 아래로 내리며 검날 사이로 눈동자를 번뜩였다. 먹이를 노리기 직전 웅크린 것처럼 그가 자신의 사정거리 안으로 들어온 적에게 시선을 떼지 않고 그대로 검을 쥔 손잡이에 힘을 주었다.

키앙!! 캉- 카아앙--!!

검이 부딪히는 소리와 함께 카릴의 검이 분신의 어깨를 스치고 지나갔다.

파앗!

공기가 터져 나가는 소리와 함께 검날이 스친 부분에서 시커먼 연기가 솟구쳤다. 검을 내지르던 분신의 몸이 멈추었다.

팍……!! 파파팍……!! 파자자자작---!!

단 한 번의 검격이었음에도 불구하고 결착이 끝남과 동시에 어깨에서 발까지 녀석의 전신에 날카로운 검상이 한 박자 늦게 터져 나가기 시작했다.

[이익……!!]

분신은 믿을 수 없다는 표정을 지었다. 마치 자신이 상정했던 기준치를 훨씬 웃도는 상황에 대한 당혹감이랄까.

그는 있는 힘껏 검을 휘둘렀다. 하지만 이미 엉망진창이 된 몸으로 펼친 공격이 카릴에게 닿을 리가 없었다.

"내가 이렇게 약하다고?"

검을 튕겨내며 카릴이 오히려 그에게 달려들었다.

"설마."

빠득─

분신이 대답 대신 이를 깨물며 있는 힘껏 팔을 저었다. 하지만 그것보다 더 빠르게 카릴이 녀석의 얼굴을 움켜쥐고는 그대로 바닥에 처박았다.

콰아아앙……!!

자신의 얼굴이 일그러지는 모습을 보는 것은 썩 유쾌한 일을 아닐 텐데도 카릴은 표정 하나 변하지 않았다.

"얼굴 가죽을 벗기면 네 진짜 모습이 나올까?"

[컥…… 커컥……!]

"아니면 목을 잘라 버리면 될까?"

카릴의 모습에 분신은 처음으로 공포를 느꼈다. 속임수 따위는 없었다. 순수한 강함으로 그저 눈앞에 그가 자신을 압도했다는 결과만이 있을 뿐이다.

쿵─!!

움켜쥐고 있던 머리를 내던지듯 거칠게 뿌리쳤다.

그러고는 뒤로 물러서서 말했다.

"검 들어. 아니면 이런 무의미한 싸움보다 네가 왜 상자에 봉인되어 있고 네 정체가 뭔지를 얘기하는 데 시간을 할애하는 게 더 유익할 것 같은데."

카릴의 제안에 분신은 대답 대신 검을 들었다. 그러면 그렇지 하는 표정으로 그 역시 자세를 고쳐잡았다.

"아직은 대화를 말보다 검으로 나눠야겠군."

분신의 주위로 마치 아우라가 퍼지듯 검은 기운이 피어올랐다. 카릴은 그 힘이 무엇인지 알았다. 암흑력이었다.

분신이 쥐고 있던 검의 검날이 새까맣게 변하기 시작했다. 지금까지 볼 수 없던 변형에 그가 한쪽 눈썹을 살짝 들어 올리며 말했다.

"나도 아직 제대로 쓸 수 없는 힘인데. 나보다 더 나은 것도 있군."

하지만 카릴의 말에 분신은 대답 대신 검을 그었다.

파바밧……!!

둘 사이의 5m의 간격이 순식간에 좁혀졌다. 양쪽에서 튀기는 수면의 물방울들이 불규칙하게 파문을 남겼다.

"하지만 정령력도 마력도 아니야. 설마 너도 타락처럼 어둠이 본연의 힘인 건가?"

카릴은 양발에 마력을 담았다.

콰가가가각---!!

6클래스의 반열에 오른 이후 그는 마력혈의 마력을 이제 일부나마 완벽하게 제어가 가능하게 되었다. 더 이상 보조 마법에 의존하기보다는 마력 그 자체를 몸 안에 순환시키는 것이 더 효과적이었기에 처음으로 자신이 바라는 대로 싸울 수 있었다. 검사의 방식이었다.

즈아앙……!!

얼음 발톱이 마치 춤을 추는 것처럼 사방으로 검기를 뿜어대기 시작했다.

츠아아앙……! 츠강!! 카가가가강……!!

카릴이 만든 오러 블레이드와 분신의 암흑검이 부딪히자 맹렬한 굉음이 터져 나왔다.

후웅---!

찰나의 순간 카릴의 검이 기묘한 방향으로 꺾이며 있는 힘껏 검을 밀어 넣었다.

무색기검(無色氣劍). 2번째 외뿔 자세(Unicorn Posture).

일점 공격의 두 검술이 동시에 터져 나왔다. 그의 몸은 하나였지만 반응조차 할 수 없는 짧은 순간 마치 그의 몸이 두 개가 된 듯 분신의 양옆으로 쇄도했다.

콰아아아아아……!!

하지만 그 찰나에 펼쳐진 연속 공격을 분신은 반응했다. 아니, 반응했다기보다는 애초에 알고 있다는 것 같은 모습이었다. 공간 자체가 그와 같다고 해야 할까.

눈길조차 주지 않고 분신은 검을 지그재그로 그으며 카릴의 검격을 막았다.

비릿한 웃음. 분신이 동시에 카릴에게로 달려들며 검을 그었다.

1번째 왕관 자세(Crown Posture).

파앗……!!

[……!!]

바로 코앞까지 다가온 암흑검이 카릴의 목을 베기 바로 직전에 수직으로 급격히 방향을 꺾으며 그의 몸이 사라졌다.

한 번, 두 번, 세 번. 마치 섬광이 번뜩이는 것처럼 어둠 속에서 카릴의 모습이 나타났다 사라졌다.

즈앙……!!

분신의 검이 허공을 그었고 반대로 카릴의 검날에 솟구치는 아케인 블레이드가 분신의 등을 거침없이 베었다.

[카아악……!!]

고통에 찬 비명과 함께 분신의 몸이 활자로 꺾였다. 앞으로 고꾸라지는 그의 허리를 카릴은 다시 한번 있는 힘껏 발로 밟았다.

쿠웅!!

"흠, 처음이라 좀 어렵데……. 그래도 예상대로야."

[그건…….]

"별거 아냐. 기적을 지우는 잔기술이지. 바보 아냐? 능력은 나보다 뛰어날지 몰라도 기술에서 네가 쓰는 건 모두 내가 아는 것이다. 그런 게 내게 통할 리가 없잖아. 하지만 너는 내가 아는 것과 별개로 익힌 기술만 쓸 수 있나 보군.”

카릴은 분신의 뒤통수를 짓이기듯 밟았다.

[크…… 크윽……!!]

“에이단에게 들어둔 게 도움이 되었군.”

그가 조금 전 쓴 기술은 기척을 지우는 암연의 비술인 인보 (忍步)였다. 하지만 단순히 인보만이 아닌 카릴은 이동 마법인 블링크(Blink)와 함께 사용해 기척을 지우며 순간 이동을 해 분신의 눈을 피할 수 있었다.

척-

카릴의 검이 분신의 목에 닿았다.

“네게도 통한다면 다른 강자들에게도 통한다는 뜻이겠지. 덕분에 좋은 걸 알아간다.”

그는 얼음 발톱에 날을 세워 엎어진 분신의 목덜미 옆에 검을 박아 넣었다.

“이제 네 정체가 뭔지부터 알아볼까?”

[커…… 컥!!]

분신이 발버둥 치지 못하도록 카릴은 밟은 발에 더욱 힘을 주자 분신은 신음을 토해냈다.

“어……?”

카릴은 분신을 향해 고개를 내린 순간 뭔가 이상한 듯 살짝 눈을 찡그렸다. 황급히 검을 뽑아 바닥을 긋자 물방울이 튀기며 그와 함께 바닥에 깔린 검은 연기가 검이 지나간 자리를 따라 사라졌다가 금세 채워졌다.

'안에 뭔가 있다?'

검게만 보였던 바닥은 실제로는 투명했고 그 위에 연기와 검은 물이 그것을 가리고 있었던 것이었다. 연기와 물은 뭔가를 숨기기 위한 장막 같았다.

마치 심연 속처럼 육안으로 확인하기 힘들 정도로 깊은 바닥 아래를 바라보며 카릴은 눈을 살짝 찡그리며 말했다.

"저건……."

►**Chapter 4**◄

콰아아아앙---!!

카릴은 얼음을 깨는 것처럼 있는 힘껏 검을 지면에 찍어 눌렀다. 하지만 투명한 바닥에 검은 연기와 물방울들만이 사방으로 흩뿌려질 뿐 유리처럼 보이는 바닥은 깨질 생각을 하지 않았다.

'저 안에 들어 있는 게 라미느가 말했던 해일의 여왕을 찾을 수 있는 단서인가?'

바닥은 신기하게도 한없이 투명해 보이면서도 그 내부는 또 한없이 불투명해 보였다. 말이 맞지 않은 설명이지만 분명 바닥 아래 뭔가가 있음을 확신한다. 하지만 정작 두 눈에 마력을 집중해 살피려고 하면 보이지 않았다. 그 짙음은 마력의 강도에 따라 더 강해져 만환(卍環)을 쓰게 되면 도리어 아무것도 보이지 않았다.

'아무래도 마력에 반응하는 건가.'

카릴은 몇 번이나 더 검을 내려쳤지만 검날을 덮고 있는 아케인 블레이드 비전력 역시 마력의 응축이었기에 검날이 바닥에 닿을 때마다 더욱 단단해졌다.

"흐음……."

방법이 없다는 것을 알고서 카릴은 낮은 한숨과 함께 바닥에 쓰러져 있는 분신의 뒷덜미를 잡아 끌어올렸다.

"말해봐. 저 안에 있는 게 뭔지. 네 본체라도 되나? 네 정체가 뭐야?"

엉망이 된 자신의 얼굴을 보는 것은 썩 기분 좋은 일을 아니었지만 카릴은 망설임 없이 녀석의 머리를 잡아당겼다.

[우린……. 욕망이다.]

분신에게서 들리는 목소리가 아닌 마치 메아리처럼 저 멀리서 들리는 소리가 있었다.

"……."

카릴은 주위를 둘러봤다. 아무것도 보이지 않았다.

스으으으윽…….

그 순간 그가 잡고 있던 분신의 몸에서 바닥에 흐르는 검은 연기와 똑같은 연기가 흘러나오기 시작했다. 황급히 녀석의 몸을 발로 밀어 버리며 검은 연기에서 떨어졌다. 분신의 몸이 줄이 끊어진 꼭두각시처럼 관절이 제각각 움직이며 바닥에 너

부러졌다.

[나는 15번째.]

바닥에 쓰러진 분신의 피부가 허물처럼 녹아내리기 시작했다. 카릴은 조용히 그의 변화를 바라봤다.

"쀗-"

하다 하다 이제는 자신이 녹아내리는 모습까지 보고 있음에도 오히려 그는 그 속에 보이는 분신의 정체를 보며 으르렁거리듯 말했다.

"그게 네 모습인가."

인간의 모습은 사라지고 똬리를 틀고 있는 푸른색의 뱀이 날카로운 혀를 내밀며 카릴을 바라보고 있었다.

크기는 카릴의 키를 훌쩍 넘었다. 마치 서펀트를 바라보는 것 같은 거대한 크기로 녀석은 그를 압도했다.

[나는 불변하는 영속된 자리의 주인이다.]

'15번째······?'

카릴은 그 순간 알른이 했던 말을 떠올렸다.

15명의 블레이더.

'그중에 둘은 변하지 않는다.'

그 말은 그 둘 중 한 명이 썼던 무구가 눈앞에 있는 저 뱀일지 모른다는 생각이 들었다.

'저 녀석이 그중 하나인가. 아니면 그 자리의 주인이 썼던 무구인가.'

카릴은 아직 뱀의 정체를 가늠할 수 없어 조심스럽게 녀석을 살폈다.

[15번째는 오직 하나이나 이 자리를 노리는 후보는 여럿이지. 개 중에는 늑대도 있었고 자칼도 있었으며 곰과 말도 있었지만 모두 내 송곳니에 제물이 되었을 뿐.]

"……."

세엑…… 세에엑……!!

푸른 뱀이 아가리를 벌리자 길게 자라 있는 날카로운 송곳니가 보였다.

[나는 신이 만든 독이다.]

그 말을 증명이라도 하는 듯 녀석이 입을 벌릴 때마다 투명한 액체가 뚝뚝 떨어졌다.

[과거에 사마에르(Samael)라 불렸으며 누구에겐 디아고라 불리기도 했으며 오늘의 역사엔 마엘이라 불리겠으나 사실 이름은 중요치 않다. 내가 줄 수 있는 것은 욕망이자 힘. 그리고 그것이 내 먹이이자 힘이니까.]

카릴은 담담한 표정으로 그의 말을 들었다.

저벅- 저벅- 저벅-

그러고는 천천히 걸음을 옮겼다.

뱀의 앞에 서서 그는 목을 들어 녀석을 바라보며 처음으로 말을 걸었다.

"중요하지 않다면서 자기 이름 소개를 뭐 그렇게 길게 해?

꼭 그 이름으로 불러달라는 것처럼."

카릴은 녀석의 몸을 툭툭 두들겼다.

"마엘(Mael)이라……. 그래, 이름이 있어야 부르기 편하겠지. 그래야 내가 널 부르는지 알 테니까."

뱀은 그의 말에 같잖다는 듯 혀를 내밀었다.

[네가 나를 가질 적법한 주인이라 생각하는가? 신령대전부터 그 이전과 그 이후의 싸움 그리고 15번째가 가지는 의미도 모르는 녀석이.]

하지만 카릴은 그런 녀석의 반항에도 아랑곳하지 않고 더욱 가까이 다가갔다.

[너는 내 주인이 되지 못한다. 과거의 그들이 그랬던 것처럼 영웅이 되고자 하는 자는 결국 신의 욕망 앞에 무릎 꿇을 수밖에 없으니까.]

녀석은 마치 그를 놀리듯 말했다.

[만전을 기했던 과거의 전쟁도 패배했던 인간을 믿으라고? 너희는…….]

파르르 떨리는 것처럼 빠르게 날름거리며 혀를 움직이는 녀석을 바라보며 카릴은 더 이상 듣고 있을 수 없다는 듯 신경질적으로 말을 끊었다.

"이놈이나 저놈이나 왜 영웅이 될 거라고 생각하지?"

카릴은 자신의 관자놀이를 가리키며 말했다.

"내 머릿속을 봤다면 알 거 아냐. 내가 왜 탑을 올랐는지. 배신한 친우에 대한 복수? 그거라면 이미 전생에도 끝냈어. 하나뿐인 친우라 믿었던 녀석을 내 손으로 죽였으니까."

그러고는 으르렁거리듯 녀석을 향해 말했다.

"볼 거면 똑바로 훔쳐보고 말해. 내가 왜 율라를 증오하는지. 무슨 생각으로 탑을 올랐는지. 네 말대로 하찮은 인간끼리의 문제가 아니니까."

턱-

그는 마엘의 머리에 손을 얹었다.

[신이 만든 유산. 파렐을 올라 인류를 구하기 위해 돌아오지 않았느냐. 그 신이 내려다보고 있음을 알면서도.]

카릴은 그의 말에 비소를 지었다.

"무슨 개소리야. 난 한 번도 그들을 위해 싸운다고 말 한 적 없는데?"

[……뭐?]

"내가 왜 생면부지들을 위해 개고생을 해야 하지?"

카릴은 거대한 녀석의 몸을 밟고 뛰어올라 마치 애완동물의 머리를 두들기듯 뱀의 머리를 툭툭 쳤다.

그 순간 마엘은 그의 눈빛 속에서 인간이 가질 수 없는 알수 없는 깊이를 그에게서 느꼈다.

"블레이더? 너희가 무슨 사명을 가지고 싸웠는지는 모르겠지만 나는 그들과 달라."

그의 말에 마엘은 침묵했다.

"너희들이 얼마나 대단한 이유가 있는지 모르겠지만 사명 따위 개나 주라지. 난 날 위해 싸우는 거다. 운명이란 포장으로 내 삶을 이따위로 만든 신이란 놈에게 검을 박아 넣기 위해서 말이야."

어째서일까.

카릴과 대화를 하던 마엘이 어느 순간 그저 그의 말을 들을 뿐이었다.

"굳이 나와 겨룰 것이 있다면 그건 과연 내 욕망이 큰지 신의 것이 더 큰지겠지. 패배. 그래, 신도 한번은 그걸 느껴봐야지. 그래야 공평하잖아."

카릴은 차갑게 그를 바라봤다.

"차라리 죽고 싶다는 생각이 들 심정이 뭔지 말이야."

본능적으로 알 수 있다. 인간으로서는 감당할 수 없는 억겁의 시간을 오직 하나의 욕망을 위해 탑에 오른 그를 단순한 잣대로 판단하는 것이 바보 같은 생각임을.

[크크큭? 네가……? 네가 신을 죽인다고? 웃기는 소리 하고 있군. 고작 인간이?]

"내 발아래 쭈그려 있는 녀석이 할 말은 아닌 것 같은데."

카릴은 마엘의 머리를 지그시 밟았다.

"아직 정신을 못 차렸나? 하고 못 하고에 대해서 네게 허락을 받으려고 여기에 있는 게 아니야."

[정말로 내가 너를 죽이지 못해 이런 결과가 만들어졌다고 생

각하는 건 아니겠지. 내 머리 위에서 허세를 부리는 것도…….]

"신화시대의 블레이더들은 신살자(神殺者)의 운명을 가지고 있다고 들었는데 그런 것 치고는 엄청나게 무른 녀석들이었나 봐. 이런 말 많은 놈을 그냥 두고."

마엘은 자신의 말을 다시 끊는 카릴의 모습에 살짝 언짢은 듯 인상을 찡그렸다. 뱀의 표정이 일그러지는 것은 좀처럼 볼 수 없는 일이었기에 꽤나 인상적이었다.

[……뭐?]

"지금 네 앞에 있는 게 누구지? 네 상황을 잘 파악하라는 말이야. 신과 싸우고 자시고는 추후의 문제지. 날 거역하면 그전에 나한테 죽을 거니까."

뱀은 카릴의 말에 아무런 대답도 하지 못했다.

"그리고 솔직해지자고. 네가 그렇게 대단한 녀석이라면 고작 6클래스의 마력을 가진 내가 열 수 있을 상자에 봉인되지 않았겠지. 라미느나 두아트의 봉인이 더 까다로웠어."

전투 역시 마찬가지였다. 분신과의 승부는 솔직히 말해 지금껏 그 어떤 존재와의 싸움보다도 싱거울 정도로 쉽게 끝났다. 가장 오랜 시간을 들여 봉인을 푼 것 치고는 결과가 어이없을 정도로 허무했다.

"애초에 6클래스라는 상자의 봉인은 한낱 장치에 불과한 거지. 이 공간의 문을 열고 안 열고는 네 의지에 달린 거야. 안 그래?"

[크…… 크큭.]

뱀의 혀가 파르르 떨리자 카릴은 자신의 추측에 만족스러운 듯 고개를 끄덕였다.

"처음부터 너는 나와 싸울 생각이 없었어. 이미 내 힘을 알고 내 목표를 알고 있었으니까."

툭-

"그리고 그게 네가 바라는 것이라는 것도."

카릴은 그의 머리 위에서 내려와 차가운 눈빛으로 마엘을 바라봤다.

"그런 주제에 지금 나와 거래를 하려고 혀를 놀려? 고작 뱀 따위가? 머리를 처박고 부탁해도 모자랄 판에."

[……뭐?]

마엘은 당혹스러운 듯 되물었다.

"네 주제를 파악해."

카릴은 그 표정을 보더니 고개를 끄덕이고는 얼음 발톱으로 바닥을 두들겼다.

"널 죽이지 않은 이유는 하나야. 네게 물어보고 싶은 게 많기 때문이지. 무슨 이유인지 신령대전에 관해서 정령왕들은 하나같이 입을 꾹 다물고 있어서 말이지. 뿐만 아니라 네가 어디서 태어났는지 어떻게 만들어졌는지 그리고 블레이더가 무엇인지까지. 모두 말해야 할 거야."

그의 말에 뱀의 눈이 흔들렸다.

쿠우우웅…….

힘을 다해 검을 찍어 누르자 지면이 흔들리는 듯한 울림이 울렸다.

"너도 바라는 거 아냐? 내가 선사할 율라의 최후. 이런 상자 속에 갇힌 네 송곳니가 과연 신에게 닿기라도 할 수 있을까? 신에게 반기를 들고 싶다면 줄을 제대로 서야지."

카릴의 말에 뱀은 어이가 없었다. 신화시대 때부터 끝없이 많은 전쟁을 치렀던 자신이었다. 영웅이라 불리는 자부터 패자라 불리는 자까지 수많은 인간을 봐 왔지만 그에게 이런 식으로 말을 하는 사람이 과연 있던가.

"나는 너희가 왜 신과 싸웠는지 몰라. 너희가 말을 해줘야 알지. 말하기 싫다는 녀석의 과거까지 파고들 만큼 한가로운 사람이 아냐. 하지만 이건 확실하다. 내게 눈을 깔고 머리를 조아린다면 적어도 네게 다시 한번 복수의 기회를 주마."

카릴은 조금 더 가까이 고개를 내리며 말했다.

"내가 뱀 따위에게 겁먹을 것 같아? 내가 씹어 먹은 건 고작 너 같은 뱀이 아니라 용의 심장이다."

[대단하군. 까다로운 정령왕들이 어째서 네게 힘을 빌려주는지 알겠어. 단순히 시간을 회귀해서 그런 것이 아니라 네 패기를 높이 산 것이겠지. 균열에서 태어난 그들은 무엇보다 자율 의지에 대해 깊게 생각하니까.]

마엘은 나지막하게 웃으며 말했다. 지독하게 건방진 소리를 들었음에도 불구하고 지금까지와는 다른 반응이었다.

"뭐라는 거야. 그 녀석들은 그저 내게 완벽하게 굴복당한 것일 뿐이다."

[크크…….]

카릴의 대답에도 여전히 그는 웃었다.

[내가 너를 만나기 위해 문을 열었다는 것을 알아차릴 줄은 생각 못 했다. 놀라워.]

"말은 똑바로 해. 중요한 건 네 의지가 아니라 내 의지다. 네가 이 공간에 날 초대했다는 것은 내 힘이 필요하다는 것이겠지만 네 의지는 거기서 끝이야. 내가 널 밖으로 데려갈지 안 그럴지 이제 결정할 테니까."

[그 말도 맞군.]

"난 아직 네가 독이 든 사과일지 확신이 서지 않거든."

츠르르륵…….

웃음소리와 함께 거대한 뱀의 형상이 서서히 줄어들더니 인간의 형태로 다시 변했다. 세 번째 변화였다. 긴 머리카락이 어둠 속에서 찰랑거렸다.

우드득-

카릴의 발에 깔렸을 때 어긋난 건지 아니면 인간의 모습으로 변할 때 신체를 재구성한 것인지 뱀은 자신의 턱을 양쪽으로 한 번씩 움직이며 맞추었다.

[흐음. 이제 조금 눈높이가 맞겠지.]

뱀의 형상이 사라지고 눈매가 초승달처럼 변하며 온화한 미소를 짓는 남자가 나타났다. 그가 고개를 숙이자 그의 머리 한쪽엔 검은색의 뿔이 돋아나 있었고 반대쪽엔 황금빛의 작은 고리가 떠 있었다.

"남자냐."

[왜?]

카릴은 '쯧-' 하고 혀를 찼다. 하지만 그의 행동이 이해가 가지 않는 듯 마엘은 잠시 고개를 갸웃거렸다.

"됐다. 뭐, 중요한 것은 아니니까. 그보다 내 기억을 봤다면 내가 여기에 오기 전에 두 녀석에게 했던 말을 알겠지."

[스스로의 가치를 증명하라는 말?]

"맞아."

카릴은 그런 그를 보며 대답했다.

[웃기는 놈이로구나. 그런 건방진 말은 네 부하들에게나 통용되는 것이지.]

마엘이 고개를 저으며 되묻자 카릴은 코웃음을 쳤다.

"너도 마찬가지야. 네가 날 따를 거라면 자신이 얼마나 가치 있는 존재인지 내게 보여 줘야 하지 않겠어?"

[내가 너를 따른다고? 그것도 모자라 나를 써달라고 네 앞에서 재롱이라도 부리란 말이냐. 억겁의 시간 동안 들은 말 중에 가장 우스운 말이군.]

카릴의 말에 마엘은 어처구니가 없다는 표정을 지으며 고개를 절레절레 흔들었다.

"자꾸 오래 살았다고 하는데. 나도 탑 안에서 살 만큼 살아 봤거든. 그래서 딱히 농담을 하는 성격이 아니니까 그 모가지 좀 가만두고 듣지 않겠어? 부러뜨리기 전에."

좌우로 젓던 마엘의 고개가 멈추었다. 뭐라 대답할 말도 잊었다는 듯 벙찐 표정으로 잠시 카릴을 바라봤다.

[미친놈. 들을수록 가관이로군. 너는 도대체 뭘 믿고 그렇게 자신만만한 거지? 미래를 아는 것? 이미 네가 아는 미래와 완전히 달라졌는데.]

"날 봤다면서. 그럼 내가 왜 이러는지 알 텐데? 네 말대로 내가 아는 미래는 달라졌지. 하지만 내가 원하는 미래로 만들어 가고 있지."

마엘을 향해 카릴은 말했다.

"내가 믿는 건 미래를 아는 게 아니라 내가 어떻게 미래를 바꾸고 있는지다. 그 미래를 만드는 내 힘 말이다. 그러는 너야 말로 누구의 편이지?"

그의 대답에 마엘은 굳은 얼굴로 대답했다.

[바보 같은 질문이군. 나는 블레이더의 무구였다. 신을 죽이기 위해 존재했던 신살자의 검.]

"정말? 난 다르게 생각하는데."

카릴은 기다렸다는 듯 그에게 말했다.

"라미느와 두아트의 대화를 듣고 곰곰이 생각해 봤지. 그리고 한 가지 재밌는 추측이 생각났는데 말이야. 블레이더는 신을 죽이려는 자들이 아니야. 오히려 그 반대지. 나는 너희들에게서 나와 같은 율라에 대한 분노를 느끼지 못했다."

순간 마엘의 표정이 굳어졌다. 지금까지의 반응과는 전혀 달랐다. 눈동자는 여전히 무슨 생각을 하고 있는지 속을 알 수 없는 날카롭기만 한 황금빛이었지만 카릴은 이미 그 속의 마음이 흔들리고 있음을 직감했다.

"신을 수호하는 자. 그게 블레이더의 진짜 모습이지."

[헛소리……]

마엘의 말에도 불구하고 카릴은 얘기했다.

"그래, 헛소리일 수도 있지. 그저 내 추측일 뿐이니까. 하지만 태초의 탄생은 그랬겠지. 무슨 연유에서인지 그들 중에 몇몇이 신을 죽이고자 마음먹었던 거야. 신의 수호자인 블레이더 중 몇몇이 일으킨 전쟁이 바로 신령대전이고."

카릴은 고개를 살짝 꺾었다.

"안 그래? 라미느."

그의 물음에도 불구하고 손등에 박힌 아인 트리거는 아무런 반응을 하지 않았다.

"하지만 너희는 패배했고 이 대륙에 내려왔다. 그러나 신은 그것마저 멸살하기 위해 자신을 추대하는 인간을 내려보냈다. 그것이 율라를 모시는 교단이자 사제겠지."

더 나아가 우든 클라우드가 만들 블루 로어라는 광신교까지.

"역사에 남기기를 반역자가 아닌 신념을 가진 신살자로 기록되고 싶었겠지만 승리자인 신은 너희들의 기록을 지웠다. 후손들이 기억하고 있는 블레이더는 그저 7인의 원로회와 각 종족이 함께 무구를 만드는 단체에 불과하게 되었지."

[우리가 신을 수호했던 자라……. 무슨 근거로?]

평정심을 되찾은 듯 마엘은 카릴의 말에 나지막하게 되물었다.

"내가 빌어먹을 놈들에게 꽤나 당해보면서 생긴 버릇이 지나가는 말도 허투루 듣지 않는 거거든. 두아트가 그랬었다. 신령전쟁의 패배는 인간의 배신 때문이라고."

[……그런데?]

"또한 그때 라미느가 이런 말도 했지. 내가 가진 용마력. 과거 두아트의 힘을 뜯어 먹은 염룡의 힘이라고."

카릴은 몰아치듯 말을 쏟아냈다. 단순히 마엘에게만 하는 이야기가 아니었다. 보란 듯이 두아트와 라미느에게까지 들으라고 하는 말이었다.

"신령전쟁의 구도는 간단해. 신과 드래곤 그리고 인간과 정령 간의 싸움이겠지. 그런데 두 녀석의 말에서 나는 이상함을 느꼈지."

카릴은 손등에 박힌 아인 트리거를 반대쪽 손가락으로 툭툭 치면서 말했다.

"폭염왕이 봉인되어 있던 곳은 리세리아의 레어인 화룡의 거처였다. 녀석은 2대 광야만이 신에게 봉인을 당한 것이고 자신은 인간계를 택했기에 그곳에 잠들었던 것이라 했지."

[……그게 왜?]

"신에 대항했던 정령왕이다. 두아트를 씹어 먹을 정도의 악의 가득한 리세리아가 같은 정령왕인 폭염왕이 사라지지 않게 자신의 레어를 내주었다? 이상하지 않아?"

카릴은 살짝 눈을 흘겼다.

"처음부터 적이었다면 신의 편인 드래곤이 라미느를 자신의 레어에 봉인되도록 허락해 줬을 리가 없어. 즉, 처음에는 모두 같은 편이었다는 거겠지."

뱀의 표정이 묘하게 일그러졌다.

반면, 여전히 아인 트리거는 침묵했다.

"그리고 화룡의 거처의 비문에 이렇게 적혀 있다. '열일곱 중 둘은 영원히 바뀌지 않는다.' 사제는 그걸 신들의 이야기라고 하더군. 하지만 아니야."

카릴은 천천히 고개를 저었다.

그의 말에 뱀은 아무런 말을 하지 않았다.

"그건 블레이드의 이야기라고 라미느가 말했지. 또한 리세리아가 신령전쟁 때 비록 배신을 했지만 블레이더와 맹약을 한 용이라고까지 말이야."

카릴은 계속해서 말을 이어갔다.

"하지만 나는 남의 말을 곧이곧대로 믿지 않아. 블레이더의 이야기가 신의 이야기로 탈바꿈되었다? 라미느 녀석은 그렇게 말했지만 난 그렇게 생각하지 않아."

화르륵······.

그때까지 지금까지 침묵하고 있던 아인 트리거가 처음으로 그의 말에 반응했다.

"나는 한 가지 가설을 세워봤다."

손등에 박혀 있는 보옥에서 옅은 불꽃이 일렁이는 것 같았다. 마치 당황하는 것처럼.

"바뀐 게 아니라 애초에 같은 거라면? 열일곱의 블레이더가 곧 신의 후보자를 말하는 것이라면 굳이 바꾸고 자시고 할 것도 없겠지. 누군가는 패배했고 누군가는 배신했으며 누군가는 승리했겠지. 그중에 하나가 율라겠고. 아닌가?"

카릴이 마엘을 가리켰다.

"네가 네 입으로 블레이더의 무구가 너라고 했으니 내 물음의 대답을 네게 들을 수 있겠지."

쿵-!!

그가 발을 내디딘 순간 수면이 파르르 떨렸다.

"블레이더 중에 인간이 있었다고 알고 있다. 그럼 신이 될 수 있는 후보자엔 인간도 있다는 말인가?"

그 순간 뱀의 얼굴이 기묘하게 일그러졌다.

[크······ 크하하하!!]

갑자기 그가 배를 움켜쥐며 자지러지게 웃기 시작했다. 커다랗게 벌린 입이 인간이라고 할 수 없을 정도로 길게 찢어지며 날카로운 송곳니가 보였다.

[폭염왕. 듣고 있나? 자네, 옛날과 달리 입이 가벼워졌군. 쓸데없는 이야기를 너무 많이 했어.]

마엘은 카릴이 아닌 그의 손등에 박힌 아인 트리거를 바라보며 나지막하게 말했다. 그러고는 눈가를 닦았다. 너무 웃어 숨을 쉬기 곤란하다는 표정으로 그가 말했다.

[솔직히 놀랐다. 고작 흘리는 대화를 가지고 이 정도까지 유추하다니 말이야.]

짝- 짝- 짝-

그는 고개를 절레절레 흔들면서 카릴을 향해 박수를 쳤다.

"뭔 짓거리야?"

하지만 마치 연기를 하는 것처럼 과장된 그의 모습을 보며 카릴은 기분이 나쁜 듯 인상을 구겼다.

[반은 맞고 반은 틀리다.]

"무슨 말이지?"

[모두가 신의 후보자는 아니다. 네 말대로 블레이더는 신을 수호하기 위해 태어난 존재이나 불변의 자리라 불리는 2자리는 특별하다. 오직 그 자리에 오른 자만이 신에게 대적할 수 있지.]

"네 자리의 후보가 여럿이었다는 말은 그런 의미였군."

[맞아. 불변의 2자리의 주인이 정해지면 그 주인은 자신을 사용할 사용자를 고른다. 나 역시 나의 사용자와 함께 신령대전에 참가하였지.]

"주인이 먼저 정해진다, 라……. 순서가 반대인 게 좀 특이

한데. 그럼 패배한 이유가 네가 배신을 해서겠군."

[뭐? 뭐라고?]

뱀은 카릴의 말에 황당하다는 표정을 지었다.

[……도대체 왜 그런 결론이 나는 거지? 네가 말했지 않느냐. 인간의 배신으로 인해 신령전쟁이 패배했다고!!]

"그냥."

[그…… 그냥?]

당황하는 그와는 달리 카릴은 담담한 얼굴로 뱀을 향해 말했다.

"내가 이제 비늘 달린 것들은 믿지 않거든."

생각지도 못한 이유에 뱀은 할 말을 잃은 듯 입을 다물지 못했다.

"농담이야. 물론 의심을 지운 건 아니지만."

카릴은 손가락으로 자신의 눈을 가리켰다가 다시 마엘을 가리켰다.

"그렇다면 묻겠다. 신에게 대적할 수 있는 그 두 자리 중 하나가 너라면 남은 한 자리는 지금 공석인가?"

[왜 묻는 거지?]

"여러 가지 의미가 있겠지만 일단 내가 그 자리도 가질 거니까. 굳이 머릿수가 많을 필요가 없지. 그러니 배신이다 배반이다 하는 게 생기는 거야."

[크…… 크큭. 미친놈.]

마엘의 반응에 카릴은 어깨를 으쓱했다.

"너도 잘 생각해라. 네 자리를 탐하던 후보자가 많았다면서, 그 말은 꼭 네가 아니더라도 네 자리에 앉힐 수 있는 존재가 있다는 말이겠지."

서걱-

동시에 카릴이 있는 힘껏 얼음 발톱을 그었다. 바닥에 떨어진 마엘의 머리를 그는 물끄러미 바라봤다. 그러고는 허리를 숙여 조금 더 가까이 다가가서는 말했다.

"그런데 굳이 귀찮은 짓을 하고 싶지 않아. 시간 낭비를 하고 싶지 않은 거지. 네가 전 대의 주인이라면 그 후보들 중에 제일 강하다는 의미일 테니까. 나를 따르면 네게 다시 한번 신에게 대적할 기회를 주지."

[미친놈……. 이런 짓거리를 해 놓고 너를 따르라고?]

잘린 머리가 눈을 뜨며 소리쳤다. 괴상하기 짝이 없는 모습이었지만 카릴은 아무렇지 않게 바닥을 구르는 마엘의 머리를 마치 공을 잡듯 발로 지그시 눌렀다.

"싫으면 관둬. 나는 너 안 써도 그만이라니까. 어딘가 대신할 녀석이 있겠지."

[내가 너의 같잖은 협박에 넘어갈 듯싶으냐?]

"협박 아냐. 솔직히 지금도 머릿속에서 울리는 말들이 많아서 귀찮아 죽겠거든. 게다가 잔소리꾼은 노인네 한 명으로 족해. 너까지 주절대면 진심으로 짜증이 날 것 같으니까."

카릴은 입을 다물고 있는 그를 보며 손을 들고는 털어내듯 휘저으며 말했다.

"너희들도 잘 들어라."

카릴이 허공을 바라봤다.

"내가 말을 안 하니까 네들이 알고 있는 것들을 나 같은 하찮은 인간은 모를 거라 생각하나 본데. 좁디좁은 어둠 속에 봉인이나 되어 있는 주제에 아는 게 전부라 생각하지 마. 세상으로 눈을 돌려본 적도 없는 놈들이."

[그게 무슨⋯⋯.]

그 순간 라미느의 불꽃이 언짢은 듯 그의 손등 위로 일렁이고 두아트가 만들어 내는 그림자가 발아래 흔들렸다.

콰직-!!

"이 중에 세계의 변천을 두 눈으로 본 자가 있는가? 봉인에 갇혀 세상이 어떻게 변했는지도 모르면서. 너희는 내가 왜 시간을 거스르는 것을 선택한 건지 그 이유에 대해서 누구도 물어보지 않았지."

조용히 하라는 듯 카릴은 날뛰기 시작하는 둘의 반응에 오히려 더욱 격하게 발로 바닥을 내려쳤다.

"나는 북부에서 보았다."

휘이이이이⋯⋯.

그 순간 카릴의 말처럼 어둠 속에서 북부의 차가운 눈보라가 느껴지는 것 같이 바람이 일었다.

"이민족의 영토인 북부 끝자락에 있는 천년 빙동(千年氷洞) 깊숙한 곳에 하나의 얼음 기둥이 있다. 그 안에는 마치 당장에라도 움직일 듯 살아 있는 것처럼 보이는 한 사람이 차갑게 봉인되어 있었다."

과거 이단섬멸령 때 고든 파비안이 크웰에게 알렸던 북부의 비밀.

"기둥에 얼어 있는 그의 손이 움켜쥐고 있는 한 가지. 마치 잘린 목처럼 보이는 그것이 처음에는 뭔지 알지 못했다. 하지만 신탁이 진행된 뒤, 나는 그가 들고 있는 것이 타락(墮落)임을 알았다."

그것은 전생의 크웰 맥거번이 죽음 직전 말해준 진실.

"그가 언제부터 존재했던 것인지 어느 시대를 살아왔던 것인지 알 수 없다. 단지 알 수 있는 것은 하나."

"그자의 눈이 검은색이라는 것."

마력이 없는 이단의 증거이자 이민족의 표시인 검은 눈.

수천 년 전 이민족이 어째서 타락의 목을 베었을까.

또 그를 얼음 기둥에 봉인한 자는 누굴까.

"많은 의문이 있었지. 하지만 이제 네 말을 듣고 확신이 섰다. 그자가 신화시대를 살았던 신살자(神殺者), 블레이더(Blader)라는 걸."

카릴은 라미느와 두아트를 바라봤다.

"내가 그와 같은 검은 눈을 가졌기에 너희가 나를 따르는 이유라는 것과……."

그러고는 그 둘을 마지막으로 마엘을 바라봤다.

"너 역시 나를 따라야만 하는 이유라는 걸."

마엘의 안색이 굳어졌다.

"다들 알겠지."

카릴은 그 모습에 답이 이미 나와 있다는 것처럼 담담한 얼굴로 조금 더 목소리에 힘을 주었다.

꿀꺽-

목젖이 움직이는 소리가 요란하게 들렸다. 마엘은 자신도 모르게 황급히 손으로 목을 잡았지만 이미 늦었다.

"이민족."

그런 그를 보며 카릴은 마지막 말을 내뱉었다.

"우리야말로 거짓된 신으로부터 존엄성을 지킨 자율의지(自律意志)를 가진 진실된 인간이라는 것을."

"안 그래? 라미느. 별것도 아닌 걸 듣기 위해서 내가 이 고생을 해야 했나? 여길 나가는 즉시 마력에 버무려 줄 테니까 각오하고 있어."

[자…… 잠깐!!]

그의 말이 끝남과 동시에 당황하는 라미느의 불꽃이 뛰쳐나왔다.

[네게 이야기해 줄 수 없었던 것은 규율이기 때문이다. 우리는 신령대전에서 패배했고 우리의 패배는 어떠한 변명으로도

용인될 수 없는 사실이다. 패자는 승자가 만든 규율을 따라야
한다.]

"너는 내가 사과나 듣자고 그렇게 말한 것 같아?"

[……뭐?]

라미느는 카릴을 바라봤다.

"너는 사과를 해야 할 것이 아니라 화를 내야지. 제3자인 내
가 이렇게 화가 치밀어 오르는데."

[그게 무슨…….]

"율라가 말을 하지 말라 명했다는 것은 패자로서 따를 수밖
에 없다지만 대륙에 남아 있는 후손인 우리들에게 보란 듯이
북부의 동굴에 블레이더를 봉인해 둔 것에 대해서 말이야. 마
치 전쟁의 승자가 본보기로 자신의 성문 앞에 시체를 걸어놓
은 것과 뭐가 다르단 말이냐."

빠득-

카릴은 이를 갈았다.

"너희는 그런 치졸한 짓이 과연 신이란 작자가 할 행동이라
고 생각되나?"

[그자의 눈이 검은 것 말고 또 다른 특이점이 있었나?]

상황을 듣던 마엘이 조심스럽게 물었다.

"왜? 궁금해?"

[몇 가지 확인을 해보고 싶은 것이 있어서 그렇다.]

카릴은 짐짓 멈칫거리는 그의 모습에 차갑게 대답했다.

"궁금하면 직접 보면 되지. 너나 정령왕들이나 고작 한번의 패배로 틀어박혀 있으니 이렇게 시간이 흘러도 그대로인 거다."

[우리는…….]

라미느가 뭔가 말을 하려고 했으나 카릴은 조용히 하라는 듯 손을 들어 올렸다.

"인간의 말엔 이기고 지는 것은 전쟁에 흔한 일이라는 말이 있다. 패자의 핑계처럼 들릴지 모르지만 내가 회귀를 한 이유도 그와 같다."

카릴은 패배했다.

신탁을 수호하기 위해 싸웠던 그가 맞이했던 결말. 그 진실이 뭔지는 아무도 모른다. 오직 그만이 알고 있지만 적어도 그 사실에 도달했을 때 그는 자신의 친우인 올리번을 죽여야 했다는 것은 사실이다.

"승자의 규율을 따라야 한다? 대륙의 전쟁은 더럽고 너희가 한 전쟁은 고귀할 정도로 신성한가? 웃기지 말라고 해. 그리고 인간이 자주 하는 말 중에 내가 가장 가슴에 새기는 말이 하나 있지."

세 사람은 그를 바라봤다.

"마지막에 서 있는 자가 진짜 승리자다."

그러고는 카릴은 그 세 명을 손가락으로 하나하나 지목하기 시작했다.

"너, 너 그리고 너까지. 모두 죽은 게 아니잖아? 내가 신이었다면 이렇게 무른 짓은 하지 않아."

[머, 멍청한 소리!! 정령왕이 소멸된다는 것이 무슨 의미인지 알지도 못하면서. 이미 우리가 봉인이 되는 것만으로도 정령계는 소실될 위기를 맞이했다.]

"근데?"

카릴은 라미느의 변명에 고개를 갸웃거렸다.

"어차피 지금도 제구실을 못 하고 있는데 사라진들 뭔 차이지? 내가 신이라면 위험 요소인 너희를 차원에서 없애 버렸을 거다."

신랄한 그의 말에 셋은 아무런 반발도 하지 못했다.

"너희는 살아 있고 신도 살아 있다. 싸움은 아직 끝난 게 아니라는 뜻이다."

콰아앙---!!

카릴이 있는 힘껏 검으로 바닥을 내려쳤다.

"전쟁은 아직 현재 진행형이야. 신화시대부터 마도 시대를 거쳐 지금까지. 전쟁은 계속되어 오고 있다는 말이다."

쩌적…… 쩌저적…….

그때였다. 지금까지 어떤 방법을 써도 깨지지 않았던 어둠 안에 가려진 투명한 바닥이 얼음이 깨지듯 금이 가기 시작했다. 카릴은 그 모습을 보며 입꼬리를 올렸다.

"저 아래에 뭐가 있는지는 모르겠지만 녀석도 내 말에 조금은 마음이 동한 듯싶은데. 안 그래? 마엘."

"대화는 저걸 보고 나서 하마."

콰아아앙……!!

다시 한번 있는 힘껏 발로 바닥을 내려치자 금이 간 바닥이 유리처럼 산산조각 나며 몸이 아래로 추락하기 시작했다.

[라미느, 내 생각에 네가 괴물을 깨운 것 같군.]

두아트는 카릴의 뒷모습을 보며 나지막하게 중얼거렸다.

[전에도 말했잖아. 내가 깨운 게 아니라 저 녀석 자체가 괴물이라고.]

[감쪽같이 속았어. 그 사람을 카릴이 알고 있을 줄은 말이야. 숨기려고 한 우리가 바보 같군.]

라미느는 그의 말에 쓴웃음을 지었다.

[녀석은 가능성 없는 일에 도박을 걸진 않으니까. 그의 말대로다. 블레이더란 존재를 더 이상 감출 필요 없다면…….]

불꽃이 바닥으로 떨어진 카릴을 쫓아 달리기 시작했다.

[우리는 우릴 비웃듯 그에게 안식조차 주지 않은 신에게 분노해야 할 때겠지.]

사라지는 불꽃을 바라보며 두아트의 그림자 역시 그를 따라 침식하듯 내려가기 시작했다.

[아니, 그저 그 말을 믿고 봉인되어 있는 것만이 최선이라고 생각한 자신에게 분노해야겠지.]

모두가 사라지고 남은 빈 어둠.

[내가 꿈이라도 꾸고 있는 건가? 정말로 신에게 다시 대적할 생각이란 말인가.]

마엘은 생각지도 못한 이들의 이야기에 당혹스러운 듯 중얼거렸다. 그러곤 커다란 구멍을 바라보던 그는 결국 낮은 한숨을 내쉬면서 말했다.

[너희는 이런 얘기를 정말 내 앞에서 해도 괜찮나?]

알 수 없는 말과 함께 그 역시 마음을 굳힌 듯 세 사람이 떨어진 구멍 안으로 몸을 던졌다.

"바닥 아래 이런 것이 있을 줄은 몰랐군."

카릴은 고개를 들어 이제 천장이 되어버린 자신이 부순 바닥을 바라봤다. 층이 나눠진 건물처럼 바닥을 부수자 그 안에 나타난 공간은 어둠과는 정반대인 새하얀 백색이었다.

"해일의 여왕을 찾을 수 있는 단서가 있다고 들었는데……. 해일이 아니라 얼음의 여왕이라 해야 맞겠군."

말을 할 때마다 새하얀 입김이 나왔다. 북부의 냉기 속에서 살았던 그였지만 온통 새하얀 얼음 기둥이 즐비한 이곳은 그에게도 숨을 쉬는 것도 힘들 정도였다.

[빙결(氷結)이 가지는 성질은 무언가를 봉인하거나 그 힘을 억누르는 것이지. 그만큼 이 안에 있는 것이 강대한 힘을 가졌다는 것일지 모른다.]

카릴은 라미느의 말에 고개를 끄덕였다.

"그렇게 말하니 더더욱 궁금해지는걸. 이 안에 무엇이 있는지 말이야."

그는 뒤를 따라오는 마엘에게 말했다.

"마엘, 네가 있던 공간과 이곳은 분리가 되어 있던 거 같던데……. 네가 있기 전부터 이 공간이 있었던 걸까?"

[아마도 내가 봉인되기 이전부터 있었을 것이다. 내가 눈을 떴을 때 이미 구역이 나누어져 있었으니까. 나 역시 이곳을 보는 것은 처음이다.]

"흐음……. 그럼 한 가지 더 묻지. 7인의 원로회는 이 봉인의 상자를 만드는 의뢰를 한 것이 나르 디 마우그라고 했다. 그렇다면 너를 봉인한 자가 그 녀석인가?"

카릴의 말에 그는 고개를 저었다.

[알지 못한다. 신령대전 이후 패배한 우리는 신의 뜻에 따라 처분되어야 했으니까. 의식은 사라지고 공허 속에 갇혀 있을 뿐이었으니 이후에 나를 어떻게 했는지는 모르지.]

'심증은 가지만 물증이 없는 상황이라…….'

마엘의 대답에 카릴은 살짝 입술을 깨물며 눈을 흘겼다.

백금룡(白金龍). 유일하게 자신의 속내를 털어놓을 수 있었던 존재였기 때문에 더욱 의심하는 것이 어려웠다.

'도대체 너는 내게 무엇을 숨겼던 거냐.'

당장에라도 찾아가 묻고 싶었다. 그러나 상대는 이 세계 먹이 사슬의 가장 정점에 서 있는 존재였다.

물론 쉽사리 질 생각은 없다. 카이에 에시르가 그랬던 것처럼 자신 역시 용 사냥꾼이라는 이명에 도전하기에 충분하다 여겼다. 하지만 승패의 결과를 떠나 두 사람이 싸우게 된다면 대륙에 엄청난 피해가 올 것은 사실이다.

그뿐만 아니라 백금룡과의 일전은 남아 있는 다른 드래곤들에게까지 반감을 살 수 있는 일이었다.

'어차피 신탁전쟁에서 인류를 나 몰라라 했던 놈들이지만…….'

차라리 관여하지 않는 게 낫지 자칫 잘못해 자신 때문에 그들이 신의 편으로 돌아서기라도 한다면 큰 문제였다.

'과거 신령대전에서 이미 드래곤들이 신의 편에서 인간과 정령에게 싸웠다는 것이 밝혀졌으니까. 이후에 못 할 것도 없겠지.'

비록 개체 수는 많지 않지만, 하나하나가 기사단을 쉽사리 뛰어넘는 힘을 가진 드래곤이기에 결코 적으로 돌리고 싶은 마음은 없었다. 그렇기에 더욱 조심스러울 수밖에 없었다.

보이는 모습은 여전히 드래곤을 믿는 것처럼 행하되 마지막의 마지막까지 의심을 놓지 않고 그 의심이 사실이 되었을 때 피할 수 없는 비수를 꽂기 위해.

'모든 것이 완벽해야 한다. 어쩌면 신탁을 맞이하기 전에 내가 해결해야 할 가장 큰 업은 대륙 통일이 아닌 백금룡의 진실을 밝히는 것일지 모르니까.'

저벅- 저벅- 저벅-

지그재그로 얼음 기둥이 얽혀 있는 거대한 동굴을 지나자 그 안에는 마치 신전 같은 새하얀 공간이 나타났다.

"흐음······."

카릴은 신기한 듯 주위를 훑었다.

'알른이 남긴 지식의 보고에도 찾을 수 없는 곳이군. 아직 내가 열지 못하는 것일지도 모르겠지만······.'

6클래스에 도달 이후 지식의 보고를 한 단계 더 열 수 있게 되었지만 그가 남긴 모든 지식을 얻기 위해서는 결국 7클래스의 벽을 뛰어넘어야 했다.

'알른도 모를 가능성이 높은 곳이다. 마엘의 표정을 보니 그 역시 처음인 듯싶으니······.'

카릴은 망설임 없이 걸음을 옮겼다.

한참을 더 안쪽으로 들어가던 그의 발걸음이 멈추었다.

그의 눈빛이 떨렸다.

신전의 끝. 그곳엔 주위에 세워진 기둥들의 몇 배는 더 두꺼운 거대한 얼음 기둥 하나가 박혀 있었다.

"라민, 아무래도 네가 잘못 생각한 모양이다. 확실히 이 정도의 기운이라면 회색교장에서 네가 느꼈을 냉기가 물의 정령왕의 것이라고 착각할 만해."

카릴은 그 속의 작은 물건을 뚫어지게 바라봤다.

"아니면 저게 정말로 해일의 여왕과 관련이 있는 것일지는 모르겠지만 말이야."

그는 기둥에 눈을 떼지 못했다.

"적어도 한 가지 확실한 건 이건 북부와 관련된 물건이라는 거다. 아니, 정확히는 이민족과 관련된 것이라 해야겠지."

[저게 뭔지 넌 안다는 말이냐.]

라미느가 물었다.

"물론."

카릴은 차갑게 웃었다.

"처음 봤지만 보자마자 이게 무슨 물건인지 단번에 알 것 같은 건 비단 내 몸에 이민족의 피가 흐르기 때문만은 아닐 거야."

그러고는 천천히 품 안에 손을 집어넣었다.

그의 손에 들려진 작은 단검.

우우우웅…… 촤르르륵……!!

얼음 기둥의 앞에 검을 가져가자 단단하게만 보였던 기둥이 떨리더니 순식간에 녹아내려 버렸다.

그 광경을 본 마엘을 비롯한 두 명의 정령왕들 역시 깜짝 놀라지 않을 수 없었다. 하지만 카릴은 담담한 표정이었다.

"내가 사는 지금은 현재다. 너희가 겪었던 전쟁은 그저 과거일 뿐. 내가 앞으로 할 전쟁과는 전혀 다를 거다. 하지만 이걸 보니 몇 가지 확실하게 해둬야 할 게 생겼다."

카릴은 기둥 안에 있던 물건을 집어 들었다.

"너희는 지금 내 옆에 있지만 너희 역시 과거의 존재일 뿐이야. 시간이 어떻게 흘렀는지도 모르고 봉인이 된 채 너희의 시간에 머물러 있었을 뿐이니까."

세 명은 그를 바라봤다.

"과거의 존재는 이제 없으니 내 궁금증을 해결해 줄 수 있는 건 나와 함께 현재를 살고 있는 놈뿐이겠지. 과거에 살았고 앞으로 내 미래에 영향을 끼칠 수 있는 딱 한 놈."

그는 마치 으르렁거리듯 말했다. 담담했던 표정이 분노로 휩싸이자 그의 주위를 감싼 공기마저 떨렸다.

"마엘, 다른 건 다 필요 없다. 딱 하나만 말해. 이건 네가 살았던 시간의 물음이니까."

카릴은 눈을 번뜩였다.

"신령대전 때 백금룡은 누구의 편에 섰었지?"

그 순간 무거운 침묵이 어둠 속을 내리깔았다.

"어째서 이곳에 아그넬의 검집이 숨겨져 있었는지 이유를 알아야겠으니까."

►**Chapter 5**◄

"자, 자! 빨리 정리하도록!"

해가 밝아 오자 다른 곳들과 다르지 않게 타투르 역시 분주하게 아침을 맞이할 준비를 했다. 관리자들의 건물이었던 타투르의 중앙 건물은 청소를 시작하는 사람들로 분주했다.

"흐…… 흐익?!"

하지만 그 소란도 잠시. 복도를 지나던 하인들이 칠흑 같은 검은 형체를 바라보고는 소스라치게 놀라 줄행랑 쳤다.

[흥…….]

알른 자비우스는 그런 그들을 향해 코웃음을 쳤다.

비단 그뿐만이 아니었다. 밤을 꼬박 새운 듯 그들은 가장 빨리 하루의 시작을 하는 하인들보다 먼저 복도에 빼곡하게 서 있었다. 그 모두 타투르에 내로라하는 자들이었다.

"오늘은 아무것도 하지 말고 사람들을 물려. 절대로 주위에 소란 피우지 말고."

"네, 네. 알겠습니다."

시종장은 두샬라의 말에 황급히 고개를 끄덕이고는 하인들을 독촉하며 계단을 내려갔다.

"괜찮을까요? 하루가 꼬박 다 되어 가는데……."

함께 서 있던 이스라필이 조심스럽게 입을 열었다.

그의 말에 모두의 시선이 알른에게 쏠렸다.

수안, 미하일, 키누, 베이칸 등등…….

많은 사람이 긴장된 얼굴로 방문 앞을 기다리고 있었다.

[나도 모른다. 상자 안에 뭐가 들어 있는지를 모르니 그게 위험한지 아닌지도 판단할 수 없지. 다만 확실한 것은 백금룡이 절대로 그것을 열지 말라 했다는 것이지.]

"백금룡? 설마 나르 디 마우그를 말씀하시는 겁니까?"

[그래.]

"지금 연 상자가 백금룡의 것이라는 말씀이십니까?"

미하일이 조심스럽게 물었다.

[그럴 수도. 아닐 수도.]

"그게 무슨……."

애매모호한 대답에 밀리아나가 살짝 짜증이 섞인 목소리로 말했다.

[나도 모른다니까. 놈이 남긴 것일 수도 아니면 숨기려고 하

는 것일 수도 있다.]

알른이 그녀의 말을 끊으며 말했다.

[궁금하면 녀석에게 직접 들어.]

나지막한 그의 말이 끝남과 동시에 모두가 뭔가를 느낀 듯 황급히 문을 향해 고개를 돌렸다.

쿠우우우웅---!!

건물 전체가 갑자기 흔들리기 시작하며 쩌저적거리는 소리와 함께 벽면이 갈라지기 시작했다.

"모두 비켜!!"

뒤에 서 있던 수안이 앞으로 튀어나오며 양팔을 교차하며 건틀렛을 서로 부딪혔다.

우우우웅……!!

청동이 울리는 듯한 소리와 함께 칼두안의 건틀렛이 떨리더니 수안을 중심으로 돌벽과 같은 반구가 생성되었다. 마법으로 만들어진 실드와는 다르게 마치 건물을 구성하는 석재와 같은 자연 재료들을 뽑아 만든 것 같은 모습이었다.

콰드드득……!! 콰강……!

그의 외침과 동시에 강렬한 충격이 일어났다. 공기가 터져나가는 소리와 함께 수안이 만든 돌벽이 산산조각 났다. 그는 양팔이 저릿저릿한 통증을 느끼며 황급히 뒤를 돌아봤다.

"호들갑 떨지 마. 여기서 이 정도로 도망칠 사람은 아무도 없으니까."

하지만 긴장 가득했던 그와 달리 밀리아나는 부서진 문의 잔해들을 발로 툭툭 치면서 말했다. 수안이 고개를 돌리자 뒤에 서 있던 사람들은 아무렇지 않은 듯 그 자리 그대로 서 있었다.

"……."

머쓱해진 얼굴로 뒤통수를 긁적이던 수안은 얼굴을 붉히면서 고개를 돌렸다.

"비켜."

그런 그의 옆을 지나며 밀리아나가 부서진 방 안으로 성큼 성큼 걸어 들어갔다.

모두가 긴장 가득한 눈빛으로 그녀를 바라봤다.

"조금은 귀띔을 해주는 게 어때? 살아 있는 사람이 이렇게 나 많은데 꼭 네 일을 죽은 자에게 들어야 해?"

밀리아나가 고개를 들며 말했다. 그녀의 말에 모두가 부서진 건물의 잔해 위에 서 있는 카릴을 바라봤다.

난장판이 되어버린 방 안. 바깥쪽 벽은 산산이 부서져서 차가운 바람이 불어 들어오고 있었다.

"저게…… 뭐지?"

가장 먼저 그녀가 그의 변화를 알아차렸다. 카릴의 왼쪽 손목에서부터 어깨까지 뒤덮고 있는 이질적인 피부. 인간의 것이 아닌 뱀의 것 같은 미끈거리고 푸른 비늘에 밀리아나의 눈썹이 씰룩거렸다.

"야, 너. 용마력을 가지더니 이제 육체마저 괴물이 되어버린 거냐?"

아무렇지 않게 말했지만 고개를 숙인 카릴에게서 느껴지는 심상치 않은 기운에 그녀는 살짝 어깨를 떨었다.

"후우……."

카릴이 숨을 토해냈다. 그러자 그의 입에서 차가운 냉기가 화악- 하고 느껴졌다.

"모두 비켜!!"

조금 전 수안이 했던 말과 똑같았지만 그녀의 외침이 떨어지자마자 복도에 서 있던 사람들이 황급히 뒤로 물러섰다.

서거걱……!! 스아아아악……!!

밀리아나가 두 자루의 검을 뽑아 힘껏 앞으로 밀었다.

콰아아아아앙---!!

날카로운 파공음과 함께 그녀의 몸이 휘청거렸다. 묵직한 뭔가와 부딪힌 것 같이 내지른 팔의 손목에서부터 어깨까지의 힘줄이 충격을 이기지 못하고 파곽! 하는 소리와 함께 터져 나갔다.

"크윽?!"

불에 덴 듯한 고통과 함께 그녀는 황급히 마력을 끌어올렸다. 하지만 늦었다. 뒤늦게 끌어올린 힘으로 카릴의 공격을 막는다는 건 역부족이었다.

"……!!?"

바닥이 움푹 들어갔다. 밀리아나의 허리가 활자로 꺾이며 내려찍는 힘을 버티지 못하고 바닥에 처박혔다.

카릴이 다시 한번 검을 박아 넣었다.

캉!! 카캉!! 카가가가각---!!

하지만 공방은 지면이 아닌 위에서 들렸다. 밀리아나는 이미 검을 박아 넣은 바닥에서 벗어나 카릴의 머리 위로 쇄도했다. 주변의 공기가 모두 산화될 것 같은 엄청난 공방.

"이게 어떻게……."

그 광경을 보고 있던 사람들은 믿을 수 없다는 듯 넋을 잃고 말았다. 이곳에 있는 모두가 실력자였지만 소드 마스터의 공방 속을 선뜻 파고들 용기를 내진 못했다.

스릉……!!

카릴의 얼음 발톱이 울었다. 손목을 꺾자 마치 검이 살아 있는 것처럼 그녀의 급소를 노렸다.

"도대체 카릴에게 무슨 짓을 시킨 거야!! 어젯밤만 해도 멀쩡한 인간이 왜 괴물이 된 거냐구!!"

밀리아나는 그의 공격을 힘겹게 막아내면서 뒤에 서 있는 알른을 향해 소리쳤다. 그녀의 얼굴에 당장에라도 알른을 죽여 버리겠다는 분노가 서려 있었다.

[이것 참…….]

그 모습을 넋을 잃고 보는 것은 알른 역시 마찬가지였다.

당황해하는 그들과 달리 알른은 팔짱을 낀 채로 유유자적한 얼굴로 둘을 구경했다.

[저놈 제정신이야.]

그러고는 나지막하게 말했다.

"……뭐?"

그의 말에 밀리아나는 눈을 동그랗게 뜨며 자신을 향해 검을 뿌리는 카릴을 바라봤다.

"눈치챘나?"

종이 한 장 차이로 밀리아나의 뺨을 스치듯 멈춘 검을 회수하며 카릴이 나지막하게 말했다.

[내가 누군데. 이놈아.]

그의 말에 알른은 코웃음을 치며 대답했다. 이 상황이 이해가 가지 않는다는 듯 밀리아나는 어이가 없는 표정으로 두 사람을 번갈아 가며 바라봤다.

"야, 지금 이게 무슨 짓거리야?"

"어땠어?"

"……뭐?"

"가장 믿을 수 있는 사람에게 한 거야. 아직 금계를 쓸 순 없나 보네. 지금 상황에선 딱히 특별한 의미를 가지진 못하겠어."

카릴은 아무렇지 않게 밀리아나를 향해 고개를 끄덕이며 말했다.

"여기서 가장 믿을 만한 사람. 너잖아."

"뭐, 뭐야."

그의 말에 밀리아나는 황당한 듯 헛기침을 하면서도 얼굴을 붉혔다.

[상태를 보니 움직일 만한가 보군.]

"해가 뜨고 있는 건가? 시간이 얼마나 지났지?"

"하루가 꼬박 지났습니다."

수안의 대답에 카릴은 살짝 인상을 찡그렸다.

"시간이 생각보다 지체되었군. 오늘 중으로 공국으로 바로 떠나야겠다. 출발 준비는?"

"걱정 마십시오. 모두 끝났습니다."

그의 물음에 수안은 자랑스럽게 대답했다.

"좋아."

카릴은 만족스러운 듯 고개를 끄덕였다.

[뭐가 있었지?]

"뱀. 웅크리고 있는 뱀 한 마리가 있더군."

그러고는 담담한 표정으로 대답했다. 그의 목소리에선 피로 감이 느껴졌다.

[뱀? 혹시……. 그게 블레이더의 무구더냐.]

"그럴 수도 아닐 수도."

[두아트, 저게 무슨 뜻이지? 그 안에서 무슨 일이 있었던 거냐.]

[…….]

[내게 감추는 건가? 클클…….]

알른은 카릴의 애매모호한 대답과 두아트의 침묵에 머쓱한 듯 말했다.

[그래, 이젠 내가 끼어들 수 없는 영역인가 보군. 언젠가는 이런 날이 올 거라 생각했지만 조금 아쉬운걸. 잔소리꾼 짓도 이제 끝이겠군.]

스승이란 언제나 제자의 위에 있기 때문에 스승이라 불리는 것이 아니다.

강함의 영역은 이미 자신을 뛰어넘은 지 오래. 단지 모든 것을 짊어져야 하고 이끌어야 하는 카릴은 부하와 동료가 있을 뿐 마음을 조금이라도 의지할 상대는 없었다. 알른은 카릴이 스스로 자신을 벗어날 때까지 그저 기다렸을 뿐이었다.

[나락 바위에서의 애송이는 없어졌군. 좀 쓸 만해졌어.]

알른은 작게 중얼거리더니 피식 웃었다. 그의 말에 카릴 역시 똑같이 웃었다.

두 사람의 대화가 무엇을 뜻하는지 알지 못하는 나머지 사람들은 그저 멍하니 그들을 바라볼 뿐이었다.

[어찌 되었지?]

"그냥……."

카릴은 나지막하게 말했다.

"먹어 치웠어."

그는 그 말을 끝으로 자신의 품 안에 있던 아그넬을 꺼내며 말했다.

"하시르."

"네."

이름을 부르자 언제 있었던 것인지 그의 등 뒤에서 늑여우 부족의 수장이 나타났다.

"너는 이걸 가지고 북부로 가거라."

"북부 말입니까? 다시 한번 제게 대전사의 검을 맡기시는 겁니까. 전하실 말씀이라도 있으신지요."

"그때와 달라. 부족했던 것이 채워졌다. 더 이상 결점은 없다."

하시르는 검집에 들어 있는 아그넬을 받들며 경외스럽다는 듯 한쪽 무릎을 꿇으며 그 검을 머리 위로 들었다.

"어떻게 이걸……. 수백 년간 찾을 수 없었던 것입니다. 부족의 많은 장인이 검집을 만들었으나 모두 검의 힘을 버티지 못하고 실패하였는데……."

"그러니 더 의미가 있겠지. 가서 이민족의 족장들에게 내 말을 전해라."

카릴은 놀란 하시르의 얼굴을 보며 나지막하게 말했다.

"수백 년간 이루지 못한 아그넬의 완성을 너희들에게 보인다. 이제 이 검을 사용할 대전사의 완성만이 남았다. 그 자격을 공국에서 증명할 테니 두 눈으로 직접 보도록 하라."

쾅……!! 콰가가강---!!

공국 내전이 한창인 이곳. 코브를 향하는 마지막 교량이라

할 수 있는 빈프레도 강 하구에서 방어선에서는 연신 굉음이 터져 나왔다.

[크르르르르르---!!]

하늘을 활공하는 비룡부대들이 하강하며 뜨거운 불꽃을 뿜어낼 때마다 여기저기에서 불꽃이 일어났다.

"무슨 일이 있어도 버텨!!"

"마지막 방어선이다!! 무조건 사수해야 한다!"

하지만 그들의 외침을 비웃기라도 하는 듯 화이트 벙커에서부터 날아온 수십 기의 비룡들은 방어선에 위치한 병사들을 유린했다.

"제길……! 마도 포격기가 올 때까지……."

지휘관의 외침은 끝까지 이어지지 못했다.

수십 개의 불꽃이 그들을 덮쳤다.

"으아아악!! 살려줘!!"

쾅-!!

그 비명 소리마저 단숨에 사라졌다. 드레이크가 뱉어낸 화염 덩이가 마치 폭탄을 투하하는 것처럼 조금 전 병사들이 있던 곳을 움푹 파헤쳤다.

"마, 말도 안 돼."

제1공작 틀리 루레인의 비룡부대는 그야말로 전율을 일으키기 충분했고 코브의 마지막 방어선을 지키는 병사들은 공포를 느낄 수밖에 없었다.

전세는 이미 기울었다. 프란의 자랑이었던 강철 함대가 5공작 락히엘의 배신으로 코브에서 발이 묶여 있는 상황에서 틀리는 지체없이 화이트 벙커에서 남하하며 프란을 압박했다.

[크아아아아아--!!]

[카아악---!!]

상공을 휘젓는 비룡들은 마치 먹잇감을 내려다보는 것처럼 연신 괴성을 지르고 있었다.

"끝났어……."

시커먼 얼굴로 조금 전 화염이 떨어진 곳에서 겨우 남은 병사가 넋을 잃듯 중얼거렸다. 주저앉아 있는 그의 한쪽 다리가 잘려 나간 채로 절단면이 시커멓게 타 있었다. 고통도 느껴지지 않는 듯 그는 멍하니 하늘을 바라볼 뿐이었다.

쿠우웅……!!

하늘을 날던 드레이크 한 마리가 그의 앞으로 떨어지며 갑자기 요동치기 시작했다.

"……!!"

깜짝 놀란 병사가 황급히 앞을 바라봤다.

"흠……."

날개를 허우적거리며 바둥거리는 드레이크의 몸부림 사이로 낮은 한숨이 들렸다.

우드득-

둔탁한 소리와 함께 녀석의 목이 기형적으로 꺾이며 조금 전까지만 하더라도 날뛰던 몸이 축 늘어졌다.

"완전히 난리로군."

카릴은 낮은 한숨과 함께 나지막하게 말했다.

"쉬지도 않고 바로 배를 탔더니 피곤해."

"그러니 누가 그런 이상한 짓을 하래? 출전을 앞두고 우리들에게 한 마디 상의도 없이 말이야."

저벅- 저벅- 저벅-

카릴은 담담한 표정으로 드레이크의 시체를 밟고 지면으로 뛰어내리고는 천천히 앞으로 걸어 나왔다.

꿀꺽-

언제부터 있었던 걸까? 병사는 너무나 놀라 전투 중이라는 것조차 잊은 채 그를 바라봤다.

아니. 그들을 바라봤다. 마치 한 사람이 걸어가는 것처럼 그의 발걸음에 맞춰 전사들이 그를 따르고 있었다.

척-

카릴이 손을 들었다.

"좀 쉬어야겠다."

기다렸다는 듯 그의 뒤에 서 있던 이들이 육안으로 쫓을 수 없을 정도로 엄청난 속도로 흩어졌다.

"……!!"

병사들은 눈을 비볐다. 조금 전 그가 보여준 무위도 놀라운 것이었지만 지금 펼쳐지는 광경은 완전히 다른 이유로 경악하게 만들었기 때문이었다.

"말도 안 돼……."

병사의 말을 들은 걸까. 카릴은 팔짱을 낀 채로 입꼬리를 올리며 마치 관전을 하듯 전장을 바라봤다.

끝이라고 생각했던 전장. 하지만 갑자기 등장한 이들이 순식간에 전쟁의 판도를 바꾸어놓기 시작했다.

"보고드립니다!! 오전 10시를 기점으로 빈프레도 강 하구에서 벌어진 전투가 종결되었다고 합니다."

"종결……? 설마 방위선이 무너졌다는 말인가?"

"반대입니다. 화이트 벙커에서부터 출진한 제3비룡부대가 전멸. 적군이 퇴각했습니다."

"……뭐?!"

병사의 보고를 받은 앤섬 하워드는 믿을 수 없다는 듯 인상을 구겼다. 매끈하던 그의 얼굴은 전쟁이 시작된 이래로 씻기는커녕 제대로 잠을 자지도 못한 듯 지저분하게 수염이 자라나 초췌하기 그지없었다.

"방위선과 연결되어 있는 마법구는? 그곳에 배치된 마법 병대가 72병대였지? 그들과 연락이 가능한가? 지금 당장 확인해야겠어!"

앤섬 하워드는 안경테를 끌어 올리고는 소리치듯 말했다. 그의 말에 보고를 하던 병사가 살짝 당황한 기색으로 그를 바라봤다.

"그럴 필요 없어. 녹색 로브를 입은 마법사들이 72병대라면 그들은 일찌감치 전멸했으니까. 우리가 도착했을 때 이미 살아 있던 사람이 없었다."

그때였다. 문 뒤에서 들려오는 목소리에 앤섬 하워드는 황급히 고개를 돌렸다.

"드레이크를 상대로 4클래스 마법 병대라니⋯⋯. 먹잇감을 그냥 던져 주는 꼴이 아니고 뭐야? 앤섬 하워드의 머릿속에서 나온 거라고는 절대로 못 믿겠는데."

"당신은⋯⋯."

앤섬은 문 앞에 선 카릴을 보며 당황스러운 표정으로 물었다.

"어떻게 이곳에⋯⋯?"

하지만 자신의 질문이 얼마나 바보 같은 것임을 그는 깨달았다.

"방위선을 지킨 게 당신입니까?"

"그렇지 않다면 내가 여기에 있지 않겠지?"

툭-

카릴은 그의 앞에 뭔가를 던졌다. 천으로 쌓여 있는 그것이 데굴데굴 굴러 앤섬의 책상 다리에 부딪히며 멈췄다.

"인사 선물이라고 하기엔 뭐하지만 비룡부대 지휘관으로 보이는 녀석의 목이다. 녀석을 베니까 비룡부대가 떠난 걸 봐선 아마도 맞겠지. 갑옷도 화려하고 말이야."

앤섬은 그의 말에 차마 적의 수급을 확인할 엄두를 내지 못한 채 입을 다물지 못했다.

'제3 비룡부대라면 지금 남부로 진군한 부대 중에 가장 정예 부대인데…… 설마…….'

그는 떨리는 손으로 천을 풀었다. 자신의 죽음조차 알아차리지 못한 듯 진군의 외침을 내지르던 모습 그대로였다.

'정말이다.'

제3 비룡부대 단장 스테판 휴. 소드 마스터까지는 아니지만 천성적으로 타고난 근력으로 대대로 내려오는 휴 가문의 거대한 할버드를 사용하는 무인이었다. 50㎏이 넘는 특수한 재질로 만들어진 할버드였기에 소드 익스퍼트의 반열에 오른 기사들도 제대로 쓰는 사람이 드물 정도였다.

'스테판 휴가 죽었다…….'

빈프레도 남쪽 방위선을 위협했던 가장 큰 적이 지금 자신의 발아래서 구르고 있었다.

"궁여지책으로 드레이크가 쏟아 내는 화염을 실드로 막고 반격을 하겠다는 것 같은데 4클래스의 실드로는 막을 수 없어. 작살 사냥을 들어본 적 없지?"

"……작살?"

"아무래도 공국은 용 사냥에 대한 경험이 전무 하다 해도 과언이 아니니까. 과거에 구제국시대의 용사냥법이다."

앤섬 하워드는 카릴의 말에 살짝 당황스러운 듯한 표정을 지었다.

사실 모르는 것이 당연한 일이었다. 과거 구제국 시대에 고안되었던 용 사냥법은 사실 카이에 에시르를 제외하고 제대로 드래곤을 사냥했다는 기록이 없었으니 제국인들에게도 잘 알려지지 않았다.

그저 문헌으로만 남아 있는 사냥법. 하지만 잊혀진 이 사냥법은 신탁전쟁이 생기고 타락 들 중에 거대종을 상대하는 방법으로 다시 재탄생 되었었다.

"지금 당장 연금술사들을 모아."

그러니 지금 작살 사냥법에 대해 알고 있는 사람이라고 해봐야 카릴이 전부일 것이다.

"상급 연금술사 중에 무른가지풀과 파도잎새, 오르토 열매와 주석, 황동을 동시에 녹일 수 있는 자들이 있을 거다."

굳이 알려지지도 않은 사냥법의 이름을 거론하는 이유는 따로 있었다.

"원래라면 녹인 약물을 거대한 작살에 발라 용 사냥에 쓰이는 거지만…… . 당장에 작살을 만들기도 어렵고 드레이크 정도면 그런 것까지 필요하진 않겠지."

"그, 그게 무슨…… ."

앤섬 하워드는 카릴이 무슨 말을 하는지 이해가 안 된다는 듯 멍한 얼굴로 바라봤다.

"드레이크는 결국 드래곤의 하위 종에 불과하지. 크기는 다르지만 그 성질은 비슷하다. 녹인 약물을 무기에 발라서 사용하면 드레이크의 비늘을 녹일 수 있다. 그래도 어렵긴 마찬가지겠지만 비늘 안쪽 근육에 직접적인 타격을 줘야 녀석들에게 치명상을 줄 수 있으니까. 어쭙잖은 마법사들을 희생하는 것보다 훨씬 가능성 있는 싸움이지."

앤섬은 너무 놀라 입을 다물지 못했다. 갑자기 나타난 그의 등장도 적응하지 못했는데 나타나서는 며칠 밤낮을 고민해도 찾지 못한 비룡부대의 해법을 얘기했으니 말이다.

"뭐, 우리가 나선다면 그것도 필요 없긴 하겠지만 모든 전장에 투입될 수는 없으니까."

"……투입이라니요?"

"지금부터 타투르 자유군이 프란 루레인을 지원할 거다. 전황이 시급해 데리고 온 병력을 바로 각각의 전장에 투입시켰다. 그러니 지금 당장 마법구로 연락을 취해."

카릴은 팔짱을 낀 채로 고개를 까닥거렸다.

"흐음. 이게 전황을 표시해 놓은 군사 지도인가? 대충 봐도 상황이 최악이네."

그러고는 탁자에 펼쳐 놓은 지도를 훑었다. 수많은 말들이 여기저기 어지럽게 놓여 얽히고설키듯 맞물려 있었다.

얼핏 보기만 해도 지금 진행 중인 전장이 열댓 개. 상황이야

딱 봐도 뻔했다. 동시다발적으로 일어나는 이 많은 전장을 앤섬 하워드 혼자 지휘하고 있었다.

"여기 가장 큰 말이 프란 루레인이겠지? 이 자식은 여기서 뭐 하고 당신 혼자 이러고 있는 거지?"

자신의 주군을 이 자식이라고 말하는 것에 대한 위화감보다 단숨에 전황을 파악한 카릴의 눈썰미에 앤섬은 자신도 모르게 탄성을 지었다.

"진짜 중요한 전장이 어딘지 모르는 건가. 아니면 녀석은 아직도 자기가 단순한 지휘관이라고 생각하는 거야? 하나의 전장에서 승리해 봤자 나머지가 패배하면 끝이라는 건 어린애도 알겠다."

카릴의 신랄한 말에 앤섬 하워드의 표정이 어두워졌다. 프란을 상징하는 가장 큰 말이 서 있는 곳은 다름 아닌 코브였기 때문이었다.

물론 그곳 역시 전장이긴 마찬가지였다.

5공작 락히엘의 배신. 하지만 남하하는 적들을 앞에 두고 출진조차 제대로 하지 못한 채 발이 묶인 상황.

앤섬은 몇 번이나 코브를 포기할 것을 주장하며 먼저 틀리를 상대하고자 첨언했다.

'물론 자신의 기반을 포기하는 것이 쉬운 일은 아니겠지만…….'

하지만 전쟁이 발발한 지 몇 개월이 되었음에도 불구하고 2공작파의 수장인 그가 아직도 이곳에 있다는 것은 치명적인 실수였다.

"뒤통수에 적을 두는 건 썩 기분 좋은 일은 아니지. 하지만 강철 함대가 그렇듯 락히엘의 은익 함대 역시 결국은 배가 있어야 하는 것. 코브를 포기하고 이쪽으로 병력을 옮겼으면 더할 만했을 텐데."

카릴은 얼음 발톱을 뽑아 프란의 말을 그가 비룡부대를 막았던 방위선이 있던 곳으로 옮겼다.

"그렇게 되면 병력의 여유가 생겨 6공작 보니토스의 병력으로 왼쪽 늪지를 맡을 수가 있게 되지. 그의 병력은 잠행에 능하니까."

앤섬은 카릴이 하는 말 한 마디 한 마디에 주목했다. 그의 눈동자가 떨렸다.

"보니토스가 늪을 막아준다면 7공작 루이체의 기마병이 훨씬 더 활발하게 움직일 수 있게 되고 말이야. 멍청한 지휘관 한 명 때문에 정작 힘을 쓸 수 있는 전장에 나서지도 못하는 상황이로군."

그가 하는 모든 이야기가 자신이 프란에게 주장했던 책략과 맞아 떨어졌기 때문이었다.

'제길······.'

앤섬은 자신도 모르게 입술을 깨물었다.

"확실히 프란이 이끄는 강철 함대는 훌륭하지만 고작 락히엘에게 발이 묶인다면 그건 없느니만 못한 상황이야."

카릴은 이 전쟁의 결말을 잘 알고 있었다. 그것이 앤섬이 프란을 떠나게 된 결정적인 이유이기도 했다.

'프란은 전쟁이 끝날 때까지 코브를 지키려 하다가 결국 패배한다.'

일반적인 전투라면 이렇게까지 시간이 걸릴 리도, 락히엘이 프란의 상대가 될 리도 없었다.

하지만 전장이 최악이었다. 함대가 주둔해 있던 곳은 프란 루레인의 거점이라 할 수 있는 코브였기에 도시가 파괴된다는 결정적인 부담감을 안고 싸워야 했기 때문이다.

"은익 함대라도 전멸을 시켰다면 모를까…… 내전이 끝날 때까지 프란의 얼굴을 보지 못한 채 싸우다 죽을 병사들이 수두룩하겠어."

카릴은 앤섬 하워드를 향해 핀잔을 주듯 말했다.

"현재 병력 상황은?"

"……좋지 않습니다."

앤섬은 황급히 지도를 정리하면서 말했다.

"남아 있는 병력은…… 저희 쪽이 2만이고 1공작 측이 현재 6만입니다."

"2만?"

하지만 대답을 하고는 고개를 떨구고 말았다.

스스로도 부끄러운 보고였으니까.

전쟁 발발 초기만 하더라도 군사력은 비등했다.

틀리 측이 7만, 프란 측이 5만.

물론 락히엘의 배신이 있다고는 하지만 그것을 감안하더라도 3만의 병력이 소진되는 동안 적은 고작 1만의 피해밖에 입지 않았다.

"수적으로도 열세인 상황에서 오히려 사상자의 피해가 2배가 넘다니. 대부분의 전투를 패했다는 말이잖아? 이 전쟁. 승패는 이미 불 보듯 뻔할 것 같은데."

"면목이 없습니다……."

카릴은 앤섬을 바라보며 생각했다.

'뭔가 이상한데. 아무리 프란이 코브에 발이 묶여 있다고 하더라도 이 정도나 차이가 나다니…….'

프란 루레인은 고집이 센 단점이 있긴 하지만 그 역시 전장에서 제법 잔뼈가 굵은 자였다. 특히 나이에 비해 뛰어난 실력을 가지고 있기에 자신 스스로 함대를 이끌고 나가 싸우는 것을 좋아할 정도였으니 말이다. 그렇기에 무패를 자랑할 정도로 그가 참전한 전투는 빠르고 완벽하게 승리를 쟁취해 왔었다. 하지만 지금의 결과는 너무 참혹하다. 게다가 프란의 비정상적인 행동.

'이건 마치 일부러 지려고 하는 것 같은 모습이잖아.'

카릴은 고민 끝에 결론 하나를 내렸다.

'내전 뒤에 흑막이 있다.'

그는 눈을 살짝 찡그리며 앤섬을 바라봤다.

"우든 클라우드는?"

굳이 그 이유를 찾는다면 역시 그 녀석들밖에 없었으니까.

물론 프란이 우든 클라우드의 일원이라는 것을 알고 있다. 하지만 그렇다고 튤리가 우든 클라우드가 아니라는 증거는 없었다.

'이 전쟁이 단순히 공작가의 내전이 아니라 우든 클라우드에서 벌인 가지치기라면…….'

만약 그들이 프란이 아닐 튤리를 선택했다면 2공작의 일방적인 패배도 말이 안 되는 것은 아니었다.

'도대체 그 새끼들……. 정체가 뭐지?'

언제부터 존재했었는지도 알지 못하는 베일에 싸인 적들이었지만 비밀을 알아갈 때마다 놀라움의 연속이었다.

교단과의 관계도 그렇지만 공국 깊숙이 영향력을 끼치고 더 나아가 지금은 마계에까지 연관을 가지고 있었다.

'단순히 공국의 비밀 단체가 아니야. 어쩌면……. 제국에도 힘을 끼치고 있을지 모른다.'

하지만 그건 추후의 문제였다. 지금은 눈앞에 공국 내전을 끝내는 것이 급선무.

"갑자기 우든 클라우드라니요? 그게 무슨……."

앤섬은 카릴의 물음에 살짝 당황하는 표정을 지었다.

"뭐, 그건 내가 직접 프란에게 들으면 되겠지."

카릴은 가볍게 어깨를 으쓱했다.

"지금 당장 나는 코브로 가겠다. 미리 프란에게 얘기를 전하도록 해. 일단 그곳을 정리해야 놈이 움직이든 할 수 있을 테니까."

"그런데 데리고 오신 병력이 얼마나 되시는지……."

앤섬은 기대에 찬 목소리로 물었다.

선택의 여지가 없었다. 열세인 상황에서 그게 독이든 성배든 무엇이든 전황을 바꿀 수만 있다면 마실 용기가 있었다.

'어지간히 급했나 보군.'

카릴은 그런 그의 모습을 보며 옅은 미소를 지었다.

전력 차는 무려 4만. 하지만 단순한 숫자 차이를 넘어 튤리에겐 골렘과 비룡부대가 있었다.

'그래서 강철 함대에 장착되어 있는 마도 포격기를 떼어 내서 지상전에 투입한 건데…….'

오히려 그 때문에 은익 함대를 상대하는 강철 함대의 전투력이 반으로 줄어들어 락히엘과 장기전이 되어 코브는 코브대로 국경의 전쟁은 국경대로 이도 저도 아닌 상태가 되어버리고 말았다.

"필요한 만큼 데려왔어. 걱정 마."

"……네?"

카릴은 손가락을 펼치며 말했다. 앤섬은 자신을 향해 펼쳐진 세 개의 손가락을 보며 당혹스러운 표정으로 물었다.

"……삼 만?"

그의 물음에 카릴은 코웃음을 쳤다.

"아니, 세 명."

"그, 그게 무슨 말씀이십니까!! 그럼 코브에 보낼 지원군은……?"

카릴의 대답에 앤섬은 자신의 입장도 잊은 채 화가 난 듯 소리쳤다. 생사의 기로에 서 있는 그들이었다. 마치 놀림을 받는 것 같은 기분이었으니까.

"나. 그 이상 뭐가 더 필요해?"

코브(Cove) 최종 방어선. 항구의 절반 이상은 전투로 인해 이미 폐허가 되어버린 상태였다. 연신 포격이 이어지고 있었지만 은익 함대는 교묘하게 포격의 거리를 피해 신경전을 벌이고 있었다.

"함포 사격권까지 녀석들을 끌어들여야 한다!!"

"하지만……. 자칫 잘못하면 포격에 휘말려 아군의 함대가 위험할 수 있습니다."

"제길, 무기가 있어도 쓸 수 없다는 말인가. 공작 저하께서는?"

"현재 교전 중입니다. 하지만 골렘과 마도 포격기의 절반가량은 함선에서 제거한 상태라……. 아무래도 백병전을 유도하시는 듯싶습니다."

"배, 백병전?"

항만 수비대장은 부하의 보고에 인상을 구겼다.

'도대체 저하께서는 무슨 생각을 하시고 계신 건지…….'

전방에서 치열한 전투가 한창인데도 불구하고 아직까지 코브에서 발목이 잡혀 있는 상태였다. 게다가 적함의 포격을 뚫고 들어간다는 것은 강철 함대라 하더라도 크나큰 피해를 감수해야 했다.

전투의 천재라 불리던 공국의 지휘관. 하지만 지금 남아 있는 수뇌부들은 프란 루레인의 행동을 이해할 수 없었다.

"요격하라!!"

쾅-!! 콰아앙---!!

은익 함대의 지휘관은 자신들을 향해 불나방처럼 달려드는 강철 함대를 바라보며 회심의 미소를 지었다.

콰드드득……!!

함선에서 쏟아지는 포격이 강철 함대의 함선들 앞에서 실드에 의해 튕겨져 나갔다.

하지만 그것도 잠시. 2차, 3차로 이어지는 포탄까지 튕겨내지는 못한 듯 강철 함대의 정면에 소나기처럼 쏟아지는 포탄이 함대를 꿰뚫었다.

"좌표 입력 완료. 마도 포격 준비."

함장실에 있던 조타수들이 일제히 그의 명령에 커다란 기판을 작동시켰다. 알 수 없는 고대어들이 잔뜩 적힌 입체 영상들이 그들의 앞에 나타났다. 그들은 영상을 보며 검은 고글을 쓰고서 허공에다 손가락을 움직였다.

통- 통- 통-!

손가락으로 버튼을 누르자 허공에서 옅은 파동이 생기며 공기가 터지듯 물결이 일어났다.

우우우웅-!! 키이이이이잉--!!

함선 갑판에 장착되어 있는 거대한 포신이 입력된 좌표에 따라 움직였다.

공국이 자랑하는 마도 공학의 산물. 마도 포격기가 번뜩였다.

"발사!!"

함장실에 펼쳐진 영상을 바라보며 지휘관이 힘 있는 목소리로 외쳤다.

[발사!!]

그의 명령에 따라 통신구를 타고 포격실에서 들려오는 선원들의 외침.

퍼엉-!! 펑!! 펑!! 퍼어엉---!!

은익 함대에서 새하얀 연기와 함께 포격기에서 다시 한번 포탄들이 쏟아져 나왔다. 마도 시대 이후 명맥이 끊겨 버린 마도공학술은 공국의 천재 공학자인 윈켈 하르트로 인해 세상 밖으로 나올 수 있었다. 비록 1공작인 튤리의 산하에 있긴 하지만 제국조차 가지지 못한 강력한 이 힘을 부활시켰을 때 윈겔 하르트는 저 포신이 서로를 가리키는 것이 아닌 적군을 가리키길 바랐을 것이다.

"하하하하!! 불나방처럼 달라붙는 멍청한 녀석들을 보아라!! 포격기도 없는 함선을 가지고 들이대다니!"

함장은 맹렬한 포격에 부서지는 강철 함대의 모습을 보며 신이 난 듯 소리쳤다.

[크르르르르르……!!]

그때였다.

"……!?"

강철 함대의 남은 부대를 섬멸하기 위해 우회하던 은익 함대의 아래에서 파도가 요동치며 거세게 배를 흔들었다.

콰아앙……!! 콰앙……!!

선두에 있던 배가 마치 포격을 맞은 것처럼 선미에서 폭발이 일어나더니 그대로 휘청거렸다.

"뭐, 뭐야?!"

함대를 지시하던 함장이 황급히 두리번거렸다. 하지만 시야에 보이는 적군은 아무도 없었다.

당혹스럽기는 다른 사람들도 마찬가지였다. 선두라면 코브에서의 포격인가 했겠지만 갑자기 앞에서 질주하던 함선의 뒤가 부서진 것이니 어리둥절할 수밖에 없는 일이었다.

"1, 3함선 후미 손상! 신속 수리 작동 허가를 내려주시기 바랍니다."

"허가한다."

하지만 조금 전 폭음에 당혹했던 것도 잠시 지휘관은 통신 구를 잡으며 각 함선의 함장에게 알렸다.

"당장 상황을 파악하도록."

그는 낮은 한숨과 함께 평정심을 찾은 듯 말했다.

[복구 시작.]

[복구 시작.]

1, 3함선에서 들려오는 선원의 보고와 함께.

쩌적…… 쩌저적……!!

조금 전 선두에 있던 두 대의 함선의 후미에서 마치 나무의 줄기가 자라나듯 부서진 곳들이 복구되기 시작했다. 세어 들 어오는 물이 일단 막아지자 휘청거리던 함선들이 균형을 다시 찾았다.

"얼마든지 공격해 봐라. 공국의 함대 중 유일하게 세계수를 재료로 해서 만든 함선이다. 공격을 받는다 하더라도 복구가 가능하지."

지휘관은 그 모습을 바라보며 자랑스러운 듯 말했다.

"유일하게 부족했던 것이 공격력이었지만 이마저도 해결되 었으니 이제 더 이상 공국의 상징은 강철 함대가 아니라 은익 함대일 것이다."

이번 출진을 위해 코브에 남아 있던 예비 마도 포격기를 프 란은 은익 함대에 장착할 수 있도록 허가해 주었다.

하지만 전쟁이 발발하자마자 락히엘의 배신.

빠르게 코브에서 함선을 몰아 외곽에서의 지원 포격을 하겠다는 계획은 물거품이 되어버렸고 아이러니하게도 그로 인해 지상전에 쓸 마도 포격기까지 강철 함대에서 뺄 수밖에 없는 상황이었다.

"보, 보고 드리겠습니다!!"

그 순간 함장실 아래에 있던 선원이 다급한 목소리로 외쳤다. 그는 쓰고 있던 검은 고글을 벗고서 떨리는 눈으로 그를 바라봤다.

"무슨 일이지?"

"수, 수심 100m 아래 미확인물체가 포착되었습니다!! 빠른 속도로 접근 중!!"

"물 아래라니?"

지휘관은 부하의 보고에 조금 전 함선이 부서졌을 때도 보이지 않던 당혹스러운 표정으로 물었다.

"말도 안 되는 일이다! 항구에 어뢰라도 있단 말이냐!"

그제야 뭔가 이상한 것을 본능적으로 느꼈다. 조금 전 공격이 단순한 강철 함대의 특작군이 만들어 낸 것이 아님을 알았다.

"당장 확인해!!"

"강철 함대에서부터 마법 방해가 있어 불가능합니다!!"

하지만 선원들은 모두 알 수 없다는 듯 고개를 저었다.

"모든 마력을 실드로 전환한다. 다음 공격을 무슨 일이 있어도 막아!!"

지휘관은 황급히 소리쳤다.

"늦었어. 어뢰 같은 게 아니니까. 그런 게 있었으면 진즉에 썼겠지."

"······!!"

지휘관은 자신의 뒤에서 들려오는 목소리에 황급히 고개를 돌렸다.

"누, 누구냐?!"

함장실의 벽에 기대어 팔짱을 낀 채로 자신을 향해 손을 흔드는 한 소년을 바라보며 말을 잇지 못했다.

[해······ 해······!!]

그 순간, 진열 후미에 있던 2함선에서 교신이 울렸다. 통신구에서 들리는 다급한 목소리. 하지만 그마저도 너무 놀라 제대로 말이 나오지 않는 듯 2함선의 외침은 끝까지 이어지지 않았다.

콰아아아아앙---!! 콰아앙---!

갑판 위로 떨어지는 물벼락. 함장실의 창문이 순간 뿌옇게 변했다가 다시 시야가 트이자 지휘관의 본 함에 있던 사람들은 경악을 금치 못했다.

더 이상 2함선의 교신을 듣는 건 무의미했다.

"해······ 해······."

그 말과 똑같은 말을 읊기 시작하는 함장을 바라보며 소년은 그의 어깨 위에 가볍게 팔을 얹고는 말했다.

"이놈들은 다 혀가 짧나. 왜 말을 제대로 못 해? 이름이 길지도 않은데."

콰아아아앙---!!

함장실의 창문이 깨지며 거대한 촉수가 함장의 머리를 움켜쥔 채 그대로 벽으로 돌진했다.

퍼억……!!

둔탁한 소리와 함께 촉수가 닿은 벽에서 붉은 피가 터지듯 번졌다. 함장의 다리가 부르르 떨리더니 벽을 타고 축 늘어지며 바닥에 떨어졌다. 카릴은 머리가 완전히 박살이 난 함장의 시체를 바라보며 살짝 입맛을 다시듯 말했다.

"그래, 해왕(海王)이다."

그러고는 입꼬리를 올리며 그는 다시 한번 함장실에 남아 있는 선원들이 들리도록 말했다.

"뭘 해야 할지 말 안 해도 알겠지. 알아서 빨리 움직여. 죽고 싶지 않으면."

"……."

코브에 주둔하고 있던 병사들은 갑작스럽게 화염을 뿜어내며 수면 아래로 가라앉는 은익 함대를 바라보며 멍한 표정을 지었다. 그도 그럴 것이 그들을 집어삼키고 있는 우군(友軍)은 상상조차 하지 못한 존재였기 때문이었다.

"지금…… 내가 꿈을 꾸는 건가?"

"그럴 리가. 전에 트윈 아머에서 제국을 몰아낸 게 귀왕들이 라는 소문이 있었는데……. 헛소문이 아니었던 건가?"

병사들은 저마다 넋을 잃은 얼굴로 중얼거렸다.

[크아아아아……!!]

수면 위로 솟구쳐 오른 거대한 해왕의 다리들이 함대를 움 켜쥐고는 산산조각을 내기 시작했다.

함대는 연신 포격을 날렸지만 검은 연기만을 내뿜을 뿐 해 왕에게 큰 타격을 주지 못했다. 미끈한 점액으로 감싸진 녀석 의 다리는 마치 실드로 보호된 것처럼 포탄을 떨어뜨리며 골 치를 썩게 만들었던 적군을 유린하고 있었다.

와아아아아아아---!! 와아아---!!

처음에는 어안이 벙벙했던 그들이었지만 서서히 줄어드는 은익 함대의 함선을 바라보며 코브에 있던 병사들이 환호성을 질렀다.

도대체 얼마 만에 승리란 말인가.

어떻게 된 일인지는 모르겠지만 분명 한 것은 바다의 주인 이 자신들을 돕고 있다는 것이었다.

촤아아아아악……!! 촤아악……!!

마치 물벼락이 떨어지는 것처럼 항구 아래쪽의 수면이 출렁이더니 거대한 눈동자가 나타났다.

"……!!"

거대한 해왕의 머리가 수비군의 앞에 나타나자 병사들은 도망칠 엄두도 내지 못한 채 그대로 굳어버리고 말았다.

"야."

카릴은 멍한 표정으로 서 있는 수비 대장을 바라보며 말했다. 그제야 사람들은 해왕의 머리 위에 사람이 있다는 것을 알아차렸다.

'누, 누구지?!'

'설마…….'

'해왕을 조종하기라도 하는 건가?'

'믿을 수가 없군.'

사람들의 머릿속에 오만가지 생각들이 뒤엉켰다. 소드 마스터들도 고전을 금치 못한다는 해왕이었다. 그런 괴물을 사냥하는 것도 아니고 길들인다는 것은 오랜 바다를 살아온 코브의 수비군들도 들어 본 적이 없는 일이었다.

"……네?"

평상시라면 자신을 향한 무례를 용서할 리가 없었지만 수비 대장은 해왕이 내뿜는 위압감에 화를 낼 엄두조차 내지 못했다.

"지금 당장 프란 루레인을 불러와. 무슨 ×신 같은 짓을 하고 있는지 녀석의 입으로 들어야겠으니까."

카릴은 해협 쪽으로 턱짓을 하며 그에게 말했다.

"네, 네네!!"

그의 말에 수비 대장은 자신도 모르게 고개를 끄덕였다.

누구도 카릴의 말을 반박하지 못했다. 병× 같은 짓거리라는 말에 모두 동의하는 바였으니 말이다. 수비 대장의 표정을 봐도 알 수 있었다.

카릴을 바라보는 눈빛들은 갑작스러운 침입자가 아닌 자신들을 구해줄 구원자를 바라보는 눈빛이었으니까.

[크르르르······.]

흩어지는 병사들의 모습을 보며 카릴은 해왕의 머리를 툭툭 치면서 나지막하게 말했다.

"조금 기다려. 앞으로 원 없이 먹여줄 테니까."

해왕이 그의 말에 기분 좋은 듯 커다란 눈동자를 몇 번 굴리더니 서서히 수면 아래로 머리를 집어넣었다.

카릴은 녀석을 밟고 가볍게 뛰어올라 항구의 안쪽으로 내려앉고는 허리를 폈다.

'이건 이기기 위한 전투가 아니었어. 오히려 일방적으로 지기 위해 적군에 돌진하는 모습이었지.'

강철 함대의 전투는 상식적으로 말이 되지 않는 부분들이 많았다.

'일단 무슨 생각인지는 일단 들어봐야겠지.'

병사들의 표정을 봤을 때 그것이 계획된 전략이 아니라는 것은 확실했다.

"무슨 꿍꿍인지는 모르겠지만 프란 루레인. 네놈이 해놓은 것들이 나를 돋보이게 해줄 발판으로 충분하겠어."

카릴은 저 멀리 퇴각하는 강철 함대를 바라보며 피식 웃었다.

공국 영웅의 첫걸음이었다.

투웅--!!

프란 루레인은 거칠게 투구를 벗어 던지며 방으로 들어왔다. 검게 그을린 얼굴에는 여기저기 피딱지가 붙어 있었다.

"네놈이냐."

"고맙다는 말을 이상하게 하는군."

카릴은 그에게 시선도 주지 않고 말했다. 그러고는 빈 종이 위에 낙서처럼 글을 휘갈겼다. 몇 장을 그렇게 빼곡하게 펜을 잡고 아무런 관련도 없는 단어를 적어갔다.

탁-

그 순간 프란이 그의 손에서 펜을 빼앗아 부러뜨렸다.

"이 새끼……."

붉으락푸르락하는 얼굴로 그가 나지막이 으르렁거리듯 중얼거렸다. 산산조각이 난 펜을 바닥에 던지고서 말했다.

"뭐 하는 짓거리지?"

"더 잘 알 텐데."

카릴은 책상에 놓인 새 펜을 하나 잡고서는 손가락 위에 팅 기듯 돌리며 말했다.

프란의 얼굴이 구겨졌다.

"당신이 생각해도 같잖은 짓이지?"

카릴의 행동은 그가 자신을 찾아왔을 때 그에게 했던 짓과 똑같은 것이기 때문이었다.

"그보다 주위를 좀 물러주는 게 어때? 사령부에 은신하고 있는 녀석들까지 모두 말이야."

카릴은 프란을 향해 고개를 들더니 입꼬리를 올렸다.

"꼴을 보아하니 로브를 뒤집어쓰지 않아도 성격이 나오는 걸 봐서 예상대로 고귀한 공작이실 때의 모습이 연기였나 봐? 아니면 아직도 좀 조심스러워하는 게 남아 있는 게 부하들의 눈치라도 보는 건 아니겠지?"

카릴은 비밀리에 프란을 만났던 당시를 떠올리면서 말했다. 코브에 도착한 첫날 밤 항만 수비대에 찾아갔을 때 프란은 공국의 2공작이 아닌 우든 클라우드의 일원으로 카릴을 맞이했었다. 처음 존댓말을 쓰며 예의 바르던 모습은 온데간데없이 사라지고 거만하고 콧대 높은 그를 떠올릴 때마다 카릴은 헛웃음이 나올 것 같았다.

하지만 당사자인 프란은 그의 말에 얼굴이 굳어졌다.

쿵-!!

그가 쥐고 있던 검을 검집 채 바닥을 찍자 방 곳곳에 느껴졌던 기적들이 온데간데없이 사라졌다.

카릴은 만족스러운 듯 고개를 끄덕였다.

"부하들 앞에서 창피를 당할 수는 없는 일이니까. 나름 당신을 배려한 거라고. 알아?"

"헛소리하지 말고 말해. 해왕을 데리고 온 게 네놈이냐."

"너무 고마워서 정신이 오락가락 하나 본데. 하긴 믿기 어렵겠지. 해왕을 길들이는 사람이 있을 줄은 꿈에도 몰랐을 테니까. 대륙 그 어떤 테이머도 할 수 없는 일이긴 하지."

프란의 말에 카릴은 입꼬리를 내리며 마치 스스로를 칭찬을 하듯 말했다.

쾅-!!

"……."

프란이 있는 힘껏 책상을 내려치자 그 충격에 책상이 사방으로 부서지자 카릴은 허공에 팔을 든 채로 입맛을 다시더니 어깨를 으쓱했다.

"남아나는 게 없겠네."

"네놈이 무슨 짓을 한지 알고나 있는 거냐!!"

"그러는 네놈이야 수만 명의 목숨을 지금 아무렇지 않게 버리고 있는 병신 같은 짓거리를 하고 있는 걸 알긴 아나?"

카릴이 무릎에 쌓인 잔해들을 털고 일어나며 프란을 향해 한 걸음 다가갔다.

"……!!"

참고 있던 분노가 터지자 그의 전신에서 뿜어져 나오는 위압감에 프란은 일순간 숨이 턱 막히는 기분이었다.

'이게 무슨······.'

몇 년 사이에 완전히 달라진 카릴의 모습에 그는 정말 자신이 알고 있던 그가 맞는지 의심스러울 지경이었다.

그럴 수밖에 없었다. 프란이 마지막으로 카릴을 만났을 때는 라미느의 힘조차 얻지 못했을 때였으니까.

타투르가 독립 국가를 선포했다는 것은 보고 받았지만, 그때만 하더라도 크게 무게를 두지 않았다. 인간의 성장 속도는 뻔하니까.

세기의 천재라 불리는 5대 소드 마스터와 4명의 대마법사들도 약간의 차이는 있어도 비슷한 성장 곡선을 가졌으니까.

고작 몇 년. 기껏해야 상급 소드 익스퍼트나 중급 마법사의 반열에 오를 정도라고 생각했었다.

하지만 그는 몰랐을 것이다. 그의 머릿속에 이미 소드 마스터를 뛰어넘는 검술과 그 어떤 대마법사도 도달하지 못한 태초의 마법사가 만든 지식의 보고가 있었고 폭염왕과 암흑왕의 힘마저 굴복시켰다는 것을 말이다.

"지금 내가 꽤나 화가 나 있거든. 투정을 봐주는 건 여기까지야. 조금만 더 날뛰면 그땐 내 뚜껑이 열릴 것 같거든? 그러니 닥치고 내가 묻는 말에 대답이나 해."

"큭······ 크윽."

하지만 눈앞의 카릴에게서 느껴지는 기운은 전장에 잔뼈가 굵은 프란 조차 경험해 보지 못한 위압감이었다.

부르르르······.

그의 두 다리가 사시나무 떨리듯 떨렸다.

차라리 무지했다면 모른다. 하지만 오히려 그의 실력이 뛰어났기 때문에 더욱더 카릴과 그의 격차를 실감하는 것일지 모른다.

'소드 마스터······? 아냐, 숨을 쉴 수 없을 정도로 주위의 마력이 무겁게 깔린 것은 상급 마법사는 되어야 할 수 있는 일이다.'

프란의 머릿속이 혼란스러웠다. 카릴이 검을 쓴다는 것은 익히 알고 있는 사실이었기에 그가 내뿜는 마력의 농도가 짙어지자 도무지 가늠을 할 수 없었기 때문이다.

"공국의 공작이기에 무릎을 꿇리지 않은 것만으로도 감사히 여겨라."

툴썩-

카릴은 지그시 프란의 어깨를 손으로 눌렀다. 그러자 그는 반항도 하지 못한 채 그대로 의자에 앉아 마른침을 꿀꺽 삼켰다. 등이 땀으로 축축하게 젖었다.

"······."

조금 전 성난 기세는 온데간데없이 사라지고 그는 커다란 눈을 굴리며 입술을 씰룩거렸다.

"그래, 뚫린 입으로 무슨 생각으로 이런 짓을 하고 있는 것인지 변명이나 들어보지. 근데 잘 말해야 할 거야. 입이 아니라 뒤통수까지 뚫리기 싫으면 말이야."

카릴은 부서진 책상의 잔해를 발로 치우고는 창문에 기대어 팔짱을 낀 채로 말했다. 거리가 조금 떨어지자 목을 죄어 오는 듯한 압박이 약간 풀어지는 느낌에 프란이 낮은 숨을 토해냈다.

"튤리가 먼저 공습을 해온 것은 알고 있다. 락히엘의 배신도 말이야. 배후에 적을 두고 싸우는 것은 썩 유쾌한 일은 아니지만, 아직 코브에 발이 묶여 있는 게 네놈은 말이 된다고 생각해?"

자신보다 한 참 어린 카릴의 신랄한 말에도 프란은 이렇다 할 반항을 하지 못했다.

"대답 안 해?"

조금 전 카릴이 기세에 눌린 듯 멍한 표정을 짓고 있던 프란이 그의 물음에 정신이 번쩍 든 듯 앞을 바라봤다.

"튤리의 공습도 락히엘의 배신도 모두 계획된 것이었다."

"뭐……?"

예상치 못했던 대답이었다.

"이건 또 무슨 개소리지?"

카릴은 살짝 인상을 구기며 그를 향해 다시 물었다.

"지금 이 싸움이 서로 합의가 된 상태서 하는 연극이라는 말이야?"

"……비슷하다."

프란의 대답에 카릴은 기가 막힌다는 표정을 지었다.

'이상한데……. 놈은 공국 내전에서 목숨을 잃는다. 그렇기

에 패전 이후 앤섬 하워드가 비올라를 찾아가게 되는 이유이기도 하고.'

뭔가 자신이 알지 못하는 비밀이 있는 걸까.

카릴은 공국에서 일어나는 이 전쟁이 단순히 1공작과 2공자 간의 세력 다툼이 아니라는 걸 직감했다.

'설마……'

내전을 움직이는 숨겨진 배후. 머릿속을 스치고 지나가는 생각 하나에 카릴은 갑자기 머리가 지끈 아파지는 기분이 들었다.

"우든 클라우드가 시켰나?"

대답은 필요 없었다. 내색을 하진 않았지만 프란의 눈동자가 미세하게 흔들리는 것만으로도 충분했으니까.

콰득-!!

그 순간 카릴이 프란의 어깨를 움켜쥐었다.

"대답."

반응조차 할 수 없을 정도의 빠르기였다. 프란은 경악에 찬 얼굴로 그를 바라봤다.

우드득……!!

엄지손가락에 힘을 주자 단번에 그의 쇄골이 부러졌다.

"악……!! 아아악……!!"

하지만 그것도 잠시, 고통에 찬 비명소리를 토해내며 프란이 앉아 있던 의자에서 바둥거렸다. 하지만 카릴은 표정하나 변하지 않고 부서진 쇄골을 움켜쥐듯 손아귀에 힘을 주었다.

"하랬지?"

"사, 사, 살려줘……!!"

손을 풀자 그대로 의자와 함께 바닥에 쓰러진 프란이 거친 숨을 토해냈다.

"네놈들. 나오는 순간 죽는다. 그리고 이놈도 죽어."

"큭……!!"

카릴은 프란의 머리를 잡아 다시 일으키며 천장을 향해 말했다.

"주인을 살리고 싶으면 다시 꺼져."

아무런 소리도 들리지 않았지만 카릴은 순간적으로 자신을 향해 십 수명이 칼날을 노렸다는 것을 알고 있었다.

훈련이 잘된 암살자들이었지만 그렇기에 카릴은 더욱 화가 나는 것 같았다. 저런 자들을 썼다면 은익 함대와의 결말은 이미 나고도 남았을 테니까.

"그러니까 똑바로 대답해."

쇄골이 부서져 몸을 움직일 때 마다 아찔한 통증에 프란은 식은땀을 흘리면서도 연신 고개를 끄덕였다.

"우든 클라우드가 네게 제시한 조건이 뭐지? 뭘 준다고 약속을 했기에 이런 말도 안 되는 짓을 벌인 거야?"

프란은 조금 전 끔찍한 고통을 맛봤음에도 불구하고 대답을 하는 것을 머뭇거렸다.

"야."

카릴이 얼굴을 나지막하게 말했다.

"튜…… 틀리가 공국을 가지는 것으로 합의가 된 일이다. 그리고 대신 내가 우든 클라우드의 수장을 맡기로 말이지!!"

"네가? 그렇다면 그냥 공국을 합치면 되지 왜 전쟁을 일으킨 거지?"

"명분이 필요했으니까. 아무리 그녀가 1공작이라 하더라도 모두가 따르는 것은 아니었으니까. 반란의 여지를 없애야 했다. 2공작이 완전히 사라져야 나머지 세력들도 그녀를 따를 거거든."

"우든 클라우드의 수장 자리를 네게 준다는 건…… 지금 틀리가 뿌리의 우두머리라는 말인가?"

프란은 고개를 저었다.

"아니, 그녀 역시 뿌리 중 하나일 뿐이다. 하지만 가장 영향력이 있는 존재지."

카릴은 어리석은 그 모습에 웃음도 나오지 않았다.

'멍청한 녀석, 우든 클라우드라는 것이 얼마나 매력적인 것인지는 모르겠지만, 독이 든 성배를 마신 꼴이로군. 그렇게 매력 있는 위치라면 틀리가 그냥 줄 리 없잖아.'

그제야 프란 루레인의 죽음에 대한 전말을 알 수 있었다.

"전쟁은 곧 끝난다. 이건 단지 그 무대를 만들기 위함이었을 뿐이니까. 공국은 하나가 되고 제국에 맞설 만큼 거대한 힘을 가지게 될 것이다."

카릴은 그의 말에 코웃음을 쳤다.

튤리가 그에게 선사한 것은 우든 클라우드의 수장이 아닌 죽음이었던 것이다.

"무대? 지금 이걸 무대라고 했나?"

그의 목소리가 변하자 프란은 자신도 모르게 몸을 부르르 떨었다.

"네놈들은 도대체 목숨을 어떻게 생각하는 거지? 고작 그 명분이라는 걸 만들기 위해 너의 병사들을 희생시켰다고?"

카릴이 프란의 멱살을 움켜쥐었다.

"잘 봐. 너의 병사들만이 아니다. 지금 저기서 싸우고 있는 적군까지. 10만이 넘는 자들이 아무것도 모르고 죽어가고 있다."

부서진 쇄골의 아픔보다 격노하는 그의 얼굴을 바라보는 것이 더 두려워 프란은 숨조차 참았다.

"네 목숨은 아깝고 저들은 버려도 되나? 난 그렇게 생각하지 않는데."

"……뭐?"

"저들이 하찮다면 내 눈엔 너도 똑같다. 너도 당해봐. 열심히 발버둥 쳐야 할 거야. 죽고 싶지 않으면 말이지."

카릴은 차갑게 말했다.

"이제부터 내 무대를 위해 널 쓸 테니까."

►Chapter 6◄

"아, 그래?"

프란은 그 말에 코웃음을 쳤다.

그 모습에 카릴은 반대쪽 쇄골도 부숴버릴까 생각했다.

"네가 만들고자 하는 무대가 도대체 뭔데?"

"병신 같은 귀족들의 놀음에 무고한 목숨이 희생되지 않도록 전쟁을 종결시키는 것."

"무고하다, 라……. 전쟁은 정당하든 부당하든 피를 부를 수밖에 없는 일이야."

프란은 나지막하게 말했다.

"영웅이라도 되고 싶은가?"

"뭐, 일단은."

너무 솔직한 답에 프란은 자신도 모르게 헛웃음 지었다.

"그런 거라면 굳이 우리가 싸울 필요 없을 것 같은데. 애초에 우리의 거래는 공국의 내전이 끝나는 동안 제국의 눈을 돌리는 것 아니었던가? 전쟁의 승리자가 누구인가까지 자네가 관여할 일이 아니야."

"맞아. 솔직히 말하면 조금은 선의의 마음도 있었다. 락히엘의 배신을 듣고 나서 네가 우든 클라우드에게 버려졌다고 확신했거든."

"뭐……?"

"그런데 이 정도로 상황 파악을 못 하는 녀석일 줄은 몰랐거든. 자기가 버려진 개라는 것도 모른 채 자신을 따르는 자들을 버리다니 말이야."

카릴은 고개를 숙였다.

"네게 거짓된 패배를 제안한 게 레디오스란 작자 아냐?"

프란은 아무런 말을 하지 않았다.

'역시…….'

하지만 그의 반응에 카릴은 자신의 추측이 맞았다는 것을 직감했다.

"너만 알고 있는 거라고 생각하면 오산이야. 너와의 밀담 이후 녀석은 바로 우리를 찾아왔다. 그리고 이곳에서 라바트 길드를 관리하던 캄마가 그들과 접촉을 했지."

"……!!"

"내가 여기에 온 이유? 그건 너를 승리로 이끌기 위해 온 게 아냐. 우든 클라우드를 뿌리째 섬멸하기 위함이다. 덤으로 네 목숨도 구할 수 있게 됐으니 고마운 줄 알아."

카릴은 천천히 걸음을 옮겼다.

"화이트 벙커에서 온 캄마의 보고에 의하면 우든 클라우드 와 튤리 루레인이 밀접한 관계가 있을 것이라고 했다. 그건 어 느 정도 예상하고 있었던 터라 놀라울 것 없었지. 하지만 문제 는 그 이후였어."

그는 프란의 반대쪽 어깨를 가볍게 툭툭 쳤다. 프란은 본능 적으로 등골에 식은땀이 주르륵 흘렀다.

"생각해 보면 너도 우든 클라우드잖아? 어째서 우든 클라우 드끼리 전쟁을 벌일까. 그들에게 있어서 공국은 중요한 버팀목 인데 말이지."

카릴은 손가락을 세웠다.

"이유는 하나지. 잔뿌리가 너무 많은 거야. 불필요한 것을 잘라내려고."

"너…… 이런 짓을 하고도 살아 돌아갈 수 있을 거라고 생 각하는가? 지금 남의 나라에 와서 이런 짓을 하는 게 과연 용 인될 수 있는 일이라고 생각하는 거냐!"

프란은 소리쳤다. 그의 반응에 카릴은 피식 웃었다.

"아직도 우든 클라우드를 믿는 건가? 하긴 그 정도로 절대 적이니 이런 말도 안 되는 짓을 수락했겠지."

"전쟁을 바꾸겠다고? 네 녀석이 강한 것은 알고 있다. 하지만 전쟁을 혼자 할 수 있다고 생각하나 보지?"

"난 혼자 왔다고 얘기한 적 없는데."

그의 말에 프란은 살짝 당황한 표정을 지었다.

'서, 설마 녀석이 군대를 데리고 온 건가? 아냐, 그럴 리 없어. 이곳에 오려면 해협을 건너는 수밖에 없다. 전쟁을 종결시킬 만큼의 병력이라면 최소 수천에서 수만. 그 정도 규모를 데리고 왔다면 내가 모를 리 없어.'

프란은 결론을 내렸다.

'허풍이다.'

소드 마스터는 분명 강하다. 대륙에 내로라하는 5대 소드 마스터들은 분명 전장의 승패를 결정짓는 중요한 존재들이다. 하지만 조금 전 그가 말했다시피 그들은 강하지만 전쟁은 결코 혼자 하는 것이 아니었다. 인간의 몸이 분열될 수 없는 한 결국 개입할 수 있는 전장은 하나뿐이다.

게다가 전장에서 맞붙는 병력의 숫자만 최소 수천. 그 안에는 기사들도 있었고 마법사들도 있었다.

'녀석이 아무리 강하다고 하더라도 그들을 단번에 죽일 수는 없을 터.'

그는 비소를 지으며 물었다.

"그래? 그럼 어디에 있지? 이 전쟁의 판도를 네 마음대로 바꿀 병력이?"

"코브 서부 외각 튤리군이 유일하게 고전을 하고 있는 전장인 늪지대, 브라운 앤트(Brown Ant) 그리고 역전을 위한 발판, 화이트 벙커로 가는 관문 대성벽(大城壁) 요만."

카릴의 말에 프란의 얼굴이 굳어졌다. 확실히 그 두 곳은 현 상황에서 튤리군에게 타격을 줄 수 있는 활로였다.

"디곤의 여제와 대초원의 궁사가 브라운 앤트를 향하고 있고 이번 전투를 위해 내가 데리고 온 안티홈에서 키운 빙결사가 요만에 투입되었을 것이다."

"……셋? 그게 끝이란 말인가? 데리고 온 병사는?"

"없다."

프란은 그의 말에 어안이 벙벙한 표정을 짓다가 이내 곧 한쪽 입꼬리를 올렸다.

'뭐 이런 미친놈이 다 있나. 고작 세 명으로 이런 호기를 부린다고?'

물론 디곤의 여제인 밀리아나의 실력이야 익히 잘 알고 있었다. 소드 마스터인 그녀가 전장에 투입된다면 확실히 브라운 앤트전(戰)의 승패에 영향력을 끼칠 것이다.

'하지만 이미 그 전장은 결판이 났다.'

브라운 앤트는 유일하게 프란군에게 승기가 기울어지기 시작한 전장. 그러나 자신의 군대가 이기고 있음에도 불구하고 반대로 패배를 바라는 그는 이렇다 할 지원군을 더 이상 보내지 않은 상태였다.

'어차피 끝난 전장. 그들이 더 간다 한들 전쟁의 판도에 변수

가 될 수 없다.'

군이 걸리는 것이 있다면 요만으로 향한 빙결사였다. 대초원의 궁사는 이름을 알지 못해도 야만족이라는 것을 예상할 수 있지만 나머지 한 사람은 예측조차 불가능했다.

'누구지……?'

하지만 그럼에도 불구하고 프란은 대성벽이 쉽사리 뚫릴 리 없음을 자신했다.

아이러니하게도.

'그곳엔 그가 있다.'

카릴은 프란의 얼굴을 바라봤다. 마치 그가 이런 생각을 끝낼 수 있도록 기다리는 것 같았다.

"빈프레도 하구 전선에 대한 보고는 들었겠지? 거긴 내가 직접 정리를 하고 오는 길이지."

"……설마 그곳에도 네 병력이 있단 말이냐."

"아니. 내가 데리고 온 건 그 셋이 끝이다."

"큭……. 그때도 느꼈지만 진짜 보기 드문 미친놈이야. 너를 주인으로 모시는 부하들의 머릿속이 궁금할 지경이로군. 전장의 판도를 바꾸려는데 고작 세 명?"

새어 나오는 웃음. 프란은 지금 자신의 상황을 망각한 듯 카릴을 향해 비소를 날렸다.

"데리고 온 병력이 없다고 했지 공국에 병력이 없다고는 안 했는데."

"……뭐?"

카릴은 자신의 품 안에서 작은 구슬 하나를 꺼내 공중으로 가볍게 던지며 잡았다.

툭-

"……!!"

그러고는 주저앉아 있는 프란을 향해 던졌다.

데구르르르-

떨어진 구슬은 바닥에 몇 번 튕기면서 굴러 그의 앞에 멈추었다. 그 순간 프란의 얼굴은 카릴이 기대했던 대로 경악을 금치 못했다.

"이, 이건……!!"

"쇄골을 부술 때보다 지금이 좀 더 볼만한 것 같은데."

제대로 입을 다물지도 못한 채 말을 더듬는 그를 보며 카릴은 만족스러운 듯 말했다.

"너…… 너…….

그는 말을 잇지 못했다.

"이게 뭔지는 설명하지 않아도 네가 잘 알고 있겠지."

"어떻게 네가 이걸…….

프란은 떨리는 손으로 구슬을 쥐었다.

사령관 전용 통신구. 작동 중을 알리는 구슬의 끝에 작은 마법문자가 빛을 발하고 있었다.

"허가되지 않은 통신구를 가지고 들어오면 걸리겠지. 하지

만 알지? 이건 너희 군에서 쓰는 거야. 당연하겠지만 색적 마
법도 통과할 수 있지."

"……."

"여기서 질문. 이걸 그럼 어디서 가져왔을까?"

카릴은 미소를 띠었다.

"서, 설마……."

"뭐, 이건 군이 대답 안 해도 뼈를 부러뜨리진 않을게. 이미
얼굴로 답을 하고 있는 것 같으니 말이야."

프란의 입술이 파르르 떨렸다. 그제야 그는 뭔가 잘못되었
다는 것을 깨달았다.

"앤섬."

카릴은 나지막하게 이름을 불렀다.

"지금까지 잘 들었지?"

대답은 없었지만 통신구에 반짝이는 불빛이 대신 말을 해
주는 것 같았다.

"어째서……."

"하구 방어선을 지켜 수천 명의 목숨을 살린 값치곤 고작
통신구 하나인데 뭐."

카릴은 떨어진 구슬을 프란의 얼굴 옆으로 가져갔다.

마치 두 사람에게 모두 얘기를 하는 것처럼.

"배신이라고 생각하나? 글쎄, 내 생각엔 녀석도 막연한 주군
에 대한 믿음보다 죽어가는 자신의 병사들을 내버려 두는 머

저리 주인의 머릿속이 궁금했던 거겠지."

"이…… 이 새끼!!"

프란은 황급히 카릴이 들고 있던 통신구를 빼앗으려 했다. 하지만 팔을 드는 순간 부서진 쇄골에서 느껴지는 격심한 통증에 그대로 앞으로 고꾸라지고 말았다.

파슥—!!

그 순간 바닥을 구르는 프란을 보며 카릴은 통신구를 발로 밟아 부숴 버렸다. 더 이상 앤섬이 자신들의 말을 들을 수 없도록.

"진정해. 우리끼리 싸울 필요가 있나. 이제 전선을 함께할 동료인데."

"……뭐?"

"너는 공국 내전에서 승리하게 될 거야. 공국의 영웅이 되는 거지. 어때, 기쁘지 않나?"

"그, 그게 무슨……."

"내가 너를 돕겠다. 앤섬이 남은 병력을 추스르고 있을 거야. 빈프레도 강에서부터 북상해서 화이트 벙커까지 진격하며 각각의 전장을 정리한다."

카릴은 나지막한 목소리로 속삭였다.

"방어선의 병력만으로 그게 가능할 것 같나?"

"무슨 소리야? 코브에 있는 네 병력까지 모두 합류해야지. 그리고 더 이상 해전은 없을 테니 함대에 장착되어 있는 남은 마도 포격기를 떼는 작업을 오늘부터 시작할 거고."

"웃기는 소리. 네가 해왕을 끌고 싸운다 하더라도 함대의 지원 없이 은익들을 모두 괴멸시키는 건 불가능해. 그런데 함대의 포격기를 제거하는 작업을 지금 당장 한다고?"

"맞아."

프란은 아무렇지 않게 고개를 끄덕이는 그의 대답에 할 말을 잃고 말았다.

콰아아아아아앙---!! 콰가강---!

그때 엄청난 폭음과 함께 두 사람이 있던 건물의 유리창이 와장창 깨져 나가며 마치 소나기가 쏟아지는 것처럼 두 사람의 머리 위로 가루가 흩날렸다.

"……?!"

프란은 황급히 고개를 돌렸다.

"이제 도착했나 보군. 아무래도 녀석이 짠 내 나는 바다를 건너는 걸 싫어해서 말이야."

카릴의 말을 들으며 그는 창문 밖으로 불타는 은익 함대를 바라봤다. 조금 전까지만 하더라도 코브를 포위하고 있었던 적군이 재가 되어 수면 아래로 가라앉고 있었다.

"트윈 아머에 대한 얘기 못 들었어? 해왕을 봤으면 눈치채야지."

[크르르르르르르르---!!]

[카아아아악---!!]

그의 말에 대답이라도 하는 듯 거대한 다리로 함선을 움켜

쥔 크라켄의 옆에 날카로운 이빨로 갑판을 물어뜯는 서펀트가 보였다.

"수…… 수…… 수왕."

포나인 강의 주인이라 불리는 거대한 괴수는 지금까지 단한 번도 강에서 벗어난 적이 없었다. 그렇기 때문에 해협 반대쪽에 있는 공국인들에게 그 존재는 생소할 수밖에 없었다. 당연하게도 지금까지 역사상 모든 전술에 있어서 두 괴물을 염두에 두고 싸워본 적이 없었다.

"생각보다 함선들의 침몰 속도가 빠르군. 역시 강철 함대에 비하면 조무래기야. 안 그래?"

카릴은 멍한 얼굴을 한 그를 향해 말했다.

"내일이 지나면 싸울 상대가 없어져 버리겠는데. 이제 어쩌지? 코브에 남아 있고 싶어도 할 게 없으니 남아 있지 못할 텐데 말이야."

그런 그를 바라보며 카릴은 피식 웃었다.

"네가 본격적인 공격의 선두에 나선다면 병사들의 사기가 올라갈 거야. 얼마나 기쁘겠어? 기다렸던 지휘관의 귀환인데 말이지."

우우우웅…….

카릴의 손에서 옅은 마력이 흘러나왔다.

치유 마법의 따뜻한 온기가 프란의 몸에 흘러들어 오자 산산조각이 났던 쇄골이 천천히 새로 붙기 시작했다.

"……."

여기저기 깨진 유리 조각에 난 상처까지 완전히 낫자 프란은 예의 그 매끈한 얼굴로 돌아왔지만 눈빛은 힘을 잃은 지 오래였다. 그런 그를 향해 카릴은 말했다.

"너는 그냥 서 있기만 해. 그럼 내가 승리를 가져다줄 테니까. 네가 원하든 원치 않든 간에 말이지."

와아아아아아아……!! 와아아아아……!!

함성 소리가 들렸다. 코브의 병사들은 오랜 시간 동안 이끌었던 전투가 승리로 끝나자 저마다 무구와 갑옷을 벗어 던지며 소리쳤다.

공작관의 가장 높은 층의 테라스에 올라선 프란이 그들을 향해 손을 흔들었다. 하지만 승리의 기쁨과 달리 그의 표정은 어쩐지 굳어 있었다.

툭-

옆구리에 느껴지는 시큰한 통증에 프란이 고개를 돌렸다.

'좀 웃지?'

그의 옆에 서 있는 카릴이 입 모양으로 말했다.

사령관들은 자신들을 제치고 프란의 옆에 서 있는 그의 정체가 궁금했지만 누구도 이렇다 할 의문을 제시하지 못했다. 코브전을 승리로 이끈 주역이 바로 그였으니까.

[크르르르르……]

[크르르……]

해왕과 수왕이 주위에 떠다니는 은익 함대의 파편 중 쓸 만한 부품들을 물어 나르고 있었다. 저 거대한 괴수가 카릴의 명령에 움직이는 것을 확인한 프란은 더 이상 반항을 할 엄두조차 내지 못했다.

"웃으라니까? 다들 즐거워하잖아. 걱정 마. 앤섬이 설마 널 죽이기야 하겠어. 그래도 녀석은 네게 충성하고 있는데."

빠득-

억지웃음을 지으며 손을 흔들던 프란은 몸을 돌려 자신의 방으로 돌아왔다.

쾅……!!

신경질적으로 창문을 닫으며 그는 숨겼던 표정을 드러내며 카릴에게 말했다.

"……이제 어떻게 할 생각이냐."

"어떻게 하긴 화이트 벙커로 진격해야지. 코브의 승전보를 전역에 알리면 병사들의 사기도 올라갈 거야."

카릴은 탁자 위에 걸터앉으며 말했다.

"브라운 앤트와 요만에 병력을 보냈다고 했지? 그쪽을 갈 생각인가."

"앤섬이 있는 곳으로는 죽어도 가고 싶지 않아 하는 눈치네. 걱정 마. 거긴 안 갈 거니까. 뭐…… 나중엔 가고 싶다고 울지도 모르겠지만. 그리고 브라운 앤트와 요만에도 안 갈 거고. 내가 병력을 보냈다는 것은 그걸로 그 두 곳을 신경 쓰지 않겠다는 말이니까."

"……하? 디곤의 여제는 그렇다 쳐도 가네스가 있는 요만을 공략할 수 있을 거라고 생각하는 거냐. 그는 공국의 간판이다. 크웰 맥거번이라도 쉽게 이길 수 없어."

프란은 살짝 인상을 찡그렸다.

"알아. 하지만 그건 걱정할 일이 아니야. 네가 해야 할 일은 앞으로 우리가 가야 할 전장을 승리로 이끄는 거지."

카릴은 그의 말을 단번에 일축 시키며 지도를 펼쳤다.

"어디로…… 갈 생각이지?"

"이곳이다."

그의 질문에 카릴은 한 치의 망설임도 없이 지도 위의 한 곳을 가리켰다.

"여긴……?"

지도 위 그가 가리킨 곳. 프란은 이해할 수 없다는 듯 카릴을 바라봤다.

"화이트 벙커로 가기 위해서는 네 가지의 길이 있다."

"네, 네 가지?"

그의 말에 프란은 살짝 당황한 듯 되물었다.

"가장 빠르지만 가장 험난한 대성벽을 넘는 것. 하지만 역사상 지금까지 요만이 무너진 적이 없던 것처럼 이건 쉬운 일이 아니다."

"하지만 너는 그곳으로 네 사람을 보냈지. 요만을 무너뜨릴 자신이 있다는 뜻인가?"

"글쎄."

카릴은 모호한 대답을 했다.

"두 번째는 가장 정석. 빈프레도 하구에서부터 강을 따라 올라가는 것. 여긴 앤섬 하워드가 있지."

확실히 그의 말대로였다. 기본적으로 공국 안에서의 전투는 빈프레도 하구를 장악하느냐 못하느냐에 따라서 승패가 갈라진다 볼 수 있었다. 그렇기 때문에 무슨 수를 써서라도 하구의 방어선을 지키려 했던 것이다.

물론 카릴이 나타나지 않았더라면 방어선이 깨져 프란이 원하는 대로 단숨에 승패가 갈라졌겠지만 말이다.

'제길……. 며칠만 더 있었어도.'

그렇게 생각하자 프란은 더더욱 속이 쓰린 기분이었다. 하지만 정작 그 방어선이 무너지기라도 했다면 자신의 목도 함께 떨어졌을 것이란 걸 그는 알지 못했다.

"세 번째 방법은 늪지대인 브라운 앤트다."

카릴의 말에 찡그렸던 표정을 풀며 지도를 바라봤다.

"여긴 확실히 승기를 잡은 전장이지만 전체적인 국면에서는 큰 의미를 가지지 않는다. 늪지대는 거점으로 쓰기도 힘들고 그렇다고 튤리 군의 주요 병력이 주둔 하고 있는 것도 아니라 큰 타격이 없어."

"브라운 앤트 하나만 두고 본다면 그렇겠지. 늪지대가 가지는 의미는 단순히 이 자체가 아니라 이 뒤에 있는 두 개의 봉우리에 있다."

카릴은 늪지대 뒤로 손을 옮겼다.

"늪지대를 막는다면 또 다른 전략 요충지인 쌍 봉우리, 프라우 햇(Frau Hat)의 보급을 끊을 수 있다. 굳이 거점을 삼을 필요도 없어. 그저 적군이 늪지대를 사수하지 못하게만 하면 돼."

"바…… 바보 같은 소리!! 너야말로 보급에 관해서는 오히려 반대가 될 가능성이 높다는 걸 생각해 보지 않았는가? 늪지대에서 보급대의 이동 속도는 현저하게 떨어진다. 오히려 브라운 앤트에 있는 아군이 고립될 가능성이 있다고!"

프란은 카릴에게 소리쳤다.

스윽—

그가 팔을 들어 올리자 프란은 자신도 모르게 움찔거렸다.

"너는 내가 여기로 보낸 사람이 누군지 잊었나 보군. 그녀라면 걱정하지 않아도 된다. 보급과 상관없이 브라운 앤트를 지킬 테니까."

용의 여왕, 밀리아나. 카릴의 말에 프란은 그제야 수긍을 한 듯 황급히 고개를 내려 지도를 바라봤다.

"그렇다면…… 네가 생각한 건 세 곳에서의 동시 타격이겠군. 확실히 가능성이 있는 방법이야."

프란은 이제야 카릴이 그 두 곳에 병력을 보낸 이유를 알 것 같았다.

"하지만 요만과 브라운 앤트는 미끼다. 직접 타격을 줄 수 있는 곳은 역시 빈프레도 강일 테니까. 두 곳에 강자를 보내 공격함으로써 적의 시선을 분산시키고 병력이 집중되어 있는 앤섬의 군대로 진격한다는 게 네 전략이지. 안 그래?"

카릴은 자신만만하게 지도 위에 놓여 있는 말들을 어지럽게 움직이며 말했다.

"확실히 고작 세 명으로도 전황을 바꿀 수 있을 만한 계책이야. 어차피 미끼로 쓸 녀석들이니까."

"그 정도 머리니까 틀리에게 이용당하는 거다. 그새 잊었나? 나는 분명 네 가지 방법이 있다고 했는데."

"……뭐?"

"미끼로 쓰는 건 맞다. 브라운 앤트와 요만에게 적의 시선을 분산시키는 것도. 하지만 빈프레도에 있는 너의 군대로 승리를 쟁취하지 않아. 나는 네 녀석들에게 영광의 순간을 줄 생각은 추호도 없어."

"그게 무슨……."

카릴은 프란을 바라보며 지도 위에 있는 빈프레도 하구에 표시되어 있는 앤섬 군의 말을 툭 하고 밀었다.

"내게 있어서 가장 중요한 미끼가 바로 너희들인데. 너희들은 지금처럼 적의 이목을 집중시켜야 한다."

달그락-

넘어진 말이 탁자에서 떨어져 바닥에 굴렀다. 프란은 그것을 보며 자신도 모르게 불안감이 엄습했다.

"어째서 제국과 공국 사이의 흐르는 저 바다를 해협이라 부르지?"

"그거야 당연히……. 저 바다가 제국과 공국 사이에 놓여 있기 때문이지 않느냐."

"그게 문제야. 너희는 꼭 이 바다를 너희들의 것만으로 생각하지. 이 땅엔 너희들만 사는 게 아니다. 해협의 끝. 아니, 정확히는 대륙 최북부에 뭐가 있지?"

프란의 눈동자가 흔들렸다.

"한 가지 잊은 게 있을 텐데. 해협은 확실히 굉장히 넓어 거대한 함선이 아니면 통과하기 어렵다. 게다가 해왕의 거처라 할 수 있는 거요의 군도 때문에 더욱 그렇지."

카릴이 지도 위로 천천히 손을 옮겼다.

"남부로 내려가면 완벽한 해양으로 그 바다가 끝을 알 수 없을 정도로 광활해지지만 해협의 북부로 올라가면 상황이 다르다. 점차 수로가 좁아지기 시작하지."

"……."

"제국이 북부를 통해 공국을 치게 된다면 네가 자랑하는 강철 함대도 무용지물이 된다. 굳이 해전을 거치지 않아도 되니까. 뿐만 아니라 북부를 넘어온다면 화이트 벙커의 뒤를 칠 수 있게 된다."

스윽-

카릴의 손이 움직였다.

튤리의 공작령인 화이트 벙커의 뒤에는 기껏해야 화룡의 거처와 여명회의 거점인 상아탑이 있을 뿐이었다. 현재 대부분의 방위군을 빈프레도 강에 집결시켜 놓은 상태. 화이트 벙커의 후미는 텅 비었다고 해도 과언이 아니었다. 비단 이번 전투가 아니더라도 애초에 후방의 방위는 전방에 비해 집중도가 떨어졌다. 그도 그럴 것이 북부를 통해 공격을 할 적이 없다고 생각했기 때문이다.

수백 년간 그 안일한 생각은 바뀌지 않았고 언제라고 할 것 없이 이제는 당연하게 여기는 사실이 되어버렸다.

탁-

카릴이 지도의 한 곳을 가리켰다. 대성벽 요만이 화이트 벙커의 정문이라 한다면 그 반대편 뒷문이라 할 수 있는 거대한 요새. 바로 문 에테르.

프란의 눈동자가 흔들렸다.

"너희는 공국의 운명을 가를 수 있는 최약점을 가지고 있음에도 그 누구도 신경도 쓰지 않았지. 왜냐?"

그의 말에 프란의 안색이 파랗게 질리기 시작했다.

"언제나 북부를 호시탐탐 노릴 줄만 알지 네놈들은 한 번도 그들이 너희를 칠 것이라는 생각을 하지 않았다. 지금까지 단 한 번도 그들이 남하한 적이 없으니까."

그는 카릴의 말에 나지막하게 중얼거렸다. '그들'이라고 말하는 북부의 위험요소는 단 하나였기 때문이었다.

"이민족……."

지금까지 누구도 상상하지 못한 일이다.

"안일하게 생각했지. 시도 때도 없이 너희는 북부를 괴롭혔지만 그럼에도 이민족들은 단 한 번도 먼저 너희를 도발한 적 없었다."

그렇기 때문에 더더욱 당연하게 생각해 버렸다. 제국과 공국 모두 그저 이민족을 언제나 토벌할 수 있는 마력조차 받지 못한 야만인들에 불과하다고 말이다.

"지, 지금 네 말은 북부 이민족들로 공국의 뒤를 치겠다는 말이더냐!!"

"맞아."

카릴은 프란의 외침에도 담담한 얼굴로 대답했다.

"브라운 앤트와 요만 그리고 빈프레도 하구."

카릴은 지도 위에 깔린 점들을 찍어 누르듯 가리키며 말했다.

"그뿐만이 아니지. 지금 벌어지는 모든 전장이 내게는 그저 미끼에 불과하다. 그러니 네놈들은 발에 땀 나도록 죽어라 뛰어야 한다는 말이야. 튤리가 자신의 뒷덜미에 비수가 다가오고 있는 것도 모르게 말이지."

그는 입꼬리를 올리며 말했다. 사악해 보이기까지 하는 그 미소에 프란은 뭐라 할 말을 잃은 듯 카릴을 바라봤다.

"이…… 미친놈!! 어디서 감히 더러운 이민족 따위를 공국

안으로 발 딛게 할 생……!"

프란의 외침이 멈추었다. 연신 시끄럽게 떠들어 대던 녀석의 입을 카릴이 손으로 틀어막았기 때문이었다.

"웁…… 우웁……!!"

그의 반응에 카릴은 즐거운 듯 의미심장하게 웃었다.

"더럽다니. 그렇게 말하면 섭섭한데. 내가 가져다줄 승리에는 너도 함께 있을 텐데. 그리고 당당하게 네 뒤에 북부의 이민족들이 서 있겠지. 그 모습을 만천하에 알리게 될 거다."

"……뭐?"

"누구보다 공국 역사에 네 이름을 깊게 새겨 넣을 등장을 만들어줄 테니까. 그리고 너로 인해 우리들의 이름 역시 마찬가지로 말이지."

프란의 얼굴이 일그러졌다.

"기대해도 좋다."

"이, 이익……!!"

쩌드득-

카릴이 지그시 화이트 벙커의 틀리 군을 가리키는 말의 머리를 손가락으로 눌렀다.

파직……! 콰악!!

힘을 이기지 못하고 말머리는 그대로 산산조각이 나며 부서졌다. 카릴의 위압감은 프란을 주눅 들게 하기 충분했다.

"……무슨 방법으로? 아무리 수로가 좁아진다 한들 바다는 바다다. 배를 통해 건넌다면 이동 시간 때문에 제시간에 맞출 수 없을 텐데?"

프란은 욱신거리는 턱을 만지며 그에게 말했다.

"걱정 마라. 이민족은 배를 타지 않고 바다를 건널 테니까."

"……뭐?"

알 수 없는 카릴의 말에 프란은 이해가 가지 않는다는 듯 그를 바라봤지만 도무지 그의 꿍꿍이를 알 수가 없었다.

와아아아아아아---!!

와아아아---!!

"궁금하면 네 눈으로 직접 보거라."

코브의 항구에서 여전히 승리의 함성을 외치는 병사들을 바라보며 그는 입꼬리를 올렸다.

"자, 출진이다. 프란 루레인."

"보고드립니다!!"

지금까지와는 달리 갑자기 연이어 속보들이 화이트 벙커의 전략실 안에 울려 퍼지기 시작했다.

"금일 오후 브라운 앤트에 주둔하고 있던 코트블 남작이 프란 군과 교전. 프라우 햇 아래 협곡으로 후퇴! 프라운 햇의 상비 주둔군에 지원을 요청한 상태입니다. 적군 약 3천이 코트블 남작과 대치 중이라 하옵니다!!"

하지만 튤리 루레인은 패전 소식을 들음에도 표정 하나 변하지 않고 낮은 한숨을 내쉬었다.

"결국 패배했나. 뭐, 완전히 밀린 것은 아니지만 전황이 썩 좋진 않았으니까. 자네 생각은 어때? 프라우 햇의 주둔 병력을 내려보내 그를 지원하는 것이 나을까?"

그녀는 자신의 옆에 서 있는 남자를 바라보며 말했다.

"예상했던 일이긴 하지만 말이야. 능력이 없는 녀석은 미리 내쳤어야 했는데. 승리로 도배가 되어야 할 나의 전쟁에 유일한 패배의 전장이란 오명을 남기겠어."

"코트블 남작의 선대인 드보르 경은 공국의 충신입니다. 비록 후대가 무능력하더라도 그를 기억하는 자들이 많으니 그를 배제할 수는 없는 법이지요."

남자는 쓴웃음을 지으며 그녀에게 말했다.

"어차피 브라운 앤트는 패배를 상정하고 배치한 전장입니다. 그 뒤에 있는 쌍 봉우리인 프라우 햇이 진짜 방어선이니 크게 걱정하지 않으셔도 됩니다."

"흐음."

튤리 루레인의 옆에 서 있는 남자. 우락부락한 건장한 체구에 각이 진 얼굴. 뒤로 질끈 묶은 머리는 마치 야자수처럼 퍼져 있었는데 책사가 가지는 이미지와 달리 오히려 대장군의 느낌이 더 강했다.

실제로 그는 단순히 책상머리에 앉아만 있던 사람이 아닌 과거 공국 총사령관의 직위를 가졌던 기사이기도 했다.

그의 이름은 콕스 바틀러. 공국의 지리를 이 남자보다 더 잘 아는 사람은 없다 해도 과언이 아니었으니 왕좌지재라 평가받는 앤섬 하워드가 전장에서 밀리고 있는 것도 그의 영향이 컸다.

"하지만 브라운 앤트의 패배보다 의외인 것은 프란이 공세를 취했다는 것입니다."

"그 역시 입장이 있으니 코브에서 계속 은익 함대에 발이 묶여 있을 순 없는 노릇이겠지."

"보고에 의하면 해왕과 수왕의 개입이 있었던 것으로 보입니다."

콕스의 말에 튤리의 얼굴이 살짝 굳어졌다.

"제국의 남부 원정을 가로막았던 것도 그 괴물들이지 않았나? 정말…… 이번 내전이 끝나면 가장 먼저 그놈들은 모두 처리해 버리겠어."

"하나…… 조금 걸리는 것이 있습니다. 수왕이 해협을 건너서까지 코브에 온 것도 그렇지만 제국 때도 그렇고 절묘한 순간 개입한 것이 어쩐지 단순한 문제가 아닌 듯싶습니다."

"설마 자네는 그 괴물들이 누군가의 명령이라도 받았다고 생각하는 거야? 대륙 역사 속에서 수많은 왕국이 그들을 다루려 했었지만 실패했지. 솔직히 놈들을 사냥하는 것은 문제가 되지 않아. 지금껏 놔둔 건 그 욕심 때문이었을 뿐."

9클래스 신의 미스틸 10

툴리 루레인은 콕스의 말에 코웃음을 쳤다.

"하지만 나는 다르게 생각한다. 욕심을 부리다가 오히려 많은 피해를 입을 뿐이라면 없느니만 못하지."

"지당하신 말씀이십니다."

그는 대답하며 조심스럽게 물었다.

"혹여 프란 경이 저하의 제안을 거절한 것은 아니겠지요. 그에게 앤섬 하워드란 책사가 있다는 것이 걸립니다."

하지만 툴리는 그 말에 피식 웃었다.

"아무리 뛰어난 자라도 전쟁은 혼자서 하는 게 아냐. 이 날을 위해 우리가 평민인 그를 코브 해군 사령관에 앉힌 거잖아. 안 그래?"

과거 200년 전. 해협의 여러 섬을 통치했던 제도왕(諸島王)이라 불렸던 넬슨 하워드의 후손인 앤섬 하워드는 공국의 귀족이 아니었다. 통치했던 섬들은 공국에 의해 함락됐고 패배한 왕들이 그러하듯 하워드가(家) 역시 추방되어 평민으로 전락했다. 그런 앤섬을 등용한 것은 아이러니하게도 툴리 루레인이었다.

"애초에 프란과 앤섬의 사이는 좋지 않았어. 제도왕의 섬들이 공국령이 된 이후 많은 섬의 주민들이 공국에 살고 있다. 평민으로 전락하긴 했지만 왕가(王家) 출신인 앤섬은 프란이 아니라 그들을 위해 직위를 받아들였지."

"그렇기 때문에 프란이 저희와의 거래를 앤섬에게 이야기하지 않은 것이지요. 불필요한 전쟁으로 많은 피가 흐르게 될 테니까요."

튤리는 고개를 끄덕였다.

"그런 그가 이런 상황에서 뭘 할 수 있겠어? 프란이 지원해 주지 않고 있는데 말이지. 좋은 기회야. 이참에 명령불복종이란 죄목으로 앤섬 하워드 역시 처리해 버리면 되니까."

"옳으신 말씀이십니다. 하나 분명 프란이 코브에서 나오지 않는다면 제아무리 그라도 화이트 벙커를 칠 수 없을 터지만……."

튤리의 자신감 넘치는 모습과 달리 콕스는 여전히 지도 위에 한 곳을 바라보며 살짝 걱정스러운 목소리로 말했다.

빈프레도 강 하구의 방어선이었다.

"자네는 아무래도 비룡 3부대의 전멸한 일을 염두에 두고 있는 것 같군. 안 그래?"

"맞습니다. 그가 북상하게 된다면 저희로서는 골치가 아파질 겁니다."

그녀는 고개를 끄덕였다.

"만약 빈프레도 전을 승리로 이끈 자가 앤섬 하워드가 아닌 누군가의 개입이라면 정체부터 확인해야 할 겁니다."

"너무 걱정 말게. 프란 녀석이 우든 클라우드의 제안을 거절할 리는 없어. 하지만 완벽한 승리를 위해서 우리도 보여 줄 수 있는 최선을 다해야겠지."

"물론입니다."

"승부처는 중앙에 흐르는 빈프레도 강이 될 것이다. 남은 비룡부대를 그곳에 집결시켜 단숨에 전황을 우리 쪽으로 돌린다."

"하오나 비룡 1부대를 보내게 되면 왕궁에 남아 있는 수비군의 전력이 급격히 저하될 것입니다."

"무엇이 걱정이지?"

튤리는 콕스를 바라봤다.

"적이 어디로 온단 말인가. 동쪽의 대성벽은 지금까지 뚫린적이 없고 화이트 벙커의 북부는 300년 역사 동안 단 한 번도적의 습격을 받은 적이 없어."

그러고는 자신 있게 웃었다.

"그 자랑스러움은 앞으로도 계속될 거다."

"화이트 벙커의 예비 병력이 성문을 열고 이동 중임이 확인되었습니다. 병력의 방향은 빈프레도 강입니다."

"브라운 앤트는?"

"주둔하고 있던 튤리 군이 후퇴하여 프라우 햇의 상비군과합세하여 현재 협곡 아래에서 대치 중이라고 합니다."

카릴은 병사의 보고에 만족스러운 듯 표정을 지었다.

'밀리아나가 먼저 움직였군. 하긴, 가장 쉬운 전장에 두었으니 근질근질하지 않을 수 없겠지.'

미끼이되 미끼가 아닌 것. 카릴이 누구보다 승부욕이 강한 두 사람을 데리고 온 이유도 바로 이 때문이었다.

오히려 수안이나 다른 사람들이었다면 자신이 미끼가 되라 명을 받는다면 기꺼이 카릴의 명을 따르는 것에 그칠 것이다. 하지만 이 둘이기 때문에 적까지 완벽하게 속일 수 있는 것이다.

"요만은?"

"아직 대치 상태입니다. 이렇다 할 전투는 일어나지 않았습니다만……."

"다만?"

"대성벽 주위를 며칠 째 훑으며 뭔가를 확인하는 듯한 모습이라고만 보고 받았습니다. 아군에게도 그 이상 말을 하지 않으셨습니다."

프란은 병사의 말에 살짝 인상을 찡그렸다.

"그저 미끼일 뿐인데 쓸데없이 노력하는군. 요만이 무너진다는 것은 있을 수 없는 일인데 말이야. 아니면 저 이상한 행동도 튤리의 눈을 속이기 위한 네 지시인가?"

"아니, 하지만 모르지. 세상에 절대라는 것은 없으니까. 정말로 요만이 무너지는 것을 볼 수 있을지 누가 알아?"

그렇게 말하긴 했지만 카릴조차 세리카의 의중을 쉽사리 파악할 수 없었다.

'과연 그녀가 가네스를 넘을 수 있을지는 솔직히 나도 궁금하다. 솔직히 현재의 전력으로는 그녀가 소드 마스터인 그를

이기긴 힘들지.'

카릴이 전생에 유일하게 붙어본 소드 마스터가 바로 가네스였다.

또한 신탁의 10인 중 한 명인 세리카의 실력도 알고 있었기에 그의 평가는 정확했다.

그럼에도 불구하고 그가 세리카를 요만에 보낸 이유는 전쟁이 단순히 개인의 전투력만으로 결정되는 것이 아니기 때문이었다.

'지금껏 보낸 사람들 중에 유일하게 결과를 예측할 수 없는 전장이야.'

에이단과 미하일 곧 선혈 동굴에 가게 될 수안까지. 카릴은 은밀하게 자신의 수하들의 성장을 위한 발판을 마련해 주었다.

하지만 세리카의 무대는 조금 특수했다.

'네 재능은 개인이 아닌 다수가 얽힌 전장에서 더욱 빛을 발하니까.'

카릴은 그저 짧은 보고만으로는 세리카의 생각을 읽을 수 없었지만 지켜봐야겠다고 결정을 내렸다.

"보고 드립니다!! 전방에 다수의 병력 포착!!"

또 다른 척후병이 황급히 달려와 소리치며 그들의 앞에 무릎 꿇었다.

"드디어 왔나."

카릴은 이제야 기다렸던 소식이 왔음에 낮은 한숨을 내쉬었다. 그러고는 천천히 고개를 들었다. 저 멀리서 먼지를 일으키며 달려오는 말발굽 소리는 무척이나 반가운 것이었다.

"기다렸다, 하시르."

카릴의 말이 끝남과 동시에 그의 등 뒤에 나타난 한 사람.

얼굴을 가리고 망토를 두른 남자의 등장에 기사들은 저마다 황급히 검을 잡았다.

"늦어."

"죄송합니다. 몇몇 부족의 거절 때문에 시간이 조금 더 지체되었습니다."

"아그넬의 검집을 보고도?"

하시르는 한쪽 무릎을 꿇고 타투르를 떠나기 전 카릴에게 받았던 아그넬을 그에게 되돌려주었다.

프란은 낡은 단검을 마치 귀한 보물처럼 다루는 그의 모습에 의아했지만 자신의 궁금함을 물어볼 상황이 아니라는 것쯤은 알았다.

"주군께서 아직 대전사의 칭호를 받지 아니했기에 인정할수 없다는 장로들의 전언입니다."

"늙은이들은 여전히 고집불통이로군……. 그 대전사의 위용을 이곳에서 증명하리라 했는데도 말이지."

"장로들의 전언입니다. 대전사는 오직 북부에서만 탄생하는 것이니 자신을 증명하기 위해서라면 북부를 찾아오라 하였습니다."

하시르의 말에 카릴은 피식 웃었다.

"이번엔 내가 그들에게 나를 증명해야 할 때란 말이지. 좋다.

언제든 사양하지 않을 터이니 곧 그들을 만날 것이라 전하라."

"알겠습니다."

"그럼 이번에 움직인 병력은 전과 동일한가?"

카릴의 물음에 하시르는 말했다.

"잔나비, 호표, 붉은 달, 늑여우 네 부족이 주군의 명을 따라 남하하였습니다."

어느 정도 예상한 전력인 듯 카릴은 고개를 끄덕였다. 그도 그럴 것이 하시르가 말한 네 부족은 이민족들 중에서도 젊은 족장을 가진 부족들이었기 때문이었다.

"그리고……."

하시르는 잠시 말을 멈추었다가 말했다.

"검은 눈 일족이 참전하였습니다."

그의 보고에 카릴의 눈이 살짝 떨렸다.

"그들은 이단섬멸령에 멸족한 것이 아니었던가?"

"살아남은 자들이 있었습니다. 주군께서 대전사셨던 칼리악의 검을 가지고 계신 것을 듣고 만나 뵙길 청했습니다."

"……."

입술이 바짝 마르는 기분이었다.

'누굴까.'

사라진 줄 알았던 일족의 생존자가 있다는 것은 전생에도 몰랐던 사실이었다. 카릴은 자신을 찾아온 자들이 궁금했지만 그의 위치에서 쉽사리 그들의 요구를 들어줄 순 없었다. 그는 여전히 무미건조한 목소리로 자신의 속내를 감추며 말했다.

"아무것도 하지 않고 나의 시간을 얻을 순 없다. 그들에게 일러라. 무훈을 세운다면 그때 기회를 주겠노라고."

"명심하겠습니다."

카릴은 고개를 돌렸다.

"이미 너희를 위한 다리는 만들어져 있으니."

그의 말대로였다. 지금까지 그들이 서 있는 곳은 바다 한가운데였다.

"오는군."

카릴은 점차 가까워지는 이민족들을 바라보며 낮은 목소리로 말했다. 선두에서 말을 모는 낯익은 얼굴이 눈에 들어왔다.

"이게 어떻게……."

잔나비 부족의 붉은 갈기, 릴리아나였다. 그녀는 카릴이 서 있는 곳을 바라보며 넋을 잃은 표정으로 중얼거렸다.

끼릭…… 끼릭…….

크드드득.

단단한 쇠사슬이 팽팽하게 잡아 당겨졌다가 다시 느슨해지기를 반복하며 내는 소리가 마치 울음소리처럼 들려왔다.

"장관이로군."

릴리아나의 뒤에 있던 호표 부족의 전사는 자신도 모르게 감탄을 내뱉었다.

눈 앞에 펼쳐진 다리. 저 멀리 공국까지 이어져 있는 그 위에 카릴이 서 있었다. 언뜻 보기에는 정말로 다리가 세워진 것 같은 모습이었다.

"뵈옵니다."

릴리아나가 가장 먼저 말에서 내려 카릴에게 예를 표하자 그 뒤에 있던 종족의 대표 전사들도 황급히 그녀를 따랐다.

"엄청난 일을 벌였군요⋯⋯. 조타실에 그려진 저 문양, 낯이 익은 것입니다."

릴리아나는 머리를 뒤로 질끈 묶어 더욱 매서운 눈초리로 주위를 살피며 말했다.

"맞아. 강철 함대다."

아무렇지 않게 대답하는 카릴의 모습에서 그녀뿐만 아니라 그 뒤를 따르는 사람들까지 경악을 금치 못했다.

그가 만든 다리는 놀랍게도 바로 배였다. 수십, 수백 척의 함선을 세로로 세워 놓고 측면에 구멍을 뚫어 수십 개의 쇠사슬로 각각의 함선들이 마치 하나처럼 이어져 있었다. 그리고 연결된 함선 위에는 단단한 판자가 올려져 있었다.

그저 함선을 잇는 것이라면 누구나 할 수 있다. 하지만 북부의 해협을 이런 식으로 통과할 생각을 하지 못한 것은 수로의 폭이 좁아진 만큼 물살이 더욱 거세지기 때문이었다.

함선을 연결하게 되면 수폭이 더욱 좁아져 배가 물살을 버티지 못하고 부서질 수밖에 없는 게 당연했다.

다그닥- 다그닥-

릴리아나가 타고 왔던 말이 조심스럽게 배 위에서 몇 발자국 걸음을 옮기자 말발굽 소리가 경쾌하게 울렸다.

놀랍게도 연결된 함선은 마치 평탄한 평지처럼 흔들림 없이 안정적이었다.

"양쪽 끝 배를 제외하고 중간에 있는 함선의 아래를 모두 잘라 물이 그대로 통과할 수 있게 만들었어."

"하지만 이렇게 되면 무게를 버티지 못할 텐데……."

사람들이 배 아래를 바라봤다.

수면이 마치 끓어오르는 것처럼 부글거리고 있었고 그 아래에 옅은 빛이 번뜩이고 있었다.

하지만 처음 보는 그것이 무엇인지 알 길이 없는 이민족들은 마치 대답을 기다리듯 카릴을 바라봤다.

"시동석이다. 교도 용병단의 비공정에 쓰는 것과 원리는 같지. 너희들의 배가 넘는 인원이 온다 한들 무너지지 않으니 걱정 마라."

카릴은 바닥을 툭툭 치면서 자신 있게 말했다.

"이 다리를 만들기 위해 도대체 몇 대의 함선을 쓴 걸까."

"그냥 배가 아냐. 강철 함대라고. 공국의 최고 함대가 이 꼴이 되다니……!"

몇몇 이민족들은 마치 즐거운 듯 소리쳤다.

다리로 사용된 함선들은 이제 더 이상 배로서 구실을 할 수 없었다. 공국의 자랑이었던 이 함선들은 이제 한낱 판자조각과 다를 바 없다는 뜻이었다. 함선 하나를 건조하기 위해 드는 비용과 시간을 고려했을 때 강철 함대를 이런 식으로 사용할 생각을 할 사람이 과연 얼마나 있겠는가.

"말을 쉬지 마라."

카릴이 아니고서는 결코 불가능한 일이다.

"알아차렸을 땐 이미 등에 검이 꽂힌 뒤일지니."

하지만 놀라는 그들과 달리 그는 자신을 바라보는 무수한 이민족들을 향해 말했다.

"그들은 공국의 자랑이 무너지는 모습을 보게 될 거다."

'저, 정말…… 이민족이 왔잖아?!'

프란은 지금 눈 앞에 펼쳐진 상황을 보면서도 믿을 수 없다는 표정을 지었다.

그 숫자만 하더라도 최소 1만 이상. 많다면 많고 적다면 적을 수 있는 숫자였지만 1만이란 숫자는 분명 지금 펼쳐진 전황을 바꿔놓을 수 있을 만큼의 숫자라는 것이다. 게다가 그들의 능력 역시 미지수였다.

'듣기로는 이단섬멸령 당시 제국군에게 꽤 많은 이민족이 죽임을 당했다고 들었는데……'

단순한 보고만으로 본다면 마력조차 없는 이민족은 결코 위협이 될 수 없는 자들에 불과했다. 하지만 제국과 공국이 세워진 역사보다 더 오래전부터 그들은 북부의 영역을 지켜왔다. 제국은 그저 이민족을 언제든 토벌 가능한 가소로운 적일 뿐이라 말했지만 이민족은 대륙의 역사에 언제나 남아 있었으며 지금도 살아 있었다. 그것만으로도 그들의 강함을 부정할 수 없었다.

'이민족이 약한 이유는 남부와 달리 대세력을 이루지 않기 때문이다.'

북부의 부족들은 기껏해야 수백에서 수천 단위로 구성되어 있었다. 남부의 디곤처럼 수만의 병력을 가진 세력으로 거듭났더라면 이런 식으로 제국의 습격을 받지도 않았을 것이다.

하지만 지금 여태껏 이어졌던 인식이 바뀌는 순간이었다. 자신의 눈앞에 있는 1만의 이민족들은 카릴이란 한 사람 아래 뭉쳤으니까.

결정적인 차이였다. 그리고 앞으로 얼마나 더 많은 사람들이 그의 아래에 있을지 프란은 가늠을 할 수 없었다.

톡- 톡- 톡-

카릴이 탁자 위에 있는 지도를 손가락으로 가볍게 두들기자 그제야 프란은 정신을 차린 듯 황급히 고개를 내렸다.

"집중해라, 프란. 여기는 네 전장이다. 앞으로 화이트 벙커까지 얼마나 걸리지?"

"……아."

잘도 자신의 전장이라고 말하는 카릴이 너무나도 얄미웠지만 프란은 이렇다 할 반박을 하지 못했다.

결코 자신이 원하지 않은 전장이었다. 화이트 벙커를 향해 진군을 하면 할수록 그의 안색은 더욱 어두워질 뿐이었다. 10만이 넘는 대군을 이끄는 공국의 두 번째 세력가가 지금은 고작한 사람에 의해 휘둘리고 있는 실정이니 말이다.

'제길……'

하지만 어디에 하소연할 곳도 없었다. 어느 누가 일부러 패하기 위해 전쟁을 시작했다는 말에 수긍하겠는가.

'앤섬 하워드에게까지 비밀로 한 것은 내 실책이었어. 튤리, 그 여자의 조건만 없었다면……'

어쩔 수 없는 일이었다. 우든 클라우드 내에서 일어나는 모든 일은 극비였으니까.

하지만 프란은 알지 못했다. 튤리가 이번 전투를 이용해 그와 앤섬 하워드의 사이를 틀어놓는 것이 목적이었다는 것을. 그러나 카릴의 개입으로 인해 앤섬은 프란의 계획을 알게 되었고 그것이 자의가 아니라 타의라 하더라도 결국 튤리와의 결전의 종지부를 찍게 되었기에 앤섬은 배신을 묵인하고 있었다.

누군가는 앤섬이 카릴에 의한 프란의 진격을 그냥 보고 있는 것이 오히려 불충이라 말할 수도 있다. 하지만 앤섬은 자신의 주군이 잘못된 길을 걸으려 한다면 때로는 독을 써서라도 막아야 한다고 생각하는 남자였다.

그 독은 카릴이었고. 전생에는 그 독을 찾지 못했기에 프란과 그가 갈라졌을지도 모른다.

"……앞으로 일주일 정도 가면 화이트 벙커로 가는 뒤쪽 관문인 문 에테르(Moon Aether)에 도달할 수 있다."

프란은 서둘러 대답했다. 그가 화이트 벙커의 북쪽을 두르고 있는 칼툰 산맥의 한 곳을 가리켰다.

"뒤쪽이 산맥으로 보호받고 있어 천혜의 요새라 할 수 있는 화이트 벙커라지만 후방을 통해 갈 수 있는 길이 있긴 하다. 그게 바로 이곳이지."

마치 병풍처럼 화이트 벙커를 감싸고 있는 산맥의 단 한 곳에만 길이 열려 있었고 그 앞은 당연하게도 작은 요새가 하나 있었다.

"하지만 공략이 쉬운 성이 아니다. 확실히 화이트 벙커는 전방에 비해 후방 쪽 방어가 약하긴 하지만 그건 상대적일 뿐. 문 에테르에는 약 3만의 병력 상주하고 있다."

"제법 많군."

"내전이라고는 하지만 공작들이 자신의 모든 병력을 쓴 것은 아니니까. 공국은 40만이 넘는 대군을 보유한 강국이다. 이번 내전에는 기껏해야 10만이 조금 넘는 병력이 맞붙었을 뿐이야."

"정확히는 12만이지. 왜 줄여? 창피한 줄은 아는가 보지? 네 덕분에 5만의 병력 중에 3만이 죽었으니까."

신랄한 말에 프란은 인상을 찡그리며 입을 다물었다.

'어떻게 해서든 튤리에게 이 사실을 알려야 할 텐데…….'

가장 좋은 방법은 튤리와의 협정일 것이다. 지금 상황으로도 충분히 그녀의 세력이 전쟁의 우위를 점하고 있었으니 이대로 협정을 맺는다면 큰 잡음 없이 이번 내전을 무마시킬 수 있었다.

하지만 그녀가 과연 자신의 상황을 알고 있을지 의문이었다. 어쩌면 반대로 자신이 배신을 했다고 여길지도 모른다.

빠득-

프란은 꼬여가는 계획에 이를 갈았다.

'아니면 빈프레도라도…….'

이미 짜고 치는 전쟁이라는 것을 앤섬 하워드에게 들켰지만 그가 믿을 수 있는 사람은 역시 그뿐이었다. 앤섬을 설득시킬 수 있다면 자신이 하지 못하더라도 자신의 상황을 틀리에게 전할 수 있을 것이다.

하지만 그걸 알기 때문일까. 카릴이 가장 먼저 한 일이 바로 프란의 신병을 확보하고 언제나 자신의 옆에 두어 그가 외부와의 통신할 가능성을 완전히 차단시킨 것이다.

도망?

코브에서 느꼈던 압도적인 위압감.

부르르…….

프란은 자신도 모르게 몸을 떨었다. 자신 혼자 힘으로 카릴의 경계에서 벗어나는 것이 불가능하다는 것은 이미 본능이 알고 있었다.

욱씬-

그런 생각이 미치자 얼마 전 부서졌던 쇄골에서 통증이 느겨지는 기분이었다. 프란은 품 안에 넣어 뒀던 약통을 다시 꺼내어 알약 몇 개를 입에 털어 넣었다.

와그작.

물을 찾을 여유도 없다는 듯 그는 약을 그대로 이빨로 깨물어 먹고는 쓴 듯 살짝 인상을 찡그렸다.

"너 약을 먹는 주기가 빨라진 것 같은데."

"……이런 상황에 나 같은 입장이 되어도 먹지 않을 수 있는 사람이 있으면 줄여보지."

프란의 말에 카릴은 어깨를 으쓱했다.

"문 에테르에 대해서 아는 것이나 말해봐."

"……화이트 벙커의 후방을 지키는 문 에테르는 공국 안에서도 손에 꼽히는 거성(巨城)이다. 성벽의 높이는 다섯 번째로 높고 해자의 깊이 역시 2m가 된다."

프란은 밖을 가리켰다.

"이민족으로 후방을 치는 방법은 솔직히 허를 찌르는 계책이긴 해. 하지만 산에서나 사는 그들이 과연 공성을 겪어 봤을까?"

그는 고개를 저었다.

"게다가 보아하니 이민족의 대부분은 말을 타고 왔잖아. 문 에테르의 성문을 열기 위해서는 성벽을 넘어야 하는데 공성 장비가 없이는 불가능해."

"그건 해보지 않고는 모르지. 꼭 성벽을 넘기 위해 공성 장비가 필요한 것은 아니니까."

"······뭐? 사다리 하나 없이 무슨 벽을······."

프란은 그의 말에 어이가 없다는 듯 다시 말했다.

"하시르, 각 부족의 대표를 불러라."

하지만 카릴은 프란을 바라보지도 않고서 뒤를 돌자 그의 말이 끝남과 동시에 기다렸다는 듯 천막이 열리며 세 명의 전사가 들어왔다.

"기다리고 있었습니다."

가장 선두에 서 있는 홍일점은 익히 알고 있는 잔나비 부족의 릴리아나였다. 그러나 카릴은 그들을 보더니 살짝 눈썹을 찡그리며 물었다.

"검은 눈 일족도 참가했다고 하지 않았던가?"

"일전의 말씀을 전했습니다. 그러자 그들은 이번 전투에서 성과를 가지고 주군을 뵙겠다고 하였습니다."

"자신 있다는 말인가 보네."

하시르의 대답에 카릴은 피식 웃었다.

"뭐, 좋다. 그들이 어떻게 나올지는 두고 보면 알겠고······. 두 사람에 대해서는 알고 있지만 나머지는 알지 못한다. 너희의 이름은?"

붉은달 부족의 전사가 먼저 카릴을 향해 말했다.

"파툰이라 합니다. 저희 부족은 북부에서도 몸이 날래기로 자신 있습니다."

그의 몸은 무척이나 호리호리했지만 단단하게 잡힌 근육이 말을 할 때마다 꿈틀거렸다. 얼굴의 반쪽을 붉은 초승달 문신이 뒤덮고 있었다.

"성벽의 확인은 미리 끝냈습니다. 확실히 높지만 오르지 못할 정도는 아니었습니다. 살펴보니 오른쪽 성벽 쪽에 낡은 부분에 틈을 찾았습니다. 단단한 단검 몇 개만 주신다면 가장 먼저 위에 오르겠습니다."

'……뭐? 성벽의 조사가 끝났다고? 아직 도착하려면 일주일이나 더 남았는데……. 벌써 척후병이 거기까지 도달했단 말인가?'

프란은 그의 대답에 놀란 듯 바라봤다.

자신들 역시 쉼 없이 말을 몰아 행군 중이었다. 그런데도 일주일이나 차이가 나 있음에 프란은 도무지 붉은달의 이동 방식이 상상조차 되지 않았다.

"공략에 걸리는 시간은?"

"성벽에 도달 이후 방해가 없다면 5초면 충분합니다."

"방해는 걱정하지 않으셔도 됩니다. 엄호는 저희가 하겠습니다. 그 정도 높이라면 늑여우의 사정거리 안입니다. 정예 몇을 뽑아 성루 지휘관의 목을 베겠습니다."

카릴은 늑여우의 궁술에 대해 익히 알고 있었기에 고개를 끄덕였다.

남부에 비궁족이 있다면 북부에는 늑여우들이 있다. 그들은 궁술뿐만 아니라 암살에도 특화되어 있었기에 카릴은 걱정

없이 임무를 맡겼다.

"엄호를 하는 늑여우는 저희 호표가 보호하겠습니다."

네 명의 전사 중 나머지 한 명인 호표 부족의 쿤타이. 그의 등에는 거대한 사각의 방패가 메여 있었다.

쿤타이의 말에 하시르는 코웃음을 지었다.

"엄호의 역할은 우리만으로 충분하다 늑여우는 보호 따위 필요 없다."

"걱정 마라. 우리도 너희가 예뻐서 해주는 건 아니니까. 보호는 첫발뿐이다. 성벽에서 쏟아지는 화살비를 막은 뒤 우리는 그대로 성문으로 진격할 것이다."

그는 지도 위에 표시된 문 에테르를 가리키며 말했다.

"숲길이 끝난 뒤 성벽까지 거리는 약 5km. 명령을 내려주신다면 저희들이 붉은달이 성벽을 오르기 전 성문을 부수겠습니다."

카릴은 그의 말에 흐뭇한 표정을 지었다.

"무훈의 욕심을 부려 만용을 저지르지 마라. 시체를 처리하기 귀찮으니까. 성문을 여는 것은 우리다."

으르렁거리듯 쿤타이를 향해 파툰이 말했다.

'뭐 이런 미친놈들이…….'

프란은 그들의 대화를 들으며 인상을 구겼다.

"3만의 주둔군이 있는 성벽을 오르는 게 무슨 동네 옆집 담을 넘는 것처럼 말하는군. 마력도 없는 놈들이 무슨 수로 성에 걸린 실드를 뚫고 들어갈 수 있겠냔 말이다."

문 에테르는 대성벽 요만과 함께 화이트 벙커로 직결되어 있는 성이었다. 요만의 위용이 워낙에 대단해 가려졌지만 그의 말처럼 그곳 역시 공국에 내로라하는 요새.

"수성을 하는 병력보다도 더 적은 수로 문 에테르를 공략하겠다는 것부터가 오만인데 뭐? 사다리도 없이 성벽에 검을 박아 오르겠다고?"

"이민족은 이민족의 방법이 있다."

릴리아나는 프란을 향해 말했다.

"이민족만의 방법? 웃기고 있네. 제국에게 패한 주제에. 잘도 숨어 살아남은 놈들이 그런 소리를 하는구나."

쾅——!!

그녀가 거칠게 팔꿈치로 프란의 목을 짓누르며 그대로 바닥에 내동댕이쳤다. 바닥에 쓰러진 프란의 머리 옆으로 허리에 있던 검을 뽑아 있는 힘껏 박았다.

주르륵…….

프란의 뺨이 욱신거리며 날카로운 검날에 베인 상처 위로 붉은 핏방울이 맺혀 흘러내렸다.

"우린 패배한 것이 아니다."

그런 두 사람의 모습을 보며 하시르는 어쩔 수 없다는 듯 어깨를 으쓱하고는 프란을 향해 말했다.

"오히려 감사해야 할 건 너희들이다."

"……뭐?"

영문을 알 수 없는 그의 말에 프란은 고개를 갸웃거렸다.

저벅- 저벅- 저벅-

카릴이 하시르의 어깨를 가볍게 두들겼다.

"그만둬라. 어떤 이유가 되었든 제국인에게 습격을 받은 것은 사실이고 많은 희생을 치렀다는 것 역시 피할 수 없는 진실이다. 하지만 그로 인해 잘못된 생각을 바로잡아야 하기에 너희는 보여줘야 한다."

그의 말에 하시르는 고개를 숙였다.

"이민족이 결코 약하지 아니하다는 것을."

나머지 전사들 역시 그를 따라 카릴의 말을 기다렸다.

"문 에테르를 공략하는 데 너희에게 얼만큼의 시간을 주면 되지?"

그의 물음에 그들은 일제히 대답했다.

"하루면 충분합니다."

to be continued

마왕성 플레이어

트레샤 퓨전 판타지 장편소설
WISHBOOKS FUSION FANTASY STORY

신들의 전장, 하멜.

집으로 돌아가기 위한 마지막 싸움.
믿었던 동료가 배신했다!

[영혼 이식의 대상을 선택해 주십시오.]

뒤바뀐 운명. 최약의 마왕. 그리고…….

"이번에는 좀 다를 거다!"

어둠 속에 날카로운 칼날을 감춘,
마왕성 플레이어의 차가운 복수가 시작된다.